Monique Lhoir

Die Tote aus dem Runzelgraben

Monique Lhoir

Die Tote aus dem Runzelgraben

Regionalkrimi aus der Elbmarsch

Impressum

Foto: Hauptkanal Ilau-Schneegraben zwischen Bütlingen und Tespe

Verantwortlich für den Inhalt: Monique Lhoir
21395 Tespe OT Bütlingen
mail@monique-lhoir.de
www.monique-lhoir.de

Druck:
epubli – ein Service der Neopubli GmbH, Berlin

Ich bin in meiner neuen Heimat
zu einer Art *enfant terrible* geworden, weil
ich nicht imstande bin,
alles schweigend zu schlucken,
was sich zuträgt.

(Albert Einstein)

1

„So eine Schweinerei. Dass die Elbmarscher es nicht schaffen, ihren Müll zur Deponie nach Drage zu bringen. Stattdessen werfen sie ihn in die Entwässerungsgräben und verstopfen hier alles.“

Marthe Walther öffnete neugierig geworden die Wintergartentür und schaute hinaus. Herr Schneider vom Gartenbauunternehmen schaltete den Bagger aus und sprang auf einen Lehmhaufen. Er gesellte sich zu seinem Kollegen. Beide stierten gemeinsam in die Tiefe.

Marthe lief über den Rasen bis zum Graben, der ihr Grundstück begrenzte. „Gibt es ein Problem?“, fragte sie und schaute ebenfalls hinunter.

„Das wissen wir nicht genau.“ Herr Schneider zeigte auf einen Kleiderhaufen. In der Vertiefung dümpelte kaum Wasser, eher schlängelte sich dort eine dicke Schicht moorähnlicher Schlamm durchs hohe Gras. „Was meinen Sie, was das sein könnte?“

Marthe blickte genauer hin. „Sieht tatsächlich so aus, als ob jemand hier Kleidung entsorgt hätte.“ Sie beugte sich ein weiteres Stück vor und rümpfte die Nase. Modriger Gestank kam ihr entgegen. „Merkwürdig“, flüsterte sie, „in den Klamotten scheint was drin zu stecken.“ Ihr geschultes Auge witterte einen Verdacht. „Bitte berühren Sie jetzt nichts mehr“, sagte sie in ruhigem Ton. Sie kramte ihr Handy aus der Hosentasche hervor. „Ich rufe die Polizei.“

Herr Schneider und sein Geselle traten einen Schritt zurück. Ungläubig starrten sie Marthe an, als sie mit dem Ordnungsamt sprach und die Situation darlegte. „Ich vermute, dass in den gefundenen Kleidungsstücken eine Person steckt“, fügte sie erklärend hinzu. „Danke.“ Marthe drückte die Austaste.

„Kommen Sie auf die Terrasse. Ich habe gerade Kaffee

gekocht“, wandte sie sich an die beiden Männer. Hier warteten sie, bis die Beamten eintrafen. Marthe führte die Herren zum Fundort. Sie erläuterte kurz ihre Annahme.

Zwei Polizisten hangelten sich die rutschige Böschung hinunter. Knapp vor der Schlammmasse stoppten sie und suchten einen sicheren Halt. Mit einer Stange hantierten sie im Matsch herum und bewegten die Kleidungsstücke vorsichtig hin und her.

„Scheiße“, fluchte einer laut. „Otto, ruf die Kripo. Hier packe ich nichts an.“ Er krabbelte wieder nach oben. „Sie hatten Recht“, richtete er sein Wort an Marthe. „Da steckt ein Mensch in den Klamotten.“

„Ich ruf einen ehemaligen Kollegen aus Lüneburg an“, sagte Marthe. „Ach herrje. Und das auf meinem Grundstück.“

„Sind Sie Polizistin?“, fragte Ottos Begleiter.

„Nicht ganz, pensionierte Kripobeamtin. Ich bin seit zwei Jahren im Ruhestand.“

„Ach so.“ Er tippte an seine Mütze. „Hancke“, stellte er sich vor. „Aber hierfür ist der Landkreis Harburg zuständig.“

„Den müssen Sie natürlich verständigen. Kriminalhauptkommissar Andreas Cornelsen aus Lüneburg kennt sich bestens mit Mordfällen aus. Er ist mein Nachfolger, Leiter der Kripo, Sonderkommission für Kapitalverbrechen. Ich hätte ihn gern dabei, zumal die Leiche so gut wie in meinem Garten liegt.“

„Verstehe. Muss ja nicht gleich Mord sein, kann sich auch um einen Unfall handeln.“ Die beiden Polizisten begannen langsam Marthes Grundstück weiträumig abzusperren. Nach und nach trafen die Kripo, die Spurensicherung sowie weitere Beamte ein. Sie sicherten den leblosen Körper. Marthe warf kurz einen Blick darauf. Sie erkannte unter der Schlammkruste eine Frau. Dann wurde der tote Körper in den Sarg gelegt und zum Leichenwagen transportiert.

Herr Schneider und sein Geselle saßen in der geschützten Sitzecke auf der Terrasse, diskutierten und tranken dabei Kaffee. „Das war es erst einmal mit dem Abholzen“, meinte er, als der Polizist Otto zu ihnen kam. Die Männer kannten sich von der Freiwilligen Feuerwehr im Ort und hatten schon so manches Glas miteinander getrunken. „Heute ist Dienstag. Diese Woche haben wir keine Termine mehr frei, um hier weiterzubuddeln. Da muss die gute Frau wohl ne Weile warten, bis wir die Arbeiten abschließen können. Aber den Arbeitstag stelle ich komplett in Rechnung.“

„Wolfgang“, unterbrach Otto den Redeschwall beschwichtigend, „wir geben dir Bescheid, wenn du weitermachen kannst. Halte dich einfach zur Verfügung. Außerdem könnten noch Befragungen auf euch zukommen. Immerhin habt ihr die arme Frau entdeckt.“

„Klar, gerne. Wir finden ja nicht jeden Tag eine Leiche in der Elbmarsch.“ Er grinste.

Marthe, die das Gespräch verfolgt hatte, verzog unwillig den Mund, atmete tief durch und schüttelte den Kopf. Sie konnte sich lebhaft vorstellen, dass so ein Leichenfund in der Elbmarsch eine willkommene Abwechslung im langweiligen Arbeitsalltag der beiden Männer war. Wohl nicht nur für die beiden Anwesenden, sondern für eine Menge mehr Sensationslustiger. Da würde noch einiges an Getratsche auf sie als Zugezogene zukommen. Wahrscheinlich würde es besser sein, in der nächsten Zeit nach Hamburg zum Einkaufen zu fahren statt nach Tespe.

Marthe entschuldigte sich bei den Männern, ging in den Wintergarten und rief ihren ehemaligen Kollegen Andreas Cornelsen an. Gott sei Dank erreichte sie ihn sofort. Kurz erläuterte sie ihm den Fund. Sie schlug ihm vor, sich mit dem Landkreis Harburg in Verbindung zu setzen. „Bitte, komm so schnell wie möglich vorbei," bat sie ihn abschließend.

2

Der Fall ließ Marthe keine Ruhe. Warum wurde gerade auf ihrem Grundstück eine Tote gefunden? Beim besten Willen konnte sie sich nicht erklären, wie die Person dahingelangt war. Vielleicht lag sie bereits länger dort? Marthe lief es eiskalt den Rücken hinunter, obwohl sie in ihrem Arbeitsleben oft mit Leichenfunden konfrontiert worden war. Jedenfalls musste rasch eine Obduktion klären, wie lange die Frau schon dort gelegen hatte.

Marthe schaute durch die Verglasung des Wintergartens über den Rasen bis hin zum Graben. Vorher war das sumpfige Gewässer durch dichtes Strauchwerk verdeckt gewesen. Inzwischen hatte der Gartenbaubetrieb das Gehölz teilweise beseitigt. Marthe konnte sich nicht vorstellen, wie von der Gartenseite her eine Leiche durch das Gestrüpp unbemerkt in den Abwassergraben transportiert worden war. Wie und wann war die Frau dahingekommen?

In Gedanken versunkten räumte sie das schmutzige Kaffeegeschirr von der Terrasse in die Küche und wusch die Kaffeebecher ab. In ihrem Kopf rotierte es. Eine Autopsie würde gewisse Zeit in Anspruch nehmen. Ihr blieb nichts anderes übrig, als abzuwarten. Karl-Ludwig, ihre bessere Hälfte, war noch nicht zurück. Früh am Morgen war er zum Baumarkt nach Adendorf gefahren, weil er einen Sack Zement benötigte. Eine solch schwierige Besorgung dauerte in der Regel lange und sie rechnete nicht so bald mit der Rückkehr ihres Mannes.

Die Spurensicherung suchte Marthes Garten ab und

nahm Proben aus dem Schlammwasser. Das hohe Gras war an einigen Stellen niedergedrückt. Allerdings konnte es auch durch die Gartenarbeiten beschädigt worden sein. Der Bagger der Firma Schneider stand verlassen auf dem Hof. Die beiden Gärtner waren abgerückt, nachdem ihre Befragung beendet war.

Eine Nachbarin, die auf der anderen Seite wohnte, lugte gespannt herüber und beobachtete die Aktivitäten der Beamten. Um ihr Haus herum wuchs eine fast zwei Meter hohe Hecke. Ob sie etwas Auffälliges gesehen hatte? Eher unwahrscheinlich. Oder vielleicht doch? Neugierig wie sie war, konnte alles möglich sein.

Marthe ging in den Garten und winkte ihr zu. „Frau Müller, dürfen die Herren gleich mal zu Ihnen kommen?“, rief sie hinüber.

„Was gibt es denn?“, fragte sie zurück.

„Das werden Ihnen die Polizisten erklären“, erwiderte Marthe. Es war Frau Müller an der Nasenspitze anzusehen, dass sie vor Neugierde kurz vor dem Platzen stand.

Am späten Nachmittag schlossen die Beamten ihre ersten Ermittlungsarbeiten ab. Inzwischen war auch Karl-Ludwig vom Baumarkt zurück. Er zeigte sich wenig begeistert, da die Ordnungshüter erheblich seinen stets vorgeplanten Tag beeinträchtigten und er sich in seiner Freiheit eingeengt fühlte. Mürrisch verschlang er sein Abendessen und verzog sich frühzeitig ins Bett. Marthe kam nicht zur Ruhe. Sie grübelte und grübelte, ob sie in den letzten Tagen irgendetwas Ungewöhnliches erspäht hatte.

Am Mittwochnachmittag rief Andreas Cornelsen seine frühere Vorgesetzte an. „Ich habe vorhin mit dem zuständigen Kommissariat des Landkreises gesprochen. Sie arbeiten mit uns unter meiner Federführung zusammen.“

„Das klingt gut. Mir kullert ein Felsbrocken vom

Herzen“, gab Marthe kurz zur Antwort.

„Aber nicht in deinen Graben. Der ist noch nicht freigegeben.“ Andreas lachte laut.

„Spinner.“ Marthe war erst einmal sprachlos, musste aber schließlich schmunzeln. Andreas war unverbesserlich.

„Danke für das Kompliment. Aus deinem Munde ist das wie eine Streicheleinheit.“ Er amüsierte sich erneut. „Spaß beiseite. Bei der Leiche handelt es sich um eine weibliche Person,“ erläuterte Andreas sachlich. „Die Frau lag zirka drei Tage im Schlamm. Tod durch Ertrinken ist auszuschließen. Nach den bisherigen Ermittlungen wurde sie hinterrücks erschlagen. Wahrscheinlich mit einem großen Stein. Der Fundort ist nicht der Tatort. Die Spurensicherung hat Abdrücke im Schilf gefunden. Identische Grasflecke befanden sich an ihrer Kleidung. Es ist anzunehmen, dass sie von der kleinen Brücke aus in den Graben geworfen oder gerollt wurde.“

„Gott sei Dank wurde sie nicht in meinem Garten ermordet.“ Martha pustete erleichtert die Luft aus. „Habt ihr inzwischen etwas über die Identität der Person in Erfahrung bringen können?“

„Die Frau ist Anfang sechzig, hat blond gefärbtes, langes Haar, zirka ein Meter fünfundsiebzig groß, Gewicht knapp fünfundsechzig Kilo. Sie hatte nichts bei sich. Weder Handtasche noch Papiere. Die Jackentaschen waren ebenfalls leer.“

„Raubmord? Vergewaltigung?“, fragte Marthe.

„Dafür gibt es keinerlei Hinweise. Keine Kampfspuren oder andere Verletzungen.“

„Heißt das, jemand hat die Frau von hinten erschlagen und sie anschließend bei mir im Abwassergraben entsorgt?“

„Sieht fast so aus.“ Marthe hörte, wie Andreas am anderen Ende der Leitung seine Luft anhielt, um nicht laut herauszuprusten.

„Finde ich überhaupt nicht witzig“, fauchte Marthe. „Was werden die Nachbarn von uns denken? Wir sind gerade erst in die Elbmarsch gezogen.“

„Was willst du mehr? Die einen haben Leichen im Keller, du hast eine im Graben, und schon bist du überall bekannt und gehörst zu ihnen. Damit ersparst du dir deine Vorstellung bei den Nachbarn und einen Haufen Geld für Kaffee und Kuchen.“

„Hat dich letztes Wochenende dein Hamster geküsst oder was ist mit dir los?“, fragte Marthe bissig.

„Okay“, warf Andreas gedehnt ein, „jetzt ohne Humor. Deine dir so wichtigen Nachbarn von gegenüber und in der näheren Umgebung haben weder etwas gesehen noch gehört. Nach Auskunft der Behörden liegt im Landkreis Harburg oder im engeren Umkreis keine Vermisstenmeldung vor, die passen könnte.“

„Wäre zu einfach gewesen.“ Marthe grübelte. „Habt ihr Zahnabdrücke machen lassen?“

„Jawoll Chefin.“ Andreas lachte. „Die Fachabteilung kontaktiert gerade alle umliegenden Zahnärzte.“

„Wann kann ich meinen Garten wieder benutzen?“, fragte Marthe angesäuert.

„Du hast im Moment doch was Besseres zu tun, als in der Erde rumzubuddeln.“ Andreas pfiff ins Telefon.

„Was? Ich bin im Ruhestand“, fauchte Marthe.

„Okay. Ich melde mich sofort, wenn dein Garten wieder freigegeben wird, damit du deine Blumenzwiebeln pflanzen kannst.“

Marthe legte auf. Andreas Cornelsen war zu ihrer aktiven Zeit ein Superkollege mit einem scharfen Verstand. Aber manchmal fiel ihr seine schnoddrige Art auf die Nerven. Besonders heute.

3

Marthe kochte sich einen Cappuccino und setzte sich in die Küche. Sie sah Karl-Ludwig durch das Küchenfenster zu, wie er die Treppe zum Hauseingang ausbesserte. Karl-Ludwig ließ sich nicht so leicht aus der Ruhe bringen. Weibliche Leichen interessierten ihn schon lange nicht mehr. In den fast vierzig Jahren ihrer Ehe hatte er sich längst damit abgefunden, ständig mit unbekannten Toten zu leben. Genau das sollte sich nach ihrer Pensionierung endlich ändern.

Marthe gestand sich ein, dass sie vor gut zwei Jahren nicht einmal genau wusste, was die Elbmarsch ist, wo genau sie lag und wie die Menschen dort auf dem Land tickten. Sie kannte die Samtgemeinde lediglich von wenigen unbedeutenden Einsätzen. Dass sie später dort wohnen würde, war ihr als Stadtmensch niemals in den Sinn gekommen. Eine pensionierte Landpomeranze? Undenkbar.

Karl-Ludwig machte ihr einen Strich durch die Rechnung. Eines Abends legte er ihr das Exposee eines freistehenden Hauses mit großem Garten direkt am See vor die Nase. Er war völlig begeistert, wie schon lange nicht mehr. In den letzten zehn Jahren neigte er eher zum Couch-Potato. Wieso er sich plötzlich für Gartenbau und Viehzucht interessierte, blieb Marthe ein Rätsel. Aber gut, das Dorf war nicht weit von ihrer derzeitigen Wohnung entfernt, nur auf der anderen Elbseite, fast gegenüber von Geesthacht, wo sie zu dem Zeitpunkt wohnten.

An einem Sonntagmorgen im Dezember fuhr Marthe mit Karl-Ludwig los, um das Anwesen zu besichtigen. Sie tippte die Adresse ins Navi ein und startete. Über die Elbbrücke lief der Verkehr reibungslos. Zu Stoßzeiten im Berufsverkehr stand sie hier oft im Stau, wenn sie zu ihrer

Dienststelle nach Lüneburg fuhr. Heute nicht. Die Fahrbahn war frei, obwohl es einen Tag zuvor ordentlich geschneit hatte.

Gleich hinter der Brücke bog sie in Rönne Richtung Marschacht ab, durchfuhr Nieder- und Obermarschacht, wie an vielen Tagen in ihrem aktiven Berufsleben. Am Ortseingangsschild Tespe sah sie auf das Navigationsgerät. „Ups, wir sollen noch sechs Kilometer fahren. Mir war nie bewusst, dass der Ort so groß ist." Links, auf der anderen Seite der Elbe befand sich das stillgelegte Kernkraftwerk Krümmel. „Guck mal, wie hässlich das von dieser Seite aussieht. Es verschandelt total diese schöne Landschaft", murmelte sie. Vorher hatte sie das Ungetüm noch nie bewusst wahrgenommen.

Weisungsgemäß lenkte sie den Wagen rechts in die Lüneburger Straße. Ein riesiger Weihnachtsbaum stand an der Ecke. Wunderschön geschmückt. Er machte gute Laune, trotz des grieseligen Wetters.

Entlang des Fahrwegs muteten adventlich dekorierte Häuser heimelig an. Kleine zusammengefegte Schneehäufchen zeigten, dass es auch in Tespe geschneit hatte.

Rasch hatte Marthe den Ort durchquert und erreichte den Ortsausgang. Am Kreisel folgte sie der Kreisstraße Richtung Brietlingen und Lüneburg. Oft war sie die Straße schon langgefahren, aber selten hatte sie den Weg bewusst wahrgenommen.

Aus den Augenwinkeln sah sie kahle, schneebedeckte Felder rechts und links der Fahrbahn. Sonst nichts. Nebel waberte über die Äcker, sodass kaum der Horizont zu erkennen war.

„Bütlingen Ortsteil Tespe", sagte Karl-Ludwig ernüchtert und wies auf das Ortsschild. Das Navi war der Meinung, dass sie gleich das Ziel erreicht hätten.

„Mein Gott." Marthe schnaufte durch die Nase und

wandte sich an Karl-Ludwig. „Was hast du uns denn da eingebrockt? Das ist tiefstes Hinterland.“

Sie durchfuhren das Dorf, gesäumt von alten, teilweise ehemaligen Bauernhäusern. Im Sommer sah es hier bestimmt freundlich aus, aber bei diesem scheußlichen Wetter? Flugs waren sie durch den winzigen Ort hindurch und kamen am anderen Ende wieder an. „Links abbiegen“, befahl die Dame des Navis.

„Weiß ich, blöde Kuh“, fauchte Marthe. Langsam tuckerte sie die Straße, eher den überteerten einspurigen Feldweg, entlang. „Ziel erreicht.“ Endlich schwieg die säuselnde Stimme, vollkommen unbeeindruckt von Marthes vorheriger Beschimpfung.

Sie parkte den Wagen auf dem schneebedeckten Seitenstreifen. Beide stiegen aus. „Siehst du einen See?“, fragte Marthe angriffslustig.

„Der muss hier sein. Sieht alles aus, wie auf dem Foto.“ Karl-Ludwig wies auf ein Haus, das weiter rücklings lag. Davor befand sich ein riesiger, gepflasterter Hof, der für acht Autos reichlich Platz bot.

„Zu verkaufen.“ Marthe zeigte auf das Plakat im Garten. Sie blickte sich um. „Sehr abseits, die Gegend“, stellte sie sachlich fest. „Hast du im Ort ein Geschäft oder einen Bäcker gesehen? Ich jedenfalls nicht.“

„Darauf habe ich nicht geachtet“, erwiderte Karl-Ludwig unwirsch. Er schaute ein wenig schuldbewusst drein.

„Von der Stadt ans Ende der Welt zu ziehen, mutet mir eher wie ein Abenteuer und nicht wie wohlverdienter Ruhestand an. Soll ich mein Mittagessen etwa selbst angeln? Wo befindet sich überhaupt dieser vielgepriesene See?“

„Vielleicht ein Stück weiter in die Feldmark?“ Sie gingen ein paar Schritte den verrotteten Feldweg entlang. Rechts und links standen einige Gebäude. Ein erheblicher Abstand trennte die Häuser jeweils voneinander. Mal eben

„Guten Tag“ sagen, ging nicht. Da musste man schon schreien oder ein Megafon benutzen.

Schon bald kamen sie bis zum Schluss der notdürftig asphaltierten Straße, danach folgte ein Weg, nur für landwirtschaftlichen Verkehr frei. So sah er auch aus, denn eine gefrorene Pfütze reihte sich an die andere. Ein Paradies für Kinder, um kleine Eisbahnen zu bauen.

„Da ist so etwas wie ein See!“, rief Marthe und zeigte auf eine Unmenge von hochgewachsenem Schilf und noch mehr Gräsern, die alle von einer weiß schimmernden Eisschicht überzogen waren. Dazwischen glänzte es silbern. „Ich hatte mir einen Badesee vorgestellt,“ stieß Marthe ungläubig aus, ohne die Schönheit dieses Augenblicks wahrzunehmen. Die feuchte Kälte kroch in ihr hoch. „Lass uns heimfahren“, wisperte sie niedergedrückt. Sie hatte jetzt keine Lust mehr auf Landleben, See und Abgeschiedenheit. Sie war frustriert.

Am Ende gab Marthe dem Wunsch von Karl-Ludwig nach und sie kauften das Grundstück. Irgendwie hatte es etwas Besonderes. Was genau, würde sich vielleicht später herausstellen.

Immerhin konnte sie in ihrem Ruhestand die Annehmlichkeiten zweier naheliegender Kleinstädte sowie die Stille des Landlebens genießen. Geesthacht und Lüneburg lagen in der Nähe. Das war für Marthe Bedingung, um die notwendige Versorgung sicherzustellen. Wer weiß, wie lange sie oder Karl-Ludwig im Alter mobil waren. Es gab auf dem Land wenig Alternativen zum Auto, sodass das kulturelle Leben sehr eingeschränkt werden musste oder kaum noch wahrzunehmen war. Wie sah es zum Beispiel mit der ärztlichen Versorgung aus? Viele Gedanken schossen Marthe durch den Kopf.

Im Frühjahr sah die Welt schon ein ganz klein wenig besser

aus. Während Marthe und Karl-Ludwig das Haus renovierten, entdeckten sie auch positive Seiten. Die acht Zimmer waren geräumig und ebenerdig. Im Garten blühte es in den herrlichsten Farben, kein wabernder Nebel über kahle Felder wie im Dezember. Im Gegenteil, der Raps zeigte seine ganze Schönheit.

„Auf jeden Fall haben wir hier viel Ruhe", tröstete sich Marthe und schenkte auf der Terrasse den ersten Kaffee im neuen Haus ein. Sie war gerade, nach mehr als vierzig Dienstjahren bei der Kriminalpolizei, in den Ruhestand gegangen. „Keine Morde, keine Straftaten, keine Betrügereien, keine Kriminalität. Nichts. Eben Elbmarsch hinterm Deich – oder Elbmarsch am Ende der Welt." Sie drückte Karl-Ludwigs Hand und legte ihm ein Stück Torte auf den Teller.

„Es sei denn, deine zugereisten Katzen bringen einheimische Mäuse um." Karl-Ludwig lachte verschmitzt. In Kürze würden zwei kleine Kätzchen, Resultat einer ungewollten Schwangerschaft, mit ins Haus ziehen. Max und Marie. Ein traumhaftes Ich-bin-in-Pension-Paradies inklusive Tierfamilie inmitten herrlicher Natur.

Zwei Jahre später entschloss sich Marthe, den lästigen wildwüchsigen Knick am Graben auf ihrem Grundstück abholzen zu lassen. Er galt vor mehr als hundert Jahren als Feldmarkbegrenzung. Der Boden war mit der Zeit sauer und unbrauchbar. Es wuchsen kaum Blumen und die Erde war stark durchwurzelt, sodass man sie nicht umgraben konnte. Zudem nahm ein riesiger, wilder Kirschbaum das Sonnenlicht weg. Die Hausmauer war ständig feucht.

Marthe beauftragte einen heimischen Gartenbaubetrieb. Bereits im Februar wurde der Knick komplett abgeholzt. Das Buschwerk stapelte der Betrieb auf Marthes Grundstück entlang des Entwässerungsgrabens. Anfang April wurde schweres Gerät aufgestellt, um die Wurzeln zu entfernen sowie das abgelagerte Holz vor Ort zu häckseln. Bis zu den Pfingstfeiertagen wäre alles wieder schön und mit bienenfreundlichen bunten Stauden bepflanzt, versprach der Gartenbaubetrieb. Genauso hatte es sich Marthe auch vorgestellt. Sie sollte eines Besseren belehrt werden.

4

Und jetzt lag eine weibliche Leiche im Entwässerungsgraben unterhalb des alten Knicks. Wie kam die Frau übers Wochenende unbemerkt dahin? Sie und Karl-Ludwig waren die ganze Zeit zu Hause gewesen, da es ununterbrochen in Strömen geregnet hatte. Zumindest hätten sie etwas hören müssen. Marthe zuckte resignierend die Achseln.

Sie verließ das Haus und ging den gepflasterten Fußweg am Gebäude entlang. Anschließend überquerte sie den großen Garagenhof mit der Einfahrt zur Straße hin. Von dieser Seite war der gesamte hintere Gartenbereich nicht einsehbar. Riesige Koniferen versperrten den Blick.

Marthe untersuchte die kleine Brücke, die über den Graben führte. Der Übergang war weder rechts noch links abgesichert. Ein unaufmerksamer Autofahrer konnte rasch im schilfbewachsenen Abhang landen. Bei Dunkelheit hätte hier unbeobachtet ein Fahrzeug halten können, um sich der Leiche zu entledigen, da es genau an dieser Stelle keine Straßenbeleuchtung gab. Der notdürftig geflickte Feldweg wurde fast nur von Anliegern befahren. Um diese Jahreszeit, insbesondere in der Abenddämmerung und Nachtzeit, benutzten nur wenige Leute die Straße. Spaziergänger oder Radfahrer erkundeten erst in den wärmeren Sommermonaten die nähere Umgebung.

Marthe fröstelte. Obwohl es nicht mehr regnete, war es Anfang April noch recht kühl. Sie schlenderte zurück in die

Wohnung. Der plötzliche Vorfall hatte ihren Tagesablauf völlig über den Haufen geworfen, zumal sie im Garten nichts tun durfte. So begann sie, die Küchenschränke auszuwaschen. Auf jeden Fall musste sie sich beschäftigen, um nicht ständig zu grübeln.

Vier Katzen streunten um Marthes Beine. Die damaligen kleinen Kätzchen Max und Marie waren inzwischen zu stattlichen Stubentigern herangewachsen. Im letzten Jahr rettete Marthe weitere zwei wildgeborene Kitten vor dem sicheren Hungertod. Auch sie zogen bei ihr ein. Mittlerweile ließen sie sich ausschließlich von Marthe streicheln, ohne sie anzufauchen. Jeder andere tat gut daran, nicht die Hände nach ihnen auszustrecken. Marthe liebte Tom und Jerry, wie sie die beiden Wilden genannt hatte, die zu wunderschönen Katerchen herangewachsen waren.

Nachdem die Schrankregale geputzt waren, schälte Marthe die Möhren fürs Abendessen, die sie von einem einheimischen Bio-Bauernhof gekauft hatte. Das Klingeln des Telefons im Arbeitszimmer riss sie aus der Tätigkeit. Andreas Cornelsen aus Lüneburg war am Apparat. „Das ging schneller, als wir dachten", sagte er. „Anhand der Zahnabdrücke konnten wir die Identität der toten Frau feststellen."

„Wer ist sie?", fragte Marthe interessiert und wischte sich die Hände an der Hose ab.

„Es handelt sich um Elena Bartsch. Zweiundsechzig Jahre, wohnhaft in Drennhausen, also eine Elbmarscherin. Verheiratet, eine erwachsene Tochter, die in New-York lebt. Ihren Ehemann haben wir nicht erreicht. Nachbarn vermuten, dass er seit zirka einer Woche verreist sei. Frau Bartsch wurde vorigen Donnerstag oder Freitag zuletzt an ihrem Haus gesehen."

„Also kurz vor dem vermeintlichen Todeszeitpunkt?"

„Scheint so. Wir überprüfen gerade diese Aussagen", erwiderte Andreas. „Ihr Auto parkte verschlossen auf der

Garageneinfahrt. Eine Hausdurchsuchung ist inzwischen angeordnet."

„Hm", überlegte Marthe, „der Name kommt mir bekannt vor. Ich weiß nur nicht woher." Sie legte den Zeigefinger an die Wange. Das tat sie stets, wenn sie nachdachte.

„Aus einem deiner Fälle?", wollte Andreas ihr auf die Sprünge helfen.

„Eher nicht. Diese Personen kann ich mir immer merken. Ich werde darüber nachdenken."

„Ich komme morgen Vormittag bei dir vorbei", unterbrach Andreas sie. „Vielleicht ist es dir bis dahin eingefallen. Könnte interessant für die weiteren Ermittlungen sein. Außerdem können wir mal wieder, wie in früheren Zeiten, bei einer Tasse Kaffee fachsimpeln."

„Das ist eine gute Idee", gab Marthe erfreut zurück. „Ich überlege derweil."

Karl-Ludwig war noch unterwegs. Er war zwischendurch schnell zum Baumarkt gefahren, um noch fehlenden Zement für die Treppe einzukaufen. Das würde also dauern.

Marthe kramte eine alte Mappe aus dem Schrank hervor. Darin bewahrte sie Unterlagen von Ausstellungen oder sonst für sie wichtige Informationen auf, die ihr neuestes Hobby Garten, Haus und Kunst betrafen. Sie blätterte die Prospekte und Flyer durch.

„Hier", sagte Marthe laut und schlug ein Heftchen auf. Es handelte sich um eine Kunstausstellung mit Handwerkermarkt im Landkreis Harburg, in der Elena Bartsch als Ausstellerin vorgestellt wurde. Marthe schaute auf das Deckblatt. Aus Frühjahr zweitausendsechzehn. „Schon länger her", stellte sie fest. Warum lag die Broschüre in dem Ordner? Sie überschaute die Fotografien. „Ach ja", erinnerte sie sich. „Das Gemälde gefiel mir damals." Es zeigte ein Bild in Blautönen, eine Mischung aus van Gogh und den Mosaiken von Antoni Gaudi. Marthe hatte es verwahrt, weil sie ein Jahr zuvor die Kunstwerke von Gaudi auf einer Urlaubsreise in Barcelona bewundern durfte.

Marthe ließ den Prospekt auf ihrem Schreibtisch liegen. Zumindest ließ er ein paar wenige Hinweise auf das Hobby von Elena Bartsch zu.

Marthe machte das Abendessen fertig. Karl-Ludwig war inzwischen mit Zementsäcken, Holzlatten, Schrauben und offenbar wichtigen Steckdosen nach Hause gekommen. Er verstaute das Material im Schuppen, bevor er sich an den Tisch setzte.

„Was macht deine Tote?“, fragte er und löffelte die Möhrensuppe.

„Wieso meine Tote?“, fragte Marthe in aggressivem Ton zurück.

„Weil du dich schon wieder um Dinge kümmerst, die dich nichts angehen“, erklärte Karl-Ludwig ruhig. „Du bist pensioniert und es ist nicht dein Fall.“

„Meinst du, dass es mir Spaß macht, in meinem Graben eine Leiche zu finden? Du kannst mir glauben, dass ich lieber Fortschritte im Garten gesehen hätte.“ Marthe warf klirrend den Löffel in den Teller, sodass Suppe auf den Tisch spritzte. „Ich habe keinen Hunger.“ Sie stand auf und ging ins Arbeitszimmer.

Marthe stützte den Kopf in die Hände. Karl-Ludwig war alt geworden. Er beschäftigte sich lieber mit Nägeln, Zement, Holzbrettern, statt eine Diskussion zu führen oder über Probleme nachzudenken. Sie konnte ihn verstehen, aber dieses einfache Holz- und Zementleben reichte ihr nicht. Es musste nicht gerade eine Leiche im Garten sein, aber ein paar Gespräche und Diskussionen, etwas mehr Kunst oder Kultur oder Ausflüge konnten nicht schaden. Doch Karl-Ludwig zeigte dafür in der letzten Zeit wenig bis gar kein Interesse. Marthe seufzte. Sie ging ins Bad, schminkte sich ab und machte sich bettfein. Morgen war auch noch ein Tag.

5

In aller Herrgottsfrühe räumte Marthe am Donnerstagmorgen die Küche auf und kochte einen starken Kaffee. Aus ihrer aktiven Zeit wusste sie, dass Andreas am Morgen meistens Anlaufschwierigkeiten hatte.

Andreas Cornelsen erschien gegen neun Uhr. Seine leicht gewellten, dunklen Haare standen in alle Richtungen ab. Das Gesicht zierte ein Dreitagebart. Wie immer trug er die abgewetzte Lederjacke. Andreas, wie er leibt und lebte.

„Ich freue mich, dich wiederzusehen“, sagte sie herzlich und führte ihn ins Arbeitszimmer. „Kaffee ist fertig.“ Sie brachte ihm den Pott. „Schwarz, ohne Milch und Zucker.“

„Ich bin begeistert, dass du dich noch an meinem Kaffee erinnerst.“ Er trank einen großen Schluck. „Schicken Garten hast du. Besonders die rot-weißen Bänder gefallen mir.“ Andreas grinste unverschämt.

Marthe verdrehte theatralisch die Augen. „Wann wirst du endlich erwachsen?“, erwiderte sie.

„Hat Zeit.“ Er stellte den Becher ab. „Ich bin gerade mal knapp vierzig.“

„Ich dachte, nach meinem Ausscheiden aus dem aktiven Dienst einen würdigen Nachfolger gefunden zu haben.“ Sie zwinkerte ihm zu. Sie wusste, welch scharfen Verstand er besaß und ihn durch seine schlaksige Art geschickt verdeckte, insbesondere bei den Verhören.

„Ich bin ein würdiger Nachfolger. Ich tätige sogar Hausbesuche, wie du siehst. Mache ich nicht bei jedem“, betonte er gönnerhaft.

„Jetzt wird es ernst“, sagte Marthe im lehrerhaften Ton. „Ich fand Unterlagen über Elena Bartsch.“ Sie reichte ihm die Broschüre zu.

„Willst du mich auf den Arm nehmen? Das ist ein Flyer über eine Kunsthandwerkerausstellung auf dem Land, die zudem noch vor mehr als fünf Jahren stattfand." Er wedelte mit dem Papier hin und her, als wenn er es jeden Moment wegwerfen wollte.

„Hast du etwas gegen Kunsthandwerker?", fragte Marthe spitz und griff nach dem Flyer.

„Seit wann bist du so humorlos?", fragte Andreas irritiert. „Ich habe absolut nichts gegen Kunst oder auch nichts gegen Handwerker. Wie du weiß, bin ich völlig untalentiert und krieg nicht mal den Nagel für ein Bild in die Wand."

„Schon gut", erwiderte Marthe friedlicher. „Mir geht die Frau nicht aus dem Kopf. Ich habe fast das Gefühl, als kenne ich sie schon seit vielen Jahren." Marthe schlug den Flyer auf. „Als du mir gestern am Telefon ihren Namen sagtest, bemerkte ich lediglich, dass er mir bekannt vorkam." Marthe senkte den Kopf und sprach leise weiter. „Jedenfalls war sie künstlerisch aktiv, das wissen wir nun. Mir gefiel seinerzeit ein Bild von ihr. Deshalb erinnerte ich mich daran. Sie hatte ein außergewöhnliches Talent." Marthe sprach in ruhigem Ton. Aus Erfahrung wusste sie, dass oftmals eine Kleinigkeit aus dem Leben eines Opfers von großer Wichtigkeit sein konnte. Und genau dieses hatte sie in den Jahren der Zusammenarbeit ihrem jungen Kollegen Andreas immer eindringlich ans Herz gelegt.

„Ich lasse es überprüfen." Andreas griff erneut nach dem Flyer und steckte ihn sorgfältig in die Seitentasche der Lederjacke.

„Elena Bartsch hat damals gemeinsam mit drei weiteren Frauen ausgestellt", erläuterte Marthe. „Alle stammten aus in umliegenden Dörfern der Elbmarsch. Zumindest ist das ein Ansatzpunkt für Befragungen. Noch einen Kaffee?" Sie hielt ihm die Warmhaltekanne hin.

„Gerne.“ Andreas reichte ihr den Becher entgegen.

„Hast du schon brauchbare Ergebnisse der Hausdurchsuchung erhalten?“, wollte Marthe wissen.

„Nach ersten Erkenntnissen gibt es keinerlei Hinweise, dass Elena Bartsch dort zu Tode kam. Weder Fingerabdrücke noch Blut- oder Einbruchspuren. Das Haus war sorgfältig abgeschlossen, als wenn sie kurz zum Einkaufen unterwegs gewesen wäre.“

„Und ihr Mann?“

„Theo Bartsch ist nachweisbar vorige Woche nach Bangkok geflogen. Gebuchter Rückflug ist Donnerstag in einer Woche.“

„Woher wisst ihr das?“, fragte Marthe.

„Wir fanden auf dem Schreibtisch im Haus das Duplikat der Reisebestätigung.“

Marthe schaute auf den Kalender. „Also ist er am einunddreißigsten März abgereist und landet voraussichtlich am vierzehnten April in Hamburg?“

Andreas nickte bestätigend.

„Folglich war er zum Todeszeitpunkt nicht zu Hause?“, Marthe kniff die Augen zusammen. „Und er kommt nicht infrage?“

„Wir haben das überprüft. Die Daten stimmen und er saß tatsächlich im Flugzeug.“ Andreas schob den Kaffeebecher mit dem Zeigefinger hin und her. „Inzwischen konnten wir ihn in Bangkok ausfindig machen. Er ist informiert, fliegt sofort zurück und ist morgen in Hamburg.“

„War er dienstlich in Thailand?“

„Nö. Wohl eher zum Vergnügen.“ Andreas lachte. „Das Wellnesshotel, in dem er wohnt, ist für *besondere und exklusive Dienste* bekannt.“

„Das auch noch.“ Marthe verdrehte die Augen.

„Vielleicht vergab unsere Elena in Deutschland zum Ausgleich ebenfalls besondere Dienste.“ Andreas grinste.

„Du kommst heute ständig auf merkwürdige Ideen." Marthe schüttelte tadelnd den Kopf. „Sachlich ist das nicht. War etwas in meinem Kaffee, das dir nicht bekommen ist?"

„Irgendeinen, auch wenn noch so kleinen Grund muss es immerhin geben, dass Elena Bartsch erschlagen wurde. Außerdem war sie sehr attraktiv. Und dann solltest du dir mal das Bartsch-Haus von Innen und Außen anschauen. So etwas hast du noch nicht gesehen."

„Ausschließlich Attraktivität ist kein Motiv, eine Frau zu ermorden. Was ist mit dem Haus?", fragte Marthe neugierig.

„Das ist kein Haus, das ist ein Märchenschloss aus tausend und einer Nacht mitten in der norddeutschen Elbmarsch."

„Wow, da wirst du ja richtig lebendig am Morgen." Marthe amüsierte sich. Sie überlegte einen Moment. „Hast du was dagegen, wenn ich mich in die Ermittlungen einmische?", fragte sie anschließend und sah Andreas von unten herauf an.

„Warum?"

„Ich habe ein eigenartiges Gefühl, dass Elena Bartsch es von mir erwartet beziehungsweise ich es ihr schuldig bin."

„Wie kommst du darauf? Gibt es einen besonderen Grund? Kennst du sie doch?" Andreas sah seine Exkollegin eindringlich an.

„Keinen erklärbaren Grund, nur so ein Gefühl. Und nein, ich kenne sie nicht persönlich", erklärte Marthe.

„Ich dachte, du wolltest endlich in Ruhe Gartenarbeit machen und Tulpenzwiebeln pflanzen. Die Katze lässt das Mausen nicht. Ich habe es geahnt." Andreas wuselte in seinen Jackentaschen herum. „Ah, hier. Hätte ich fast vergessen." Er wedelte mit einem Stück Papier. „Für diesen Fall wird die pensionierte Hauptkommissarin Marthe Walther in den Dienst zurückversetzt." Andreas überreichte ihr das Schreiben und einen Ausweis. „Allerdings unterstehst du meinen Weisungen. Also benimm dich. Und mit spirituellen Spekulationen und Gefühlen kann ich ebenfalls nichts anfangen. Ich bitte in diesem Fall um absolute Sachlichkeit." Er grinste unverschämt.

„Du bist ein Goldschatz." Sie legte die Unterlagen auf den Schreibtisch und verschränkte die Arme vor der Brust. „Kaum wohne ich in der ach so tugendhaften Elbmarsch mit ihren alteingesessenen ehrbaren Bürgern, geschieht ein Mord. Zu allem Unglück wird die Leiche auf meinem Grundstück gefunden, also auf dem Grund und Boden einer Zugereisten. Ich fühle mich wie eine Kriminelle, die nicht hierher passt."

„Du doch nicht." Andreas tippte sich an die Stirn. „Wieso bist du so verbittert? Das ist überhaupt nicht deine Art." Seine Augen blickten Marthe ungewöhnlich ernst an.

Marthe zog die Achseln hoch. „Tatsächlich fühle ich mich hier nicht besonders wohl", begann Marthe. „Ich fühle mich oftmals wie in einer Zwei-Klassen-Gesellschaft. Die Alten und die Neuen. Manchmal möchte ich einfach nur nach Hause."

„Das ist hier dein Zuhause", warf Andreas ein. „Ihr habt es euch so ausgesucht."

„Vielleicht wird es mal ein Zuhause oder auch nicht", meinte Marthe. „Ich habe gestern und vorgestern die verstohlenen Blicke der umliegenden Nachbarn gesehen, obwohl ich nur Müll rausgebracht habe. Ich schätze, sie stufen mich als Serienmörderin aus einer fremden weiten Welt ein." Marthes Ton klang verbittert.

„Okay, dann weise dich als langjährige, erfolgreiche Kripobeamtin aus, die den Fall übernommen hat. Ich wette, die ehrbaren Ureinwohner ziehen ziemlich rasch ihr tugendhaftes Schwänzlein ein."

„Wenn sie überhaupt ein tugendhaftes Schwänzlein besitzen. Davon müssen sie mich erst einmal überzeugen“, wandte Marthe sarkastisch ein.

„Und trotzdem willst du hierbleiben und Tulpenzwiebeln pflanzen? Das nenne ich mutig.“

„Oder Feigheit vor dem Feind. Da gibt es erstens noch Karl-Ludwig und zweitens keine Lust auf einen weiteren Umzug.“ Sie goss etwas Kaffee in ihren Becher und füllte ihn mit Milch auf. „Was ich hier bereits in den zwei Jahren erlebte“, sprach sie weiter, „und welche idiotischen Vorurteile ich oftmals hörte, das riss mir glatt die Socken vom Fuß. Fehlt nur noch die aktive Hexenverbrennung.“

„Oder eine weibliche Leiche in deinem Graben“, wechselte Andreas das Thema. „Wie willst du weiter vorgehen? Die Spurensicherung gibt nachher dein Grundstück frei. Sie haben nichts Weiteres gefunden. Der Fundort war definitiv nicht der Tatort. Du könntest allerdings, wenn du Blumenzwiebeln einbuddelst und Kräuter pflanzt, auf Spuren achten.“

„Keine Blumenzwiebeln. Erst muss die Gärtnerei fertig werden.“ Marthe lachte befreit. „Ich schaue mich zuerst in Elenas Wohnort um. Ein kleiner Spaziergang durch Drennhausen mit Leutebefragung und Nachmittagskaffee kann nicht schaden. Hast du die genaue Adresse parat?“

Er schrieb sie auf einen Zettel. „Da machst du dich aber verdächtig“, meinte Andreas.

„Wieso?“ Marthe grinste. „Ich bin neu in der Elbmarsch und mich interessieren Land und Leute. Da fühlen sich die Ureinwohner bauchgepinselt, wenn ich mich interessiere. Ich werde einen Teufel tun und sagen, dass ich in Bütlingen wohne und die Leiche in meinem Graben lag.“

„Na dann.“ Andreas stand auf. „Ich muss los. Auf gute Zusammenarbeit, Frau Kollegin. Wir telefonieren.“

6

Marthe brachte Andreas zum Auto. Anschließend suchte sie den Weg auf dem Übergang des Grabens ab. Vielleicht hatte der Mörder, als er die Frau die Böschung hinunterwarf, etwas verloren, was die Spurensicherung übersehen hatte. Übers Wochenende hatte es ohne Unterbrechung in Strömen gegossen. Marthe stocherte in Pfützen und im Schotter herum. Was erhoffte sie sich? Die Spurensicherung arbeitete immer sorgfältig. Anschließend stapfte sie durch das nasse, kniehohe Gras und drehte jeden Grashalm um. Sie entdeckte einen alten Kronkorken, die Reste eines Teelichts, verrottete Holzstücke sowie, zu allem Überfluss, eine tote Maus. Nichts, was auf das Opfer oder den Täter hinwies.

Am frühen Nachmittag fuhr Marthe in ihrem kleinen Audi nach Drennhausen, ein beschauliches Elbmarschdorf mit knapp zweihundertvierzig Einwohnern, das zur Gemeinde Drage gehörte. Die sehenswerte St.-Marien-Kirche zierte die Mitte des Dorfes und lud zu einer Besichtigung ein. Sie lag nur wenige Meter vom Elbdeich entfernt.

Marthe hatte sich bereits seit einiger Zeit vorgenommen, die Kirche zu besichtigen, war aber bislang nicht dazu gekommen. Nun hatte sie Gelegenheit.

Sie lenkte den Wagen über den Kirchweg an der Kirche vorbei und parkte am Café. Das komplett restaurierte alte Elbmarscher Haus war eine Augenweide. Wie auf Kommando riss der Himmel auf und die ersten Sonnenstrahlen kamen hervor. Genau der richtige Zeitpunkt, um auf der Außenterrasse, die auf Stelzen gebaut war, einen Kaffee in der Frühlingssonne zu trinken.

Das Café lag direkt am Deich mit freiem Blick über die Elbe. Die Sicht war klar. Problemlos konnte Marthe über den Fluss auf die Hamburger Seite schauen. Sie bestellte bei der Bedienung ein Stück Eierlikörkuchen und genoss die Ruhe. Die junge Frau wischte den Tisch trocken und brachte das Gewünschte. Marthe war der einzige Gast auf der Terrasse. Der Ostertourismus würde frühestens nächste Woche einsetzen.

‚Ob sie die Bedienung nach Elena Bartsch fragen sollte?', überlegte Marthe. Sie unterließ es, da der Winsener Anzeiger erst gestern in einem Randartikel über die zu dem Zeitpunkt noch unbekannte Tote aus Bütlingen berichtet hatte.

Marthe genoss eine Weile die Sonne und die Aussicht vom Café über die Marsch und die Elbe, dann zahlte sie und ging auf den Deich. Hier schlug sie den Fußweg in Richtung Drage ein. Rechts und links grasten Schafe und Lämmer liefen hinter ihren Müttern her. Marthe musste aufpassen, dass sie nicht in Schafskot trat.

Außerhalb von Drennhausen, zwischen den beiden Orten, lag das Haus der Familie Bartsch knapp hinter dem Deich. Marthe erkannte bereits von Weitem die Absperrbänder und schlenderte näher heran. Sie wischte eine alte Holzbank trocken und setzte sich. Von der kleinen Anhöhe aus hatte sie freie Sicht auf das Wohnhaus.

Das gesamte Grundstück umgab eine dichte, hohe Koniferenhecke, die nur wenige Teile des geräumigen Gartens freigab. Das Erdgeschoss des weiß gestrichenen Hauses konnte Marthe nicht einsehen. Die Rollläden im ersten Stock waren hochgezogen. Hinter den Fensterscheiben erkannte Marthe Spitzengardinen. Sie tippte auf kunstvoll gefertigte Brüsseler Spitze. Vier kleine und ein großes Türmchen zierten das Dach, das in dunklem Naturschiefer gedeckt war. Auf der ausladenden Garagenauffahrt stand ein roter Corsa, Elenas Pkw. Das Anwesen sah keineswegs unbewohnt aus. Marthe dachte daran, dass Andreas gesagt hatte, dass das Haus wie ein Schloss aus tausend und einer Nacht anmutete. Sie musste ihm beipflichten. Es passte ganz und gar in die Elbmarsch.

Marthe überlegte. War Elenas Mann mit dem eigenen Auto oder mit einem Taxi zum Flughafen gefahren? Wenn sich der Wagen in der Garage befand, war es höchstwahrscheinlich nicht das Fahrzeug, mit dem Elena nach Bütlingen transportiert worden war. Sie nahm an, dass die Spurensicherung das bereits untersucht hatte. Aber wo hatte der Täter Elena umgebracht? Und warum?

Marthe erhob sich und spazierte zu ihrem Audi zurück. Da es noch früher Nachmittag war, entschloss sie sich, die nähere Umgebung zu erkunden. Vielleicht würde sich ein Einwohner finden, den sie befragen konnte.

Sie überquerte mit ihrem Wagen die Hauptstraße und fuhr vom Kirchweg in einen kleinen Weg. Intuitiv vermutete Marthe, dass Elena einen kleinen Spaziergang machen wollte und dabei auf ihren Mörder traf. Das hätte zu ihrer leichten Kleidung und den Schuhen gepasst. Der fehlende Schlüssel zur Eingangstür des Bartsch-Hauses gab zusätzlich Rätsel auf, da keine Handtasche bei der Leiche gefunden worden war. Offenbar schien allerdings niemand nach Elenas Ermordung das Haus betreten zu haben.

Marthe rollte im Schritttempo die wenigen Einfamilienhäuser entlang. Hier und da werkelte ein Bewohner im Garten, um den Sonnenschein nach dem langen Regen auszunutzen. Kaum jemand sah auf, als sie das fremde Auto erblickten. Marthe kam bis zu einer Gabelung. Links zeigte ihr ein Schild an: Verbot für Fahrzeuge aller Art, land- und forstwirtschaftlicher Verkehr frei. An dem rechten Weg das gleiche Schild. Nun, wenn ein landwirtschaftliches Fahrzeug fahren konnte, würde sie mit ihrem Kleinwagen auch durchkommen.

Übermütig entschloss sie sich, links ein Stück die enge

Straße weiterzufahren. Der Weg war wesentlich besser ausgebaut als die Straße bei sich zu Hause, schon fast komfortabel. Lediglich war er einspurig, sodass ein Ausweichen nicht möglich gewesen wäre, zumal rechts und links Entwässerungsgräben angrenzten. Aber wer sollte ihr jetzt entgegenkommen? Das Befahren des Weges war für Fahrzeuge aller Art nicht erlaubt, außer für landwirtschaftliche Fahrzeuge. Marthe kicherte wie ein kleines Kind.

Sie konzentrierte sich darauf, gerade auf der Straße zu bleiben. Plötzlich tauchte in einiger Entfernung vor ihr ein Trecker auf. „Auch das noch", fluchte sie. Sie sah sich um, ob es irgendwo eine Einbuchtung gab, um das Auto an den Rand zu lenken. Auf der Fahrerseite begrenzte ein Entwässerungsgraben den Weg, rechts ebenfalls. Daneben war so etwas wie eine Weide, jedenfalls grasten dort ein paar Pferde. Sie jonglierte den Wagen äußerst rechts an den Graben, in der Hoffnung, nicht seitlich wegzukippen. Sie erkannte mit Entsetzen, dass niemals ein Trecker an ihr vorbeikommen würde, allenfalls ein Trampelauto für kleine Kinder. Resignierend schaltete Marthe den Motor aus.

Der Traktor hielt kurz vor ihrem Pkw und verstopfte den gesamten Weg in voller Breite. Der Fahrer, ein älterer Herr im Arbeitsanzug, hievte sich hinunter und kam zu ihr. Marthe öffnete das Seitenfenster.

„Junge Frau", begann der Mann langgezogen und schob seinen zerbeulten Hut ein Stück aus der Stirn, „hast du das Schild da vorne nicht gesehen? Nur für Landwirtschaftsverkehr frei."

„Doch, doch", stotterte Marthe. Sie kam sich wie ein kleines Kind vor, dass bei einer Schandtat erwischt wurde.

„Und was machst du dann auf meinem Weg mit deinem Vehikel?"

„Ich wollte schauen, ob ..." Marthe fiel keine passende Ausrede ein.

„Biste aus Schleswig-Holstein und weißt nicht wohin?“, fragte er.

„Wieso?“

„Ratzeburger Kennzeichen.“ Er grinste. „Wohl auf Osterurlaub in der schönen Elbmarsch?“

„Ich wohne hier“, gab Marthe empört zurück.

„Hier? Hab dich in Drennhausen noch nie gesehen.“

„Ich wohne in Bütlingen.“ Marthe ärgerte sich darüber, dass er sie einfach duzte und wie ein dummes Kind behandelte.

„Bütlingen!“ Er dehnte das Wort und machte eine wegwerfende Handbewegung. „Das ist nicht Elbmarsch, das ist Ausland.“ Er beugte sich weiter hinunter. „Wie willste nun hier wieder rauskommen? Gibt hier keinen Wendeplatz für Fahrzeuge, die nicht landwirtschaftlich sind.“ Er grinste unverschämt.

„Weiß nicht.“ Martha zuckte die Schultern und sah betreten auf ihre Hände, die das Lenkrad so stark umklammerten, dass die Knöchel weiß hervortraten.

„Dann sag ich dir was. Du legst den Rückwärtsgang ein und fährst raus bis zur Straße, damit ich weiterkomme. Ich hab nämlich was zu tun. Im Gegensatz zu dir.“

„Rückwärts.“ Marthe schauderte es. Sie hasste Rückwärtsfahren. Ein absoluter Alptraum. Und das auf diesem engen Feldweg, an dem sich auf jeder Seite ein Entwässerungsgraben befand. Das konnte nur schiefgehen. Wie sollte sie das Karl-Ludwig zu Hause erklären oder noch schlimmer, Andreas Cornelsen von der Lüneburger Kripo. Ihr grauste.

„Na los“, befahl der Bauer, stapfte zu seinem Trecker und kletterte hinauf.

„Na los“, flüsterte Marthe und startete ihren Wagen. Vorsichtig bewegte sie ihn mittig auf den Weg und versuchte, langsam und möglichst gerade zurückzufahren.

Beide Beine und beide Hände zitterten, was ihr auch nicht half, mehr Sicherheit zu bekommen. Die Pferde auf der Weide wieherten. Es hörte sich wie ein hämisches Lachen an. „Ruhig“, flüsterte Marte, „ganz ruhig, Brauner.“ Sie schwitzte und stand letztendlich voll im eigenen Wasser, als sie die ersten Häuser des Wohngebietes erreichte. Sie blieb stehen, ihre Hände umklammerten das Lenkrad.

Der Treckerfahrer stellte das wüste Gefährt ein Stück weiter ab, schaltete es aus und schlenderte zu ihr hinüber. „Na siehste, Mädel. Alles geschafft. Oft machste dat aber nich, oder?“ Er grinste erneut unverschämt.

„Was?“, fragte Marthe leise, um das Vibrieren ihrer Stimme zu unterdrücken.

„Rückwärtsfahren.“ Wieder lachte er lauthals. „Was wolltest du auf dem Feldweg? Die gesamte Feldmark ist seit Tagen überschwemmt. Da kommste eh nicht vorwärts und es gibt für Touristen nichts zu sehen.“

„Neugier“, versuchte Marthe sich rauszureden.

„Ich schwör dir, da ist weit und breit nix.“ Er zeigte auf die Felder. Verständnislos schüttelte er sein Haupt, sodass die Mütze hin und her rutschte.

Marthe ging zur Offensive über. „Es geht um die Tote, die man in Bütlingen gefunden hat,“ erklärte sie mit einem Seufzer. „Sie wohnte in Drennhausen.“ Sie wies mit der Hand in Richtung Drage.

„Ach so“, meinte er, „davon las ich gestern in der Zeitung. Dann sind Sie von der Polizei oder der Presse?“ Er bevorzugte nun das Siezen.

„Nicht direkt.“ Marthe zog ihren Ausweis. „Ich bin Kriminalbeamtin, seit zwei Jahren außer Dienst und nach Bütlingen gezogen. Für diesen Fall bin ich wieder eingesetzt.“

„Und was hat das mit meinen Feldern zu tun? Wer war denn die Frau.“ Er zog unwirsch die Stirn in Falten. „Wir vermissen hier niemanden.“

„Ich suche nach Hinweisen. Die Angelegenheit ist sehr rätselhaft. Die Tote wohnte seit mehr als vierzig Jahren in Drennhausen. Wie kam sie nach Bütlingen?"

„Merkwürdig." Er schien zu überlegen. „Wissen Sie was, fahren Sie einfach hinter mir her. Ich wohne da drüben. Hilde wird bestimmt einen Kaffee warm gestellt haben. Ich brauch auch ne Pause."

Marthe nickte. „Gerne."

Der Mann kletterte wieder auf seinen Trecker. Nur wenige Meter weiter fuhr er in eine Hofeinfahrt und stellte das Fuhrwerk vor einem Tor ab. Er zeigte auf einen leeren Parkplatz.

Marthe parkte ein und stieg aus.

„Kommse mit rein", sagte er und öffnete eine Tür, die direkt in die Küche führte. „Hilde, ich bringe einen Gast mit!", rief er laut. „Übrigens, ich bin Martin." Er zog die schmuddelige Joppe aus und hängte sie an einen Haken. „Jeder kennt mich im Dorf unter Martin. Meine Eltern und Großeltern haben bereits hier gelebt. Ich bin also ein altes Drennhäuser Urgestein." Er schob sich auf eine Bank, vor der ein abgewetzter Holztisch stand. „Ist nicht die gute Stube", meinte er, „aber praktisch, wenn man draußen arbeitet." Er wies auf einen Stuhl. „So mach ich nichts dreckig, Hilde hat weniger Arbeit und ich weniger Ärger mit Hilde." Er lachte. „Wenn man erst einmal goldene Hochzeit gefeiert hat, weiß man, wo es langgeht."

Marthe setzte sich. „Ich heiße Marthe, genau Marthe Walther. Ich war vierzig Jahre bei der Kripo, zuletzt in Lüneburg, bevor ich nach meiner Pensionierung vor zwei Jahren nach Bütlingen zog."

„Und Sie wollen mehr über eine Tote erfahren, die hier wohnen soll." Er formulierte es nicht als Frage, sondern als Feststellung. „Dann müssen Sie mir erst einmal sagen, wer das sein soll."

Derweil kam Hilde mit einer Kanne Kaffee in die Küche. „Das ist meine Frau“, sagte Martin kurz, während die Hausherrin Becher auf den Tisch stellte und eingoss. „Hilde, das ist eine Kriminalbeamtin“, erläuterte Martin wichtig. „Sie kommt wegen der Toten aus Bütlingen, die in der Zeitung stand.“

„Sie wohnte nicht in Bütlingen, sondern hier in Drennhausen und heißt Elena Bartsch“, erklärte Marthe. „Ihre Leiche wurde lediglich in Bütlingen gefunden“. Marthe verschwieg, dass Elena Bartsch im Graben auf ihrem Grundstück gelegen hatte. Womöglich hätten Martin und Hilde sie als Mörderin verdächtigt.

„Elena Bartsch ist die Tote? Das wussten wir nicht. Sie wird hier nicht vermisst.“ Martin senkte den Kopf. „Das tut mir für die Frau leid.“ Er machte eine Pause, sprach dann weiter: „Wir kennen sie kaum. Nur vom Sehen. Mit niemanden hier im Ort pflegte sie Kontakte.“

„Du weißt ganz genau, weshalb“, warf Hilde ein und blickte Martin mit zusammengekniffenen Augen an.

Marthe wurde stutzig. „Warum?“, fragte sie und sah von einem zum anderen.

„1978 fing das an“, begann Hilde. „Uns ging es nach dem Krieg endlich wieder gut. Die schlechte Zeit war vergessen und wir konnten uns was leisten. Martin ist ein Kriegskind, sechsundvierzig geboren. Zweiundsiebzig haben wir geheiratet. Das dritte Kind war unterwegs.“ Sie schlürfte an ihrem Kaffee. „Jedenfalls stand das Haus dort hinten am Elbdeich leer. Tante Hilkes Mann war aus dem Krieg nicht zurückgekommen. Inzwischen war sie sechzig, gebrechlich und krank. Sie zog zu ihrer Tochter Friederike nach Mülheim. Der Bartsch kaufte das Anwesen.“

„Was ist daran ungewöhnlich?“, wollte Marthe wissen.

„Tante Hilke war die ältere Schwester meiner Mutter“, erläuterte Martin. „Wir lebten alle zusammen, meine

Eltern, Tante Hilke, ihre Tochter Friederike und ich. Der große Hof gehörte Opa. Damals ernährten wir uns alle von der Vieh- und Landwirtschaft." Er machte eine Pause. „Als Opa starb, vermachte er Haus und Grundstücke zu gleichen Teilen an Mutter und Tante Hilke."

Martin schlurfte lautstark den Kaffee und überlegte.

„Meine Eltern übernahmen die Felder sowie die Vieh- und Landwirtschaft, Tante Hilke behielt das große Haus am Deich. Mein Vater baute hier neu." Martin zeigte in die Runde. „Achtundsiebzig zog Tante Hilke weg und verkaufte unser Elternhaus."

„Warum erwarben Sie es nicht?", wollte Marthe wissen, als sie in Martins trübe Augen sah. „Dann wäre alles in der Familie geblieben."

„Zu wenig Geld. Ich konnte meine Tante nicht auszahlen. Wir hatten neu angebaut, Auto und Wirtschaftsgeräte gekauft, das dritte Kind war unterwegs. Und der alte Hof war völlig heruntergekommen. Da hätten wir viel Geld reinstecken müssen."

„Der Bartsch musste enorm vermögend gewesen sein", sprach nun Hilde weiter. „Er zahlte für den alten Schuppen eine hohe Summe in bar und ließ das Haus von Grund auf renovieren. Er machte daraus ein richtiges Luxusschlösschen. Einige Zeit später zog er dort mit der Schlampe ein."

„Schlampe?" Marthe zog über Hildes Ausbruch erschrocken die Augenbrauen zusammen, sodass sich eine Falte zwischen der Nasenwurzel bildete.

„Eine Russin, die kein Wort Deutsch verstand", erklärte Hilde empört. „Hier, in Drennhausen, und vor allem in Martins Elternhaus." Das Elternhaus betonte sie langgedehnt und verzog verächtlich ihr Gesicht.

„Hildchen", beschwichtigte Martin seine Frau und legte eine Hand auf die ihre, „das ist doch alles eine Ewigkeit her. Uns geht es gut. Wir sind gesund, haben tüchtige

Kinder und unser Auskommen. Was wollen wir mehr?“

„War aber nicht immer so. Dafür mussten wir hart arbeiten.“ Hilde schenkte Kaffee nach. „Dieses Weib hat im Dorf nur Unruhe gestiftet“, sprach sie weiter. „Jeder Kerl starrte hinter ihr her, wenn sie durchs Dorf stöckelte. Die geilen Blicke unserer Männer waren nicht zu übersehen.“

„Jo, und so mancher hat damals bannig Ärger zu Hause bekommen.“ Jetzt lachte Martin lauthals. „Sogar Schlägereien gab es und der ein oder andere Teller zerbrach in tausend Scherben.“

„Hatte Frau Bartsch ein Verhältnis mit einem anderen Mann hier im Ort?“, fragte Marthe.

„Ne, die hat niemanden an sich rangelassen“, erwiderte Martin. „Sie trug ihre Nase hoch, lächelte nur amüsiert, wenn sie die dicken Hosen sah. Als Ihre Tochter ungefähr sieben war, schickte sie das Mädchen auf eine vornehme Privatschule nach England. Die Schule im Dorf war ihr nicht gut genug.“

„Was machte ihr Ehemann?“, interessierte sich Marthe.

„Den kennen wir so gut wie gar nicht“, sprach Hilde weiter. „Er war irgendein hohes Tier und arbeitete meistens im Ausland, war selten zu Hause. Er war in keinem Verein, nicht einmal in der Freiwilligen Feuerwehr.“

„Jo, und das ist ein Muss im Ort“, bestätigte Martin.

„Feuerwehr?“, fragte Marthe und blickte erneut von einem zum anderen.

„Natürlich. Die Drennhäuser Feuerwehr hat eine lange Tradition. Schon mein Vater und dessen Vater waren aktiv in der Feuerwehr. Auch wenn er nie da war, so hätte der reiche Bartsch zumindest so ab und zu einen Taler in die Kasse tun können.“ Martin rührte ununterbrochen in seinem Becher.

„Und sie erst.“ Nun war Hilde wieder an der Reihe. „Diese Schlampe hielt es überhaupt nicht für nötig, sich mal an den Dorf- oder Feuerwehrfesten zu beteiligen. Jede Frau in der Umgebung trug ihren Teil dazu bei. Backte Kuchen, verkaufte Süßigkeiten, veranstaltete Spiele für die Kinder und Jugend. Die vornehme Dame von da hinten glänzte durch Abwesenheit."

„Hatte Frau Bartsch mit irgendjemandem Streit im Dorf?", fragte Marthe weiter.

„Davon habe ich nie gehört", meinte Hilde. „Wir sahen sie selten, meist nur, wenn sie mit ihrem Auto wegfuhr."

„Niemand wollte mit ihr Kontakt haben", erklärte Martin. „So, wie die aussah, passte sie nicht zu uns, eher nach St. Petersburg, Moskau oder Paris. Unsere Frauen sind harte Arbeit gewohnt, bodenständig und treu. So, wie mein Hildchen." Martin tätschelte die Hand seiner Frau.

„Und er?"

„Wie gesagt, er war kaum zu Hause. Von einem trauten Eheleben konnte folglich keine Rede sein. Einmal hörte ich sogar, man hätte ihn in Thailand bei jungen, leichten Mädchen gesehen."

„Von wem?", fragte Marthe amüsiert. „Derjenige muss dann ja auch dort gewesen sein."

„Das weiß ich nicht mehr", wich Martin aus und wandte sich an Hilde. „Weißt du, wer uns davon erzählt hat?"

„Ne, mir hat man es nicht erzählt, sondern dir", fauchte Hilde ihren Mann an. „Wir fahren nie in den Urlaub", wandte sich Hilde friedlicher an Marthe. „Schon mal gar nicht nach Thailand. Von Frühjahr bis Herbst haben wir viel auf den Feldern zu tun. Im Winter sind wir froh, wenn wir uns zu Hause ausruhen können."

Martin und Hilde schwiegen. Sie schienen ihren Gedanken nachzugehen.

Marthe unterbrach das Schweigen. „Sie sind doch bereits über siebzig. Und dann arbeiten Sie immer noch?

„Genau gesagt bin ich dreiundsiebzig", sagte Martin

stolz. „Hildchen ist einundsiebzig geworden. Das Arbeiten hält mich jung. Wir bewirtschaften nur die Obstbäume. Die Viehwirtschaft haben wir schon lange aufgegeben. Lohnt sich nicht. Die Weiden und Felder haben wir zum Teil verkauft oder verpachtet. In den Jahren nach neunzehnhundertsiebzig wurde viel gebaut. Die Grundstücke brachten Geld, das uns fehlte. Die Kinder haben sichere Berufe und wohnen in der Stadt."

„Welche Obstsorten bauen Sie an?"

„Apfel und Kirsche", gab er bereitwillig Auskunft. „Was suchten Sie eigentlich auf meinem Acker?", fragte Martin.

„Nichts Bestimmtes", gab Marthe zur Antwort. „Vielleicht einen Schlüssel."

„Einen Schlüssel?" Martin lachte lauthals. „Auf meinen Grundstücken in der Feldmark? Das ist wie die Suche nach einer Stecknadel im Heuhaufen. Wege und Felder sind völlig überschwemmt. Da findet niemand einen Schlüssel."

„Kann auch eine Handtasche sein", warf Marthe ein. „Jedenfalls wäre es nett, wenn Sie mich anrufen würden, falls Sie irgendetwas finden oder Ihnen noch was einfällt." Sie reichte ihm ihre Karte und schrieb ihre Handynummer darauf.

„Das werden wir machen", bestätigte Hilde.

Marthe verabschiedete sich und ging zu ihrem Wagen. Im Grunde genommen hatte sie nichts erreicht und auch nichts erfahren. Elena Bartsch schien mehr als vierzig Jahre lang ein Schattenleben geführt zu haben.

7

Marthe fuhr über die Elbuferstraße zurück. Sie mochte die kurvige Straße, die immer am Deich entlang durch die kleinen Elbmarschdörfer an den schmucken Häusern vorbeiführte. In Tespe bog sie rechts in Richtung Bütlingen ab. Am Kreisel lag ein Lebensmittelmarkt, die einzig größere Einkaufsmöglichkeit in dieser Ecke, allerdings erhielt man nur Lebensmittel und das Nötigste für Küche und Haushalt, also zum Beispiel Servietten oder Müllbeutel. Marthe vermisste in der Elbmarsch das ein oder andere Bekleidungsgeschäft. Nicht einmal einen Slip oder ein Paar Socken gab es zu kaufen. Dafür musste sie entweder nach Winsen, nach Lüneburg oder nach Geesthacht fahren. Sehr unglücklich geregelt, fand sie. Besonders im Rahmen von Energieeinsparung, denn es blieb ihr gar nichts anderes übrig, als zig Kilometer für die notwendigen Kleinigkeiten mit dem Auto zu fahren. Dafür bekam sie Honig direkt vom Imker und Eier von freilaufenden Hühnern. Aber eben keinen Slip.

Am späten Nachmittag war der Parkplatz vor dem Einkaufsmarkt gut besucht. Marthe benötigte im Moment nichts, auch keinen Slip. Seit ihrem Umzug hatte sie ihr Einkaufsverhalten gravierend umgestellt. Inzwischen besorgte sie frische regionale Produkte auf verschiedenen Höfen. Die Elbmarsch bot viel, angefangen von Obst und Gemüse bis hin zu Käse und Fleisch. Nach zwei Jahren war es für sie unvorstellbar, sich mit Supermarktprodukten zufriedenzugeben. Aber auch Eier und Honig gab es nicht direkt um die Ecke. Dafür waren die kleinen Hofläden oder Hofladen-Automaten rund um die Uhr geöffnet. Eine entspannende Radtour und ein noch entspannterer Einkauf trugen ebenso wie die frischen Produkte zur Gesundheit bei. Das gab es in der Stadt nicht so schnell.

Marthe gewöhnte sich langsam an die Elbmarsch. Manchmal erschien sie ihr sogar heimelig. Insbesondere dann, wenn sie die wenigen Kilometer vom Kreisel bis zum Ortseingang Bütlingen von mindestens drei Autos überholt wurde. Den Sinn der Raserei auf der kurzen Strecke hatte sie allerdings noch nicht verstanden. Geschwindigkeitsbegrenzung schienen die Autofahrer in der Elbmarsch nicht zu kennen. Warum musste er auf diesem winzigen Stück zu schnell fahren? Spätestens am Ortseingangsschild war sie wieder direkt hinter dem „Rasenden Roland der Elbmarsch“ und grinste ihn unverschämt an.

„Dorftrottel“, schimpfte Marthe jedes Mal, denn es passierten oft schwere Unfälle auf den Kreisstraßen.

Knapp neben der Brücke über die Alte Ilau stand links das Ole Amtshus. Es war denkmalgeschützt, eine Augenweide und erinnerte an das ursprüngliche Dorf. Sie mochte dieses kleine schnuckelige Haus, das von einer reichen Geschichte erzählte und liebevoll von den derzeitigen Besitzern gepflegt und erhalten wurde.

Auf der rechten Seite lag der Fischladen, das einzige Geschäft in Bütlingen. Es konnte auf eine lange Familien-Tradition zurückblicken. Der Fisch war stets frisch und die Salate der reinste Genuss. Meist kam Marthe mit mehr nach Hause, als auf dem Einkaufszettel stand. Widerstand war zwecklos. Es kam nicht selten vor, dass Kunden von weit her kamen, denn die Produkten waren weit über die Grenzen der Elbmarsch hinaus bekannt.

Ein Stückchen weiter, genau in der Kurve linkerhand, thronte die alte Schule von Bütlingen. Heute mussten die Kinder nach Tespe oder Marschacht fahren. Das im Fachwerkstil erbaute Haus war aufwändig renoviert worden und peppte das Dorf so richtig auf.

Marthe durchfuhr den Ort und bog schließlich in die kleine Straße ein, die bis zu ihrem Haus führte. Sie parkte ihr Fahrzeug auf den Hof, direkt neben dem Runzelgraben, in dem die tote Elena Bartsch gefunden worden war. ‚Die Sträucher müssen dringend geschnitten werden‘, dachte Marthe, als sie durch den Garten ins Haus schlenderte.

8

Nach dem Abendessen ging Marthe in ihr Arbeitszimmer. Sie rief Andreas Cornelsen an, da ihr ein paar Informationen fehlten, die sie für ihre weiteren Recherchen benötigte. „Kannst du mir detaillierte Angaben über die Kleidung, die Elena beim Auffinden trug, zusenden?“, fragte Marthe. „Ach, und bitte schicke mir auch einen Scan von dem Ausstellungs-Prospekt, den ich dir mitgegeben habe. Ich vergaß, ihn zu kopieren.“

„Mache ich sofort. Hast du eine zündende Idee?“, wollte Andreas wissen.

„Ich sprach heute mit einem älteren Ehepaar aus Drennhausen. Sie beschrieben Elena Bartsch als extravagant und unnahbar. Sie lebte sehr zurückgezogen. Zu Freunden oder Bekannten konnte das Ehepaar keine Angaben machen. Die Leute haben Elena Bartsch nie mit jemandem zusammen gesehen.“

Während Marthe mit Andreas telefonierte, erhielt sie bereits die angeforderten Informationen per Mail. „Danke“, sagte Marthe und legte auf.

Marthe druckte die Unterlagen aus. Neben normaler Unterwäsche trug Elena elegante, schwarze Lackhalbschuhe ohne Absatz, also keine hochhackigen Pumps, wie von Hilde dargestellt. Ferner einen rot-schwarz karierten, enganliegenden Rock aus Schurwolle, passend dazu einen schwarzen Kaschmirpullover mit Rollkragen. Der Kurzblazer besaß den gleichen roten Ton wie die Karos im Rock. ‚Schick‘, dachte Marthe, ‚allerdings für einen Spaziergang Ende März bei dem Sauwetter unpassend.‘

Ein Schal oder Tuch wurde nicht gefunden, ebenfalls keine Handtasche. Die Jackentaschen waren allesamt leer. Marthe überlegte. Die Eingangstür von Elenas Haus war sorgfältig abgeschlossen, als die Spurensicherung dort war.

Alles sah so aus, als ob Elena nur kurz aus dem Haus gehen wollte. Vielleicht war sie verabredet und irgendjemand hatte sie mit dem Auto abgeholt? Das schien Marthe aufgrund der frühlingshaften Kleidung wahrscheinlicher.

Marthe legte sich die Unterlagen für den nächsten Tag bereit. Auf dem alten Flyer war neben anderen Informationen auch ein Elbmarscher Kunstverein mit talentierten Malern erwähnt.

9

Am nächsten Morgen steckte Marthe die Unterlagen ein und startete nach einem ausgiebigen Frühstück in Richtung Tespe. Sie hatte einen Termin mit Petra Bachmann vereinbart. Die Dame war im Vorstand des ansässigen Kunstvereins. Marthe hatte sie zufällig auf einem Künstlertreff kennengelernt. Nach ihrer Pensionierung wollte sie sich künstlerisch betätigen und suchte nach dem Passenden für sich selbst. Petra Bachmann war damals sehr gesprächig, redete ohne Punkt, Komma und Pause. Sie hörte sich unverkennbar gerne selbst reden und lobte ihre eigene Begabung in vollen Zügen. Marthe war am Ende ihres Redeschwalls davon überzeugt, dass sie aus purer Dummheit und mangelndem Kunstverständnis nicht kreativ genug war, das außergewöhnliche Talent von Petra Bachmann zu erkennen und zu schätzen.

Marthe bog in die Straße zu ihrem Haus, in dem sich ihr Atelier befand, ein. Es lag inmitten einer gepflegten Wohngegend. In den Vorgärten blühten die ersten Tulpen und Narzissen. Die bunten Farben ließen den sonnigen Tag freundlich aussehen. In einer freien Parkbucht stellte Marthe ihren Wagen ab und stieg aus.

Sie fand Petra Bachmann in dem am Atelier angrenzenden Schuppen. Sie bastelte gerade an einer Skulptur und sah auf, als sie Marthe erblickte. „Da sind Sie ja. Ich habe Kaffee fertig“, sagte sie eilfertig und ging mit ihr auf die Terrasse, die angenehm von der Sonne beschienen wurde.

Frau Bachmann goss das heiße Getränk ein. „Was ist denn bei Ihnen im Dorf los. Die Polizei hat eine weibliche Leiche gefunden?“, begann sie das Gespräch, obwohl Marthe es ihrer Nasenspitze ansah, dass sie bereits bestens informiert war.

„Richtig. Genau auf meinem Grundstück.“ Marthe verzog die Mundwinkel zu einem Grinsen. „Darüber wollte ich mit Ihnen sprechen.“

„Mit mir? Was habe ich mit der Toten und Ihrem Grundstück zu tun? Oder haben Sie etwa als pensionierte Kommissarin die Dame umgebracht und ich soll Ihnen ein Alibi geben?“ Sie lachte geziert auf, was albern klang.

„Gute Gründe, um einige sture Elbmarscher ins Jenseits zu befördern, hätte ich wohl genug. Aber nein, ich morde nicht.“ Marthe nahm einen Schluck Kaffee.

„Wohnte die Frau in Bütlingen?“, erkundigte sich Petra Bachmann. „Im Anzeiger stand nur, dass es sich um eine Frau aus unserer Region handelte.“

„Sie kam aus Drennhausen. Und deshalb bin ich hier, denn vielleicht kennen Sie sie sogar.“

„Aus Drennhausen kenne ich kaum jemanden. Das liegt in der entgegengesetzten Ecke.“

„Ich habe hier einen Flyer über eine regionale Ausstellung, die ungefähr vor vier bis fünf Jahren stattfand. Die Tote hat damals Ölgemälde ausgestellt. Da Ihnen die meisten Elbmarsch-Künstler bekannt sind, dachte ich, dass sie eventuell in Ihren Kreativgruppen war.“ Marthe kramte den Scan hervor und gab ihn Petra Bachmann.

„Das ist schon etwas her. Wer soll sie gewesen sein?“ Marthe zeigte auf das Foto und tippte auf eine blonde Frau.

„Elena Bartsch? Der Name sagt mir im Moment nichts.“

Petra Bachmann sah sich das abgedruckte Ölgemälde intensiver an. „Das Bild kommt mir allerdings bekannt vor." Sie drehte und wendete das Blatt Papier. „Hingegen diese Frau kenne ich. Sie wohnt eine Straße weiter." Sie zeigte auf eine andere Frau auf dem Scan.

Marthe las die Erläuterung unter einem Aquarell mit Maiglöckchen. „Frieda Heinecke aus Tespe? Der Name ist mir völlig unbekannt. Das heißt aber nichts, da ich hier kaum jemand kenne." Marthe zuckte die Schultern.

„Warten Sie einen Moment." Petra Bachmann stand auf. „Ich hole mal die alte Mitgliederliste." Einen Augenblick später war sie zurück. „Frieda Heinecke. Sie trat vor zirka sechs Jahren in den Verein ein. Zur gleichen Zeit meldeten sich Ramona Kuhr, Margret Ahrens und", sie machte eine bedeutungsvolle Pause, „siehe da, Elena Bartsch an."

„Sind die Frauen heute noch Mitglieder?", interessierte sich Marthe.

„Ne, die Damen kündigten gemeinsam nach einem Jahr die Mitgliedschaft. Deshalb sagte mir der Name auch wenig. Da müsste ich mal tiefer in die Vergangenheit graben."

„Schauen Sie mal", Marthe nahm den Flyer erneut zur Hand. „Bei der Ausstellung waren alle vier Künstlerinnen gemeldet."

„Hm", überlegte Frau Bachmann. „Öl- und Aquarellmalerei Frieda Heinecke und Elena Bartsch, Töpferei und Kräuter Ramona Kuhr sowie Skulpturen Margret Ahrens. Sie müssen befreundet gewesen sein, sonst wären sie nicht zusammen ein- und ausgetreten."

„Davon gehe ich ebenfalls aus." Marthe schrieb sich die genauen Namen und Adressen auf. „Zwei Personen aus Tespe, eine sogar aus Bütlingen. Nur Elena Bartsch kam aus Drennhausen. Ein guter Hinweis. Vielen Dank dafür."

„Wurde Elena Bartsch in Bütlingen ermordet?", fragte Petra Bachmann.

„Das wissen wir nicht. Die Kripo nimmt an, dass sie mit einem Auto dorthin gebracht und auf unserem Grundstück in den Entwässerungsgraben geworfen wurde. Sie lag dort ungefähr drei Tage. Der Graben ist wegen dem dichten Strauchwerk nicht einsehbar."

„Traurig, ein solches Ende", bemerkte Petra Bachmann. Aus ihrer Stimme war tatsächlich echte Anteilnahme zu hören „Wie wenig wir die Menschen in der Elbmarsch kennen." Sie schwieg und nahm einen großen Schluck Kaffee. „Den Mann von Frieda Heinecke kenne ich allerdings von früher. Die Familie wohnt hier gleich um die Ecke. Jetzt allerdings nur noch Frieda. Ich bin mir nicht sicher, ob ich mit ihrem Mann in einer Klasse gegangen oder ob er eine Stufe höher war. Die Eltern haben hier, so wie meine, Anfang der sechziger Jahre gebaut. Es war das erste Neubaugebiet in der Elbmarsch. Wir gingen in Marschacht zur Schule. Er hieß Georg, wenn ich mich richtig erinnere, ist aber schon ein paar Jahre tot."

„Wissen Sie etwas über die Familie?"

„Wir haben uns aus den Augen verloren. Georg studierte in Hamburg, arbeitete im Ausland und heiratete Frieda, eine Norwegerin. Frieda zog in Georgs Elternhaus. Sie bekamen zwei Kinder. Er war viel unterwegs, sie versorgte neben den Kindern auch seine Eltern, bis sie starben."

„Was war Georg von Beruf?", fragte Marthe und notierte die Angaben auf einen Zettel.

„Da fragen Sie mich aber was." Petra Bachmann amüsierte sich. „Ich glaube, er war leitender Ingenieur auf einer Ölplattform in Norwegen. Er muss ein Schweinegeld verdient haben, denn nach dem Tod seiner Eltern bauten sie das Häuschen richtig hübsch um. Er war selten daheim. Frieda und die Kinder lebten sehr zurückgezogen. Wir hatten keinen Kontakt, auch später nicht, als unsere Kinder zur Schule gingen."

„Das ist merkwürdig, gerade da Sie doch so nahe beieinander wohnten.“ Marthe sah Petra Bachmann erstaunt an.

„So eigenartig ist es gar nicht“, sagte Frau Bachmann nachdenklich. „Dafür müssen Sie die Elbmarsch kennen. Meine Familie kam aus Hamburg, woher Georgs Eltern stammten, weiß ich nicht. Wir sind Zugezogene, stammen nicht aus Tespe. Es war ein hartes Stück Arbeit, hier anerkannt zu werden. Frieda war zudem Norwegerin, eine Ausländerin. Da nimmt dich nicht so schnell jemand in die Gemeinschaft auf. Geht nur über die Feuerwehr, den Schützen- oder Gesangverein. Mehr gab es im Ort nicht. Wie soll da eine angeheiratete Frau in einen alteingesessenen Verein kommen, besonders dann, wenn sie Ausländerin ist und gar nicht singen oder Feuer löschen will?“

„Die Elbmarscher sind schon ein merkwürdiges Völkchen. Sogar in der jetzigen Zeit hat sich nicht viel geändert“, gab Marthe gedankenvoll zu. „Wie drei Klassen. Die Ureinwohner, die in den sechziger und siebziger Jahren Zugereisten und die ganz Neuen. Ich bin bereits froh und dankbar, vom direkten Nachbarn gegrüßt zu werden.“ Marthe sah auf ihren Zettel. „Da hätten wir noch Ramona Kuhr aus Tespe und Margret Ahrens aus Bütlingen.“ Marthe sah Petra Bachmann erwartungsvoll an.

Sie wiegte den Kopf. „Kuhr in Tespe sagt mir wenig und Ahrens? Den Namen gibt es in der Elbmarsch wie Sand am Meer.“

„Schade.“ Marthe steckte Kugelschreiber und Papier in die Handtasche. „Ich habe die Adressen und statte den Damen mal einen Besuch ab.“

„Wieso nehmen Sie an, dass diese Frauen im Zusammenhang mit dem Mord stehen könnten?“, fragte Petra Bachmann.

„Sie stehen nicht im Zusammenhang mit dem Mord“ erwiderte Marthe. „Es sind leider bislang die Einzigen, mit denen Elena Bartsch nach unseren Kenntnissen eine Bekanntschaft hatte. Sie lebte in Drennhausen so gut wie völlig isoliert. Vielleicht finden wir über die ehemaligen Freundinnen ein Motiv. Ihr Mann, Theo Bartsch, kommt als Verdächtiger nicht in Frage. Er war zu dem Zeitpunkt nachweislich in Thailand und ist erst seit gestern zurück. Ihre erwachsene Tochter wohnt in New-York."

„Wie ist sie denn ums Leben gekommen?", fragte Frau Bachmann.

„Offenbar durch einen Schlag auf den Hinterkopf. Es deutet alles darauf hin, dass sie den Täter gekannt hat. Der Fundort war nicht der Tatort. Auch in ihrer Wohnung gibt es keine Kampfspuren oder irgendeinen Hinweis auf eine andere Person. Es wurde nicht eingebrochen und auch nichts entwendet."

„Ich erkundige mich mal in unseren Kreativgruppen, ob jemand die Tote oder die drei anderen Damen kannte. Wenn ich was rausbekomme, ruf ich Sie an."

„Das ist nett von Ihnen. Vielen Dank." Marthe verabschiedete sich und fuhr heim. Karl-Ludwig und die vier Katzen waren bestimmt schon verhungert.

10

Marthe versprach sich durch eine Befragung der drei Frauen mehr Klarheit über Elenas Schattenleben in der Elbmarsch. Ihre Person zog Marthe mehr und mehr in den Bann. Vielleicht pflegten die Frauen ihren Kontakt noch und hatten sich wie alte Bekannte zum Kaffee verabredet? Das würde auch Elenas leichte und recht elegante Kleidung erklären.

Marthe rief Andreas an und berichtete kurz über ihr Gespräch mit Petra Bachmann und dass sie mit den drei anderen Damen Kontakt aufnehmen wollte. „Hat die

Spurensicherung im Haus von Elena Bartsch Ausweise, Kreditkarten oder ein Handy gefunden? Womöglich sogar alles zusammen in einer Handtasche?“, fragte sie.

„Nichts dergleichen“, antwortete Andreas. „Wir gehen allerdings davon aus, dass sie beim Verlassen des Hauses eine Tasche mitgenommen haben muss. So, wie jede Frau es normalerweise tut. Es sieht nicht so aus, als ob sie gerade den Müll rausgebracht hätte.“

„Das sehe ich auch so“, antwortete Marthe. „Vielleicht wollte sie sich sogar mit einer von diesen Bekannten treffen. Oder mit allen dreien.“

„Das ist ein interessanter Ansatz“, warf Andreas Cornelsen ein. „Ihr Frauen ward schon immer die besseren Plaudertaschen beim Kaffeekränzchen.“

„Ohne Bemerkungen geht es bei dir wohl nicht“, erwiderte Marthe tadelnd. „Lasst bitte Elenas und Theos Konten überprüfen, ob größere Summen abgehoben oder überwiesen wurden“, sagte Marthe sachlich.

„Wir sind dabei. Theo Bartsch wird gerade ein weiteres Mal befragt. Ich melde mich später, wenn ich Ergebnisse habe.“

„Okay.“ Marthe legte auf. Es war klar, dass Andreas an solche Dinge dachte. Aber wo war Elenas Handtasche? Wenn es sich um einen Raubmord handelte, könnte die Tasche ausgeräumt irgendwo in der Elbmarsch liegen. Wenn nicht? …

„Gibt es heute irgendwann noch Mittagessen?“ Karl-Ludwig stand in der Tür des Arbeitszimmers und schaute Marthe vorwurfsvoll an.

„Einen Moment bitte“, sagte Marthe zerstreut. „Ich muss was nachgucken.“

„Deine Momente kenne ich.“ Maulend verzog sich Karl-Ludwig ins Wohnzimmer.

Marthe loggte sich bei Facebook ein. Manchmal gab es

Posts, dass etwas gefunden wurde. Meistens meckerten die User allerdings darüber, dass irgendjemand Müll irgendwo in der Feldmark entsorgt hatte, Raser unterwegs waren oder der Nachbar zu laut gepupst hat. Marthe fand keine Handtasche, kein Handy und auch keinen Schlüssel, lediglich eine vermisste Katze, einen zugeflogenen Wellensittich und Currywurst mit Pommes auf dem Parkplatz bei REWE. Das erinnerte Marthe daran, das Mittagessen vorzubereiten. Sie schaltete den Computer aus und ging in die Küche.

„Mich nervt einfach, dass diese Elena bei uns im Graben gefunden wurde und wir nicht einmal bemerkten, dass sie jemand dort abgelegt hat“, maulte Marthe während des Essens. „Der oder die Mörderin hätte sich auch einen anderen Ablageort auswählen können. Dann hätten wir jetzt keine Probleme.“

„Nun entspann dich. Es ist nicht dein Fall.“ Karl-Ludwig löffelte die Suppe. Es war ihm anzusehen, dass er übellaunig war.

„Wenn man sie woanders gefunden hätte, wäre ich jetzt entspannt“, maulte Marthe weiter.

„Der Mörder wusste bestimmt nicht, dass es unser Grundstück ist.“

„Vielleicht doch?“ Marthe sah von ihrem Teller auf.

„Aus welchem Grund sollte man dir eine Leiche in den Garten legen. Uns kennt kaum jemand. Wir wohnen erst seit Kurzem in der Elbmarsch. Niemand weiß, dass du Kriminalbeamtin warst.“

„Da bin ich mir nicht sicher. In der Elbmarsch hört man die Flöhe husten und es wird viel Unfug erzählt“, erwiderte Marthe. „Nicht jeder ist Zugereisten gegenüber aufgeschlossen. Knapp die Hälfte möchte lieber wie auf einer Grünen Insel leben und keine Fremden hier reinlassen.“

„Das sind ein paar wenige starrköpfige und

hinterwäldlerische Dummköpfe, aber nicht die Hälfte. Du kannst das nicht verallgemeinern." Karl-Ludwig zog die Mundwinkel ironisch nach unten.

„Davon scheint es hier aber so ein paar mehr zu geben. Da musst du dir mal den Unfug bei Facebook anlesen." Marthe sah ihren Mann eindringlich an.

„Jetzt lass die trüben Gedanken, sondern warte ab, was die Ermittlungen ergeben. Und Facebook ..." Jetzt verdrehte Karl-Ludwig die Augen und sah zur Decke. Sein Gesichtsausdruck sprach Bände.

„Ich weiß, die größte digitale Müllhalde auf dieser Erde. Das hast du mir schon vor zwanzig Jahren gesagt und jegliche EDV abgelehnt. Ein Hoch auf die alte mechanische Schreibmaschine von Olivetti." Marthe stöhnte und legte klirrend den Löffel beiseite. Sie wusste, dass eine Diskussion über die digitale Welt im Desaster oder im Streit enden würde. Zu diesem Thema hatte Karl-Ludwig seine ganz eigene spießbürgerliche Meinung.

„Mir tut die Frau in ihrer Anonymität leid. Vierzig Jahre Einsamkeit", sprach Marthe sanfter weiter. „Ich habe manchmal das Gefühl, sie will mit mir reden."

„Du kanntest sie doch gar nicht." Karl-Ludwig legte nun ebenfalls den Löffel hin. Er stand auf und ging zur Tür. „Ich räume den Schuppen auf."

„Viel Vergnügen. Ich hoffe, der ist leichenfrei." Marthe deckte den Tisch ab. Es gefiel ihr überhaupt nicht, dass es keinerlei Hinweise und Spuren gab. Elena konnte nicht einfach so in ihrem Graben gelandet sein, ohne dass irgendjemand etwas beobachtet hatte. Nun ja, die Elbmarsch war flächenmäßig weitläufig, mit riesigen Feldern und offenem Land. Allerdings kam man von Drennhausen nach Bütlingen kaum zu Fuß, dazu benötigte man vorzugsweise ein Fahrzeug.

Marthe schaltete den Computer wieder ein und rief den

Routenplaner auf. Letztendlich blieben zwei normal befahrbare Straßen übrig. Es sei denn, die Person kannte sich gut in den Feldmarken aus und besaß einen Land-Rover, um durch den Matsch zu kommen. Oder einen Trecker! So einen, wie der Bauer Martin einen besaß.

Marthe stand auf, um die vier Katzen zu versorgen, die geduldig um sie herumsaßen. Jedoch in dem Moment, als sie aufstand, sprinteten die Tiere los und versammelten sich allesamt in der Küche. „Nun gibts endlich Futter", sagte Marthe und öffnete die Dosen. „Ihr habt Gott sei Dank nur Futterprobleme." Sie sah zu, wie sich ihre Lieblinge über den Inhalt der Näpfchen hermachten, sich die Schnäuzchen leckten, anschließend zufrieden davontrotteten und es sich in ihren Katzenkissen gemütlich machten. Der Nachmittag war gerettet, jedenfalls aus Katzensicht.

Im Arbeitszimmer schaute Marthe auf ihr Handy. Andreas Cornelsen hatte sich gemeldet. Marthe rief zurück. „Gibt es neue Erkenntnisse?", fragte sie.

„Wie man will. Wir haben ausführlich mit Theo Bartsch gesprochen. Er kommt als Verdächtiger nicht in Frage.

„Dann wird der Fall noch komplizierter. So bleibt zu hoffen, dass die drei Damen aus Tespe und Bütlingen uns Hinweise liefern können."

„Komm einfach mal zum Reden vorbei", schlug Andreas vor. „Dann könnten wir gemeinsam alle bekannten Fakten zusammentragen. Die Kollegen würden sich freuen, dich wiederzusehen", fügte er hinzu.

„Mach ich. Ich sage Karl-Ludwig Bescheid und dann bin ich schon on Tour." Auf dem Weg zum Auto informierte sie kurz ihren Mann.

„So langsam ist es aber gut", maulte er. „Ich sitz hier rum, bekomme kaum etwas zum Essen und muss zusätzlich deine Katzen füttern." Er stellte polternd einen Kanister mit

Dünger ins Regal.

„Die Katzen habe ich gefüttert. Die machen jetzt Mittagschlaf. Ich bin in zwei Stunden zurück." Marthe verließ den Schuppen und ging rasch zu ihrem Wagen.

11

In gut zwanzig Minuten war Marthe bei der Polizeidirektion Lüneburg. Sie fuhr mit dem Fahrstuhl in die dritte Etage. Andreas saß vor dem Computer. „Schön, dass du da bist", freute er sich. „Ist wie in alten Zeiten."

„Manchmal vermisse ich tatsächlich mein Büro", erwiderte Marthe amüsiert. Sie setzte sich ihm gegenüber. „Dann schieß mal los."

„Die Familie Bartsch hat eine interessante Geschichte", begann Andreas. „Theo Bartsch ist ursprünglich in Hannover geboren, schloss dort sein Studium ab. Architektur, Bau- und Ingenieurwesen. Mit knapp dreißig leitete er bereits eine Abteilung, Schwerpunkt: Kraftwerke und Ölpipelines im Ostblock, überwiegend in Russland. Rasch stieg er weiter auf und übernahm die Verantwortung für Verhandlungen im Kraftwerksbau. Ein schwieriger Job in Zeiten des Kalten Krieges."

„Hast du mal ein Bild von ihm?", fragte Marthe.

„Hier." Er reichte ihr einige Fotos zu.

„Attraktiver Mann", stellte Marthe bewundernd fest. „Der könnte mir auch gefallen. Kein Wunder, dass er eine so schöne Frau wie Elena hatte."

„Das ist der Knackpunkt der Geschichte." Andreas lachte, in seinen Augen blitzte es schalkhaft. „Wird dich überraschen."

„Ich bin gespannt." Marthe legte die Aufnahmen zurück auf den Schreibtisch.

„Theo ist homosexuell."

„Schwul? Bei einem solchen Job?“ Marthe sah Andreas ungläubig an. Sie blickte auf die Fotografie. „Ein toller Kerl ist er ja“, wiederholte sie überzeugt. „Wie ist es zu einer Ehe mit Elena gekommen? Und hatten sie nicht auch ein Kind?“

„Theo Bartsch hat das all die Jahre erfolgreich versteckt. Elena war die ältere Schwester seines Geliebten Slava. Bei einem Projekteinsatz in Kiew lernten sie sich kennen. Theo verliebte sich in Slava. Die beiden wurden ein Paar. Das durfte auf keinen Fall herauskommen. Zu der damaligen Zeit hätte es Theo den Job gekostet.“

„Und dann?“

„Die Geschwister prostituierten sich, um zu überleben. Die Eltern waren früh gestorben. Elena finanzierte damit das Studium des jungen Slava und wurde von einem Freier schwanger. Das bedeutete das Aus für die junge Frau. Ein unverehelichtes Mädchen mit Kind bekam in der damaligen UdSSR kaum eine Chance.“

„Stimmt,“ sann Marthe nach. „Da hätte ihr ein hartes Leben bevorgestanden.“

„Theo Bartsch wurde befördert. Er war eine Koryphäe im Bereich Kraftwerksbau. Er erhielt eine leitende Position, weitab von Kiew im nördlichen Russland. Für seine Karriere wurde es immer wichtiger, bei öffentlichen Auftritten oder Verhandlungen mit einer soliden Familie aufzutreten.“

„Hm.“ Marthe nickte ein paar Mal. „Zu der Zeit war Leonid Breschnew Präsident. Es herrschte viel Unruhe und es gab einige politische Umbrüche.“ Marthe blickte Andreas aufmerksam an, legte die Hände aneinander und lauschte.

„Theo, Slava und Elena überlegten nicht lange. Theo heiratete Elena Goncharenko und vertuschte damit seine Homosexualität, zumal für alle unübersehbar ein Kind unterwegs war. Mit dem jungen Slava konnte Theo unbemerkt weiter engen Kontakt pflegen, ohne dass es auffiel.“

„Keine schlechte Abmachung“, warf Marthe ein. „Elena war eine schöne Frau, die gerade in Russland Theos Image gewaltig aufpolieren konnte. Und Breschnew war ebenfalls in der Ukraine geboren.“

„Theo Bartsch kaufte absichtlich in Deutschland ein Haus, weitab der Zivilisation. In der Elbmarsch kannte ihn niemand. Elena gebar ihre Tochter in Drennhausen, sodass jeder annahm, dass es Theos Kind sei.“ Andreas machte eine Pause, bevor er weitersprach: „Elena war zuverlässig und verschwiegen. Zu offiziellen Anlässen begleitete sie ihren Ehemann ins Ausland. Ansonsten führte sie ein zurückgezogenes Leben in Norddeutschland.“

„Traurig. Und Theo bedachte dabei nicht, dass es für eine Fremde und zusätzlich Ausländerin in der Elbmarsch unmöglich war, Anschluss zu finden? Wie eigennützig. Ein Dasein ohne Freunde und Bekanntenkreis. Eine grauselige Vorstellung.“ Marthe lief es eiskalt den Rücken hinunter. „Hatte Elena noch andere Familienangehörige?“

„Offenbar nicht. Die Eltern starben früh, wie ich bereits berichtete“, erklärte Andreas. „Elenas inzwischen erwachsene Tochter lebt heute in New-York. Sie ist fast vierzig und unverheiratet. Sie arbeitet gemeinsam mit ihrem Lebensgefährten als Modedesignerin.“

„Ist sie bekannt? Ich meine, hat sie in der Branche einen Namen?“

„Und wie. Sie heißt Maria Magdalena, ihr Label ist Marie Madeleine. Sie und ihr Partner entwerfen verdammt teure Klamotten und richten luxuriöse Wohnungen ein.“

„Und Elenas Bruder? Wie hieß der noch?“, fragte Marthe.

„Slava Goncharenko. Er verstarb vor fünf Jahren in Sankt Petersburg.“

„Also fällt der auch als Täter weg“, konstatierte Marthe.

Sie dachte nach. „Weiß man etwas vom leiblichen Vater der Maria Magdalena?“

„Theo Bartsch meint, dass es ein Deutscher war, der, wie er selbst, in Kiew gearbeitet hat. Damals hatte Elena viele Freier. Er ist der Meinung, sie hätte ein einziges Mal den Namen Karl erwähnt. Ist sich aber nicht sicher. Er hat auch nie danach gefragt. Hier könnte uns nur Elena selbst weiterhelfen.“

„Eventuell Erpressung oder Spionage?“, warf Marthe ein. „Bei Kernkraftwerken gehen bei mir sofort sämtliche Lichter an.“

„Auch möglich. Theo arbeitete fast fünfzig Jahre in der Branche und verfügt über enormes geheimes Wissen, das sich vielleicht irgendein Agent unterm Nagel reißen will.“ Andreas sah Marthe ratlos an. „Aber dann hätte er Elena nicht erschlagen, sondern nur gekidnappt, um Theo Bartsch zu erpressen. Was nutzt dem Erpresser die tote Frau?“

„Oder jemand, dem sich Elena anvertraut hat. Irgendwann musste sie doch mal ihre Seele entlasten.“

„Christine aus der Fachabteilung hat sich Elenas Laptop vorgenommen. Demnach korrespondierte sie täglich mit ihrer Tochter in New-York. Elena entwarf die meisten Modelle, experimentierte mit Farben und Mustern. Ebenfalls malte sie, ersann einzigartige Skulpturen und Ähnliches. Sie schickte alles Maria Magdalena zu, die es produzieren ließ und unter ihrem Label verkaufte. Elena war eine unglaublich talentierte Frau.“

„So also hatte sie ihre Freizeit verbracht“, überlegte Marthe. „Sie hat das Angenehme mit dem Nützlichen verbunden und war immer mit ihrer Tochter in Kontakt. Vielleicht hat sie gar nichts vermisst?“

„Ihr Haus ist ein Palast“, erklärte Andreas. „Gemälde, teures Mobiliar, edles Porzellan, Schnickschnack überall. Ihr Kleiderschrank beinhaltet auserlesene Garderobe.

Designer-Mode aus New York und Paris.“

„Modelle, die ihre Tochter und deren Partner gefertigt haben?“

„Sieht so aus. Theo hat uns für Recherchen die Konten freischalten lassen. Er zahlte Elena monatlich so eine Art Gehalt für ihre persönlichen Ansprüche. Keine Unsummen, aber sie besaß ein beachtliches Vermögen. Kosten für Haus, Hof, Garten und sonstige Auslagen bestritt er selbst beziehungsweise wurden abgebucht und von einem Notar verwaltet. Es gab eine Haushaltshilfe und einmal im Monat kam ein Gartenbaubetrieb, um die Außenanlagen instand zu halten.“

„Habt ihr mit denen schon Kontakt aufgenommen?“, fragte Marthe nach.

„Haben wir. Die Reinigungskraft war vormittags am Freitag zuletzt da. Sie hat Elena Bartsch in den Wohnräumen lebend angetroffen und nichts Außergewöhnliches bemerkt. Der Termin für die Gärtnerei ist nächste Woche. Alles regulär.“

„Und die Tochter?“, fragte Marthe

„Theo Bartsch hat sie informiert. Sie müsste morgen in Hamburg eintreffen.“ Andreas schloss die Akte.

„Viel weiter sind wir in der Angelegenheit nicht gekommen.“ Marthe stütze den Kopf auf die Hand. „Ich bin allerdings davon überzeugt, dass wir Elenas Mörder oder Mörderin in ihrer Vergangenheit suchen müssen“, überlegte sie.

„Wie kommst du darauf?“ Andreas sah sie neugierig an. „Weißt du etwas, was wir nicht wissen oder uns entgangen ist?“

„Frage mich mal etwas Leichteres“, sagte Marthe leise. „Manchmal habe ich das Gefühl, Elena will mir etwas wichtiges sagen.“

Andreas sah seine ehemalige Kollegin fragend an. „Bist du jetzt esoterisch unterwegs?“

„Es gibt keine Spuren im Haus, die Eingangstür war abgeschlossen, ihr Pkw stand in der Auffahrt, es wird nichts vermisst. Elena war gekleidet, als hätte sie nur einen kurzen Spaziergang gemacht oder ins örtliche Café wollte. Ich bin der Meinung, dass sie ihren Mörder gekannt hatte beziehungsweise sogar mit ihm verabredet war", fasste Marthe ihre Überlegungen zusammen, ohne auf die Bemerkung von Andreas einzugehen.

„Sieht fast so aus. Leider wissen wir viel zu wenig über Elena Bartsch." Beide schwiegen und hingen ihren Gedanken nach.

Plötzlich begann Marthe zu lachen. „Mir ist gestern was passiert", prustete sie los. „Beinahe wäre ich mit meinem Auto im Schlamm stecken geblieben." Sie erzählte von ihrem Erlebnis, als sie unbefugt in den landwirtschaftlichen Weg abgebogen war. „Der Bauer Martin behandelte mich wie ein dummes Kind. Später versorgte Hilde, seine Gattin, uns mit Kaffee. Wir plauderten. Wie ich dir bereits kurz sagte, kannten sie Elena und Theo Bartsch kaum. Elena war besonders bei den Frauen in der Elbmarsch unbeliebt, weil deren Ehemänner sich die Augen nach ihr ausguckten."

„Was wolltest du denn auf dem Feldweg?" Andreas schüttelte den Kopf.

„Mir macht der fehlende Hausschlüssel beziehungsweise die komplette Handtasche Kopfzerbrechen. Elena trug nichts dergleichen bei sich, als man sie fand. Entweder verlor sie alles, als man sie in ein Fahrzeug schleppte oder der Mörder hat es an sich genommen, um später im Haus einzubrechen. "

„Hm." Andreas wiegte nachdenklich sein Haupt. „Bei einem Raubmord würde erstens deine Annahme in Verbindung mit Elenas Vergangenheit hinfällig werden und zweitens wäre es jetzt für einen Einbruch in das Haus zu spät."

„Richtig. Doch als Martin mir selbstverständlich

glaubwürdig erklärte, dass die Schlüsselsuche in der Feldmark der Suche einer Stecknadel im Heuhaufen glich, hat mich das stutzig gemacht. Handelte es sich um einen normalen Raub, hätten wir wahrscheinlich inzwischen längst die ausgeräumte Handtasche gefunden." Marthe lachte verlegen. „Klingt vielleicht dumm, doch in der Elbmarsch funktionieren Informationen wie „stille Post". Da bleibt kaum etwas im Verborgenen."

Andreas nickte und sah Marthe ernst in die Augen. „So abwegig ist deine Idee gar nicht. Denn sollten wir die Dinge finden, wäre der Tatort besser einzugrenzen und eventuell sogar der Täterkreis."

„Aber ein Feldstein, mit dem Elena womöglich erschlagen worden ist, werden wir ebenfalls kaum ausmachen können," meinte Andreas. „In der Elbmarsch gibt es Millionen davon und außerdem hat es Ende März Hunde und Katzen geregnet. Die Felder und Wege stehen komplett unter Wasser und haben alle Spuren verwischt."

Marthe trank ihren Tee aus. „Ich fahr heim", sagte sie und stand auf. „Hier kommen wir gerade nicht weiter und Karl-Ludwig wird langsam sauer, dass ich mich statt um ihn um eine völlig unbekannte Elena kümmere."

„Ich ruf dich an, wenn wir was Neues haben", erklärte Andreas verständnisvoll und brachte Marthe bis zu Tür. „War schön, dich mal wieder in unseren heiligen Räumen zu sehen."

Die Rückfahrt dauerte nur zwanzig Minuten. Karl-Ludwig werkelte im Garten. Seinem missmutigen Gesichtsausdruck sah Marthe an, dass er weiterhin angesäuert war. Insgeheim musste sie ihm Recht geben.

Nach dem Abendessen setzte sich Marthe vor den Computer. Sie rief Facebook auf. „Mal schauen, was es in der Elbmarsch so gibt", flüsterte sie amüsiert. Natürlich nichts, sondern wie immer die Fragen: „Wo finde ich einen Elektriker? Wer kann meinen Rasen mähen? Habt ihr den lauten Knall gehört?“

Marthe schaltete wieder ab. Über den Mord wurde inzwischen nicht mehr diskutiert. Klar, er lag bereits vier Tage zurück. Und sogar in der Elbmarsch war die Schnelllebigkeit im Alltagsleben angekommen.

12

Am Samstagvormittag wollte Marthe die drei Damen aufsuchen, die ihr Petra Bachmann vom Kunstverein genannt hatte. Vielleicht konnten diese Frauen weitere Hinweise geben. Der Zettel mit den Adressen lag auf ihrem Schreibtisch. Der Einfachheit halber wollte Marthe mit Margret Ahrens in Bütlingen beginnen. Sie wohnte in der Bergstraße, nicht weit von Marthes Haus.

Sie fuhr die holprige Straße langsam entlang und sah sich interessiert um. Mehr oder weniger schicke Villen säumten die Straße, doch nur wenige Personen waren zu sehen, wie meistens um diese Jahreszeit in der Elbmarsch. Sie hielt vor Margrets Haus. Der Vorgarten sah verwildert aus, das flache Wohngebäude lag etwas nach hinten versetzt, durch hohe Sträucher verdeckt und kaum sichtbar.

„Nicht sehr vertrauenswürdig“, murmelte Marthe und ging die Einfahrt bis zur Haustür hinauf. Das Grundstück erschien ihr eher so, als wenn darin seit einiger Zeit überhaupt niemand anwesend gewesen wäre. Sie drückte auf den Klingelknopf, nach einem kurzen Moment versuchte sie es noch einmal. Als hätte sie es erwartet, wurde ihr nicht geöffnet.

Marthe ging zurück zu ihrem Wagen. Schade. Ein wenig enttäuscht schloss sie die Autotür auf. „Suchen Sie jemand?“, rief ein älterer Herr aus dem gegenüberliegenden

Garten zu ihr hinüber.

„Ich wollte zu Frau Ahrens“, gab Marthe zur Antwort.

„Die ist selten zu Hause“, grummelte der Nachbar. „Sie wohnt auch nur ab und zu hier.“

„Wo hält sie sich normalerweise auf?“ Marthe schlenderte zu dem Herrn an den Zaun, der sich auf eine Harke stützte.

„Keine Ahnung“, erwiderte er. „Ich nehme an, in der Stadt. Sie lebt allein. Ihr Mann ist vor ein paar Jahren verstorben. Seitdem verkommt das Grundstück. Schauen Sie sich mal das Unkraut an. Alles weht in meine Beete. Jahrelang hat sie nichts gemacht.“

„Sie haben es aber nett“, sagte Marthe und zeigte auf die blühenden Tulpen und Narzissen.

„Im Frühjahr ist es hier schön“, gab er zu, „aber im Winter sehr einsam. Im Sommer genießen wir allerdings die Landschaft und machen Spaziergänge zu den alten Dünen. Es ist hier wie im Urlaub.“ Er lachte laut und Marthe konnte einige Zahnlücken entdecken.

„Dünen?“ Marthe blickte sich um.

„Man muss genauer hinschauen.“ Er grinste. „Gehen Sie ein Stück dort entlang.“ Er wies zum Ende der asphaltierten Straße. „Sie werden sehen, wie einmalig die Umgebung ist. Früher gab es hier sogar ein Schloss.“ Er harkte weiter, sodass Marthe annahm, dass er das Gespräch für beendet hielt.

Marthe schaute sich um. ‚Warum nicht‘, überlegte sie. ‚Ein bisschen frische Luft wird mir guttun.‘

Sie verriegelte den Wagen, krempelte den Rollkragen des Pullovers höher und zog den Reißverschluss des Anoraks zu. Den Autoschlüssel steckte sie in die Anoraktasche.

‚Schlüssel‘, fiel es ihr wieder ein. ‚Ob Elena Bartsch ihren Haustürschlüssel einfach in die Jackentasche gesteckt hatte?‘

Marthe lief ein Stück an den Häusern und dann auf dem Feldweg. Dabei umrundete sie slalommäßig die unzähligen Pfützen. Der letzte Herbst und die Wintermonate waren extrem nass gewesen. Genauso matschig sah ihr Garten aus. Nichts, aber auch gar nichts konnte sie seit einigen Monaten tun. Da würde noch viel Arbeit auf sie warten.

Marthe ließ die wenigen Häuser hinter sich, bevor sie in die Heidelandschaft kam. Die frische Frühlingsluft tat ihr gut. Sie atmete tief durch. Rechts am Weg erblickte sie ein Schild. Marthe schlenderte hinüber, um zu lesen, was es mitten in der Einöde so Interessantes in der Umgebung gab. Sie las: „In der Gegend um Bütlingen erheben sich an einzelnen Stellen Sandaufhöhungen, die die flache Marsch bis zu zehn Meter überragen. Sie entstanden nach der letzten Eiszeit. Die Eismassen erreichten das heutige Elbtal nicht ganz. Das Schmelzwasser und die darin mitgeführten Geröllbrocken, Kiese und Sande formten das Urstromtal der Elbe endgültig aus. Nachdem die Gletscher abgeschmolzen waren, ging die Transportkraft des Wassers zurück. Nur noch feinkörniger Sand, aus dem sich Sandbänke bildeten, wurde transportiert. In Trockenzeiten wehte der Wind sie zu großen Dünenfeldern zusammen.

Die Bildung der Marsch erfolgte später durch Überflutungen. Die Besiedlung und Nutzung der Marsch ist vermutlich von den sicheren Talsandinseln aus entstanden. Diese hochwasserfreien Sanderhöhungen boten den Menschen gute Siedlungsvoraussetzungen, da das rundum wasserreiche Gebiet vor Überfällen schützt. Die frühen Bewohner lebten vom Fischfang, der Jagd und dem Früchtesammeln.

Wohl deshalb ist Bütlingen eine der ältesten Ansiedlungen im Landkreis Harburg. Aufgrund von Waffen-, Scherben- und Gerätefunden konnten Rast- und Siedlungsspuren für 1800-1600 vor Christus nachgewiesen werden.

Wahrscheinlich ist aber, dass erste Besiedlungen viel eher stattgefunden haben.

Heute sind die Dünen, die aus feinem Sand bestehen und nur eine dünne Humusdecke tragen, größtenteils mit einem niedrigen Eichen- und Birkenbestand bewaldet. Teilweise sieht man stärkere Bäume oder Kiefernaufforstungen. Der Bewuchs ähnelt dem in den Wäldern der Lüneburger Heide, mit Drahtschmiele, Heidelbeere und Heidekraut.

In offenen Bereichen gibt es Pflanzengesellschaften des Sandmagergrases, zum Beispiel hier am Weinberg, wo in der Vergangenheit Sand abgebaut wurde. Typische Pflanzen sind beispielsweise Bergsandglöckchen, kleines Habichtskraut, Silbergras, Heidenelken und scharfer Mauerpfeffer.

Man findet auch Reptilien und Insekten, die an trockene Sandgebiete angepasst sind, wie Waldeidechse, Blindschleiche, kupferbrauner Sandlaufkäfer und verschiedene Heuschrecken.

Durch Bebauung, Aufforstung und Bodenabbau ist schon viel von dem ursprünglichen Dünengebiet verlorengegangen. Aufgrund der Einzigartigkeit der Landschaft in unserer Region ist es äußerst erstrebenswert, die noch verbliebenen Reste zu erhalten."

„Interessant, nicht wahr?"

Marthe erschrak und drehte sich um. Sie hatte nicht bemerkt, dass weitere Personen anwesend waren. Eine Frau und ein Mann mit Fahrrädern standen neben ihr.

„Das habe ich alles gar nicht gewusst", stotterte Marthe verlegen und räusperte sich.

„Wir wissen sehr viel über diese Gegend hier", sagte die Frau in bayrischem Akzent stolz.

„Sie kommen doch nicht aus Norddeutschland?", fragte Marthe irritiert. Sie hatte Mühe, die Dame zu verstehen.

„Nein, wir wohnen in Bayern. Aber wir verbringen mindestens zweimal im Jahr unseren Urlaub in der Elbmarsch“, erwiderte der Mann.

„Aus Bayern?“ Marthe amüsierte sich. „Dort ist es doch wunderschön. Mit all den Bergen und Wäldern. Wieso reist man dann in den kahlen, platten Norden?“

„Nun, in den Bergen kann man nicht gut mit dem Rad fahren, insbesondere in unserem Alter. In der Marsch ist das wesentlich angenehmer. Mein Mann und ich sind schon lange nicht mehr die Jüngsten.“ Nun antwortete die Frau und strich liebevoll über den Arm des Mannes.

„Somit kennen Sie sich wahrscheinlich in dieser Region sehr gut aus?“ Marthe wandte sich den beiden direkt zu.

„Machen Sie auch Ferien in der Elbmarsch?“, wollte die Frau wissen.

„Nein“, sagte Marthe leise und sah verlegen zu Boden. „Tatsächlich wohne ich hier ganz in der Nähe von Bütlingen. Allerdings erst seit gut zwei Jahren.“ Marthe schämte sich, dass sie dabei erwischt wurde, so wenig über ihren Wohnort zu wissen.

„Dann sollten Sie mal ordentlich durch die Gegend radeln. Das ist nicht nur gesund, sondern Sie können die Schönheiten dieses Landstrichs gemütlich und ohne Stress erkunden.“ Jetzt sprach der Mann überzeugt weiter. Seine Stimme klang wie die eines Arztes, obwohl sich Marthe nicht krank fühlte.

„Das müsste ich wirklich tun“, bestätigte Marthe unterwürfig. „Übernachten Sie auf dem Campingplatz in Stove?“, fragte Marthe höflich.

„Camping ist nicht unser Fall. Normalerweise mieten wir eine Ferienwohnung in Marschacht. In der Nähe vom Marschachter Hof. Da wurden wir immer gut versorgt.“ Sie zuckte mit den Achseln und sprach weiter: „Dieses Mal, nach Corona, war alles rasch ausgebucht. So sind wir in

Bütlingen gestrandet. Wir bereuen es aber nicht, obwohl es im Ort nicht einmal ein Restaurant gibt. Bütlingen ist ein liebenswerter und ruhiger Ort. Also koche ich für uns abends immer eine Kleinigkeit.“

„Ein Restaurant vermisse ich auch“, plauderte Marthe. „Dafür haben wir ein hervorragendes Fischgeschäft.“

„Das stimmt“, bestätigte die Frau eilfertig. „Da haben wir auch schon einige Male etwas herausgeholt. Fischfrikadellen mit Kartoffelsalat und Teufelsdip kann ich empfehlen. Besonders, wenn man es eilig und keine Lust zum Kochen hat.“ Sie lachte und drückte erneut den Arm ihres Mannes.

„Hier soll früher mal ein Schloss oder eine Burg gestanden haben“, wechselte Marthe das Thema und schaute sich um.

„Richtig!“ Die Frau schien erfreut, dass sich Marthe für die Region interessierte. „Es handelte sich um eine barocke Schlossanlage. Eine Tochter des Königs von Dänemark, Dorothea, hat das Dorf Bütlingen sogar zu ihrem Sommersitz gemacht. Also sind wir selbstverständlich auch mit unserer Bleibe in diesem freundlichen Ort zufrieden.“ Sie lachte laut.

„Sie kennen sich gut aus“, staunte Marthe. „Ich wusste gar nicht, dass ich in einem solch berühmten Dorf wohne.“ Martha zog die Stirn in Falten. „Ich verspreche, ich werde mich bessern.“

„Wir besuchten vor drei Jahren das Schloss in Winsen. Das war der Hauptsitz von Dorothea während ihrer Witwenzeit. Sie war mit Wilhelm dem Jüngeren von Braunschweig-Lüneburg verheiratet und hatte fünfzehn Kinder. Eine sehr interessante Geschichte. Das sollten Sie sich auch mal ansehen. Da wird das Leben von Dorothea gut erklärt.“

„Das werde ich tun“, versicherte Marthe und fasste innerlich den Entschluss, das Versäumte rasch nachzuholen.

„Wir sind seit vierzehn Tagen hier“, mischte sich nun der Mann ein, „und haben schon viele Radtouren unternommen. Jetzt bleiben wir noch einmal vierzehn Tage. Dann geht es wieder nach Hause.“

„Wo wohnen Sie denn?“, wollte die Frau von Marthe wissen.

„Ein wenig außerhalb von Bütlingen“, gab Marthe bereitwillig Auskunft. „Am Metzensee dort hinten.“ Sie zeigte in die Richtung.

„Um den Metzensee sind wir vor ein paar Tagen gefahren. Ebenfalls ein lohnender Ausflug. Leider kann man nicht immer auf den See schauen.“

„Er ist ziemlich zugebaut“, bestätigte Marthe. „Aber so zwischendurch ist ein Blick immer mal möglich.“

„Wurde da nicht die tote Frau im Graben gefunden?“, fragte der Mann.

„Ja, bedauerlicherweise. Direkt auf meinem Grundstück.“ Marthe seufzte, weil sie wieder daran erinnert wurde.

„Oh je“, antwortete die Frau. „Kannten Sie die Tote?“

„Nein. Allerdings bin ich inzwischen in den Fall involviert. Ich bin Kriminalbeamtin.“

„Wann ist das denn genau passiert?“, wollte der Mann wissen.

„Geborgen hat man sie letzten Dienstag. Da lag Sie bereits seit ungefähr drei Tagen im Wasser.“

„Und Sie haben das nicht mitbekommen?“, hakte die Frau nach. „Wo Sie da doch wohnen!“

Marthe zuckte die Schultern. „Die Frau wurde auch nicht am Graben auf meinem Grundstück umgebracht, sondern offenbar dorthin transportiert und von der kleinen Brücke aus in den Schlamm geworfen.“

„Wie schrecklich.“ Die Frau seufzte. „Hoffentlich war sie schon tot, bevor sie in den Matsch geworfen wurde.

Sehr makaber, soviel Dreck zu schlucken und daran zu ersticken."

„Nun ist aber gut mit deinen grauslichen Überlegungen", tadelte der Mann seine Frau. „Waren wir nicht erst letztes Wochenende um den Metzensee geradelt?" Er sah seine Frau fragend an.

„Könnte stimmen", bejahte die Frau. „Aber genau weiß ich das nicht mehr."

„Musst du wissen", erwiderte ihr Mann. „An dem Tag hat es fürchterlich geregnet." Er lehnte sein Fahrrad an den Pfosten des Schildes. „Wir fuhren über den Köthner Berg. Weißt du, die Milchtankstelle. Dort gibt es leckere, frische Milch. Kartoffeln, Eier und Käse kann man ebenfalls kaufen. Das Wetter sah gut aus, als wir langsam weiter radelten. Bis nach Lüdershausen sind wir nicht gekommen, sondern bogen in Richtung Metzensee ab, weil es plötzlich ziemlich düster wurde und zu regnen begann."

„Nudeln gab es bei der Milchtankstelle auch zu kaufen", erinnerte sich die Frau. „Ich habe welche mitgenommen. Ach ja. Wir kamen am Abend pitschnass zu Hause an. Zu allem Unglück trafen wir unterwegs so einen verrückten Autofahrer, der wie ein Idiot durch eines dieser Schlammlöcher raste. Von oben bis unten bespritzte er uns mit Lehm", empörte sie sich.

„Raser gibt es oft in unserer Straße", sagte Marthe bedauernd, „obwohl die sich nicht zum Rasen eignet."

„Stimmt", bestätigte der Mann. „Er bretterte an uns vorbei, als wenn der Teufel hinter ihm her wäre. Und dann holten wir ihn am Ende vom Metzensee ein. Dort stand er mit laufendem Motor unbeleuchtet am Straßenrand. Wir wären fast aufgefahren und mussten absteigen, weil wir mit den Rädern nicht durch die Pfützen fahren konnten."

„Wo parkte er genau?", wollte Marthe wissen. Sie wurde hellhörig.

„Na da, wo man fast wieder auf die Hauptstraße kommt. Ganz sicher bin ich mir auch nicht mehr. Inzwischen war es stockfinster."

„Können Sie sich erinnern, was es für ein Pkw war?"

„Mit Automarken kenne ich mich nicht gut aus." Er überlegte. „Es war so ein Kastenwagen, wie manche Bäcker und Installateure ihn haben. So ein Handwerkerauto."

„Groß oder klein?", fragte Marthe weiter.

„Eher ein Personenwagen, kein Lieferfahrzeug oder Paketauto", sann der Mann nach.

„Und der parkte mit laufendem Motor?"

„Aber ohne Beleuchtung", beschwerte er sich. „Wenn der Wagen nicht weiß gewesen wäre, hätten wir ihn glatt übersehen. Bei dem Regen sah man die Hand vor den Augen nicht. Die spärliche Straßenlampe blendete zusätzlich."

„Und das war vor sechs Tagen?" Marthe kniff interessiert die Augen zusammen, sodass sich eine steile Falte dazwischen bildete.

„So ungefähr. Ich bin mir fast sicher." Der Mann kratzte sich am Kopf. „Allerdings müsste ich eine Quittung haben, denn wir sind morgens im Lebensmittelmarkt gewesen, um ein paar Dinge fürs Abendessen einzukaufen. Wir sagten ja bereits, dass es in Bütlingen kein Restaurant gibt."

Marthe nickte verhalten und grinste innerlich. Nicht nur einmal hatte sie ein Restaurant im Ort vermisst und das ältere Ehepaar offenbar auch. Wollte man als Dorfeinwohner etwas essen, blieb nur die Fahrt mit dem Auto zum nächsten Restaurant, ein Lieferservice oder selbst kochen als Alternativen.

Marthe kramte in ihrer Anoraktasche und zog eine verknitterte Visitenkarte hervor. „Tun Sie mir einen Gefallen?", fragte sie. „Würden Sie mich anrufen, wenn Sie den Zettel mit dem Datum Ihres Einkaufs gefunden haben und es mir durchgeben?" Sie überreicht ihm die Karte.

„Natürlich“, erwiderte er aufgeregt. „War der Fahrer der Mörder?“

„Das wissen wir nicht.“ Marthe lächelte. „Aber jede beobachtete Kleinigkeit ist hilfreich. Vielleicht fällt Ihnen dazu noch mehr ein.“

Sorgfältig steckte der Mann das Kärtchen in seine Satteltasche. „Jo“, bestätigte er nochmals, „Gertrud und ich werden genau darüber nachdenken.“

„Herzlichen Dank und noch einen schönen Tag“, sagte Marthe. „Ich muss nun los.“ Sie wandte sich um und ging zu ihrem Wagen zurück. War das der entscheidende Hinweis? So viele helle Kastenwagen gab es nun auch wieder nicht in dieser Gegend. Marthe konnte sich nicht erinnern, einen solchen bei irgendeinem Anwohner am Metzensee gesehen zu haben.

13

Nachdem Marthe wieder zurück in ihrem Auto war, blieb sie einen kurzen Moment darin sitzen, ohne ihn zu starten. Sie überlegte, ob sie es jetzt noch bei der zweiten Adresse in Tespe versuchen sollte.

Sie entschloss sich, erstmal nach Hause zu fahren. Karl-Ludwig würde sonst wahrscheinlich richtig sauer werden und freiwillig in ein Seniorenwohnheim ziehen, um regelmäßig seine Mahlzeiten zu bekommen. Außerdem musste sie ihre vier Katzen füttern. Die Tote aus dem Runzelgraben brachte langsam aber sicher ihren gesamten Lebensrhythmus durcheinander.

Sie fuhr über die Bergstraße zurück, links um die Ecke, am Olen Amtshus vorbei sowie an der ehemaligen Schule. Bütlingen war in der Tat ein beschaulicher Ort. Darin musste sie den beiden Radfahrern Recht geben. Sobald sie mehr Zeit finden würde, wollte sie unbedingt das Winsener

Schloss besuchen. Alte Geschichte hatte sie schon immer interessiert. Jetzt war sie pensioniert und verfügte über viel Zeit. Oder etwa nicht?

Als sie im Briggen einbog, kam ihr das Postauto entgegen. Sie grüßte freundlich. Jeder kannte hier jeden. Das wiederum war das Schöne an so einem kleinen Dorf. Auch wenn es kein Restaurant gab. Inzwischen war es bereits früher Nachmittag, stellte Marthe entsetzt fest. Karl-Ludwig war bestimmt schon kurz vor dem Verhungern und sie, die ehemalige Kripobeamtin, würde wegen Vernachlässigung ihrer Aufsichtspflicht mit nachfolgender, fahrlässiger Körperverletzung verhaftet werden. Vielleicht lag er bereits verhungert oder dehydriert im Garten? Marthe lief es eiskalt den Rücken hinunter.

Karl-Ludwig werkelte pfeifend in der Küche. „Ich koch mir gerade etwas zum Essen", sagte er gutgelaunt. „Ich dachte, du kommst erst heute Abend zurück. Die Katzen habe ich bereits gefüttert. Willst du auch essen?"

„Ich mache nur eine kurze Pause", erwiderte Marthe geschäftig. „Nachher fahre ich nach Tespe. Die vermeintliche Freundin von Elena Bartsch aus Bütlingen habe ich nicht angetroffen. Die Dame soll selten zu Hause sein."

„Verstehe." Karl-Ludwig befüllte seinen Teller sehr reichlich mit herrlich duftenden Bratkartoffeln.

Marthe tippte, während sie rasch die restlichen Happen der Kartoffeln aß, die Adresse in den Routenplaner ein.

„Och, da muss ich gar nicht weit fahren", murmelte sie. „Ist fast um die Ecke."

„Na, hoffentlich bist du dann vor dem Abendessen wieder zurück." Karl-Ludwig räumte den Tisch ab und stellte das Geschirr in die Spülmaschine. „Vielleicht kannst du auf dem Rückweg Brot mitbringen? Es ist keines mehr da."

„Mache ich. Es geht nur darum, herauszubekommen,

wer Elena Bartsch war und mit wem sie in Kontakt stand", entschuldigte sich Marthe reumütig.

„Du musst dich nicht verteidigen", erklärte Karl-Ludwig. „Die Katze lässt das Mausen nicht." Er grinste. „Außerdem bist du offiziell wieder eingesetzt und musst folglich deinen Job ordnungsgemäß erledigen. Sonst wirst du rausgeworfen und bist arbeitslos." Er zwinkerte ihr aufgeräumt zu.

„Vielleicht hast du Recht. Ehrlich gesagt, hätte mich die Angelegenheit überhaupt nicht interessiert, wenn irgendwer in Drennhausen umgebracht worden wäre. Aber wenn man mir eine Frauenleiche in den Graben wirft, werde ich radioaktiv. Eine tote Frau ist kein gebrauchtes Tempotaschentuch."

Marthe fuhr los. Am Kreisel angekommen, schaute sie auf den Parkplatz des Lebensmittelmarktes. Das war ihr inzwischen zur Routine geworden. Es war nicht viel los. Also sollte man am besten am frühen Nachmittag einkaufen gehen. Da saßen die Elbmarscher offenbar noch am Mittagstisch oder erholten sich beim Mittagschlaf. Sie überlegte, ob sie jetzt schon das Brot holen sollte, verschob den Einkauf aber auf später.

Sie befuhr die Lüneburger Straße in Richtung Elbe. Auch hier wirkte alles wie ausgestorben. Kein Auto kam ihr entgegen. Marthe passierte einige Querstraßen, bevor sie links in eine kleine Wohnstraße einbog.

Der asphaltierte Weg war nicht breiter, wie der bei ihr zu Hause. Zwei Autos passten nicht nebeneinander und Parken am Straßenrand war so gut wie unmöglich. Im Schritttempo fuhr Marthe an den Gärten vorbei. Überall befanden sich gepflegte Einfamilienhäuser der neueren Zeit. Sie muteten bieder an. Die meisten Bewohner hatten ihre Bäume und Sträucher bereits mit bunten Ostereiern geschmückt. Garantiert wohnte in dieser Gegend kein

Mörder. Oder gerade doch?

Marthe verglich die Adresse. ‚Ah, das ist es', stellte sie fest und stieg aus. ‚Ob ich ein Paket zur Tarnung mitnehmen sollte?', amüsierte sie sich im Stillen. Bestimmt wurden Fremde argwöhnisch aus den Häusern beobachtet.

„Heinecke", las sie auf einem bunt verzierten Türschild. Der gesamte Eingang inklusive der Eingangstreppe war liebevoll frühlingshaft dekoriert. Niemand öffnete. Marthe schaute sich um. ‚Sehr adrett', gab sie bewundernd zu. Ganz im Gegenteil zum Garten der Bütlingerin aus der Bergstraße.

Marthe klingelte noch einmal. In der Nachbarschaft begann ein Hund zu bellen. Eine schwarz-weiße Katze im Nebengarten beäugte sie, ohne sich zu rühren.

„Na Süße", flüsterte Marthe. „Weißt du, wo die Bewohnerin ist?" Das Kätzchen rührte sich nicht. Marthe sah die Häuserfront entlang. Die Rollläden waren halb heruntergelassen.

‚Vielleicht macht die Dame gerade ein Mittagschläfchen', überlegte Marthe. Die Katze kam näher und strich ihr um die Beine. Marthe beugte sich hinunter und streichelte das Köpfchen des Tieres. „Bist du ganz allein?", wisperte sie.

„Was suchen Sie hier? Pakete können Sie bei mir lassen. Steht da doch." Eine Frau lugte zwischen den Büschen hervor.

Erschrocken blickte sich Marthe um und schaute in das Gesicht einer älteren Dame. Tatsächlich. Neben der Eingangstür klebte ein Zettel, dass Post und Pakete im Nebenhaus abgegeben werden konnten. Also war niemand zu Hause, stellte sie enttäuscht fest.

„Ich wollte nichts abgeben", erklärte Marthe.

„Sind Sie Besuch?", fragte die Frau auf der anderen Seite nun ein wenig freundlicher.

„Nicht direkt. Ich kenne Frau Heinecke von früher. Wissen Sie, wann die Familie wieder zurückkommt?“

„Frau Heinecke ist gerade erst abgereist, ihr Sohn wohnt in Hamburg und Herr Heinecke ist vor ein paar Jahren verstorben. Niemand zu Hause. Ich passe hier auf.“

„Oh, das tut mir leid“, stotterte Marthe und ärgerte sich, dass sie sich vorher nicht ausreichend schlaugemacht hatte. So wirkte sie unglaubwürdig als Besucherin.

„Frau Heinecke ist in Oslo“, gab die Dame trotzdem Auskunft. „Sie besucht dort zu Ostern ihre Tochter und die Enkelkinder.“

„Ach ja“, stieß Marthe erleichtert aus, „das habe ich ganz vergessen. Wie alt sind die Kleinen inzwischen?“ Sie musste die Ältere unbedingt in ein Gespräch verwickelt.

„Das Mädel dürfte so sieben sein, Malte ist wohl um die vierzehn. Die Enkelkinder sind alles, was Frieda geblieben ist.“

„Familie ist sehr wichtig“, bestätigte Marthe.

„Ich lebe allein. Leider.“ Die alte Dame kam einen Schritt näher. „Wenn Sie Frieda besuchen wollen, kommen Sie in einer Woche wieder. Dann ist sie zurück. Sie wird sich bestimmt über Abwechslung freuen.“

„Gerne“, sagte Marthe in verbindlichem Ton. „Ich wohne gar nicht weit weg. Dort hinten in Bütlingen.“ Marthe wies mit der Hand in die Richtung.

„Sie haben ein Auto und können sich gut fortbewegen. Frieda kann kaum noch laufen, ist immer auf ihren Rollator angewiesen. Ihren Wagen musste sie verkaufen. Hier kommt man gar nicht weg. Keine Geschäfte in der Nähe, der Friseur unerreichbar und der Bus ebenfalls.“ Die Dame wackelte mit dem Kopf. „Ein Elend ist das, wenn man alt und gebrechlich wird.“

„Recht haben Sie. Allerdings gibt es in der Elbmarsch ein Elbmobil. Das funktioniert ähnlich wie ein Taxi.“

„Davon habe ich im Anzeiger gelesen. Aber mit dieser ganzen modernen Technik komme ich nicht zurecht. Ich besitze auch keinen Computer, um irgendetwas zu buchen, nur ein einfaches Telefon. Ich müsste dann erst noch einen Computerlehrgang belegen. Und das in meinem Alter? Um mit einem Bus fahren zu können? Das ist doch absurd.“ Die Dame schüttelte unwirsch mit dem Kopf. „Dieses Elbmobil ist dann wohl eher für junge Leute gedacht. Uns Alten hat man dabei einfach vergessen.“

Darüber hatte sich Marthe noch keine Gedanken gemacht. Sie fand die Einrichtung eines Elbmobils aufgrund des spärlich fahrenden öffentlichen Nahverkehrs praktisch. Aber sie musste auch nicht vorher einen Computerlehrgang belegen. Sie war noch recht fit in Datenverarbeitung. Nun ja, ihre Pensionierung lag auch erst zwei Jahre zurück und EDV-Kenntnisse waren an der Tagesordnung.

„Wir werden das Ding nicht benutzen“, erklärte die Frau. „Manchmal kommt Friedas Sohn aus Hamburg zu uns und besorgt das Notwendigste.“

„Das ist nett von dem Sohn“, sagte Marthe. „Ich komme nach Ostern wieder vorbei“, fügte sie hinzu, als sich die Dame hinter den Sträuchern zurückzog: „Lilli, komm,“ sagte sie. Damit erklärte die Dame das Gespräch wohl für beendet. Die Katze folgte ihr gehorsam.

Marthe ging ein Stück den Weg weiter und kam auf den Niedersachsenring. In der Ferne sah sie den Campingplatz von Tespe. Die Hinweisschilder hatte sie oft gesehen. Doch war sie noch nie dort gewesen. Sie war überrascht, wie weit außerhalb das Campinggelände lag. Eine idyllische Ruhe.

Marthe marschierte zurück, denn sie kam langsam in ein Alter, in dem man genau kalkulieren sollte, wie viel man sich zutrauen konnte. Immerhin musste man immer einplanen, dass man denselben Weg wieder zurückzugehen hatte.

14

Im Schritttempo fuhr Marthe die enge Straße zurück. Sie schlug den Weg zur Elbuferstraße ein. Sie mochte die Straße, die kurvenreich an der Elbe entlangführte. Die Gebäude rechts und links muteten heimelig an. Zwischen den neu erbauten Häusern standen liebevoll renovierte Höfe aus früheren Zeiten. Marthe liebte die buntblühenden Bauerngärten und verstand nicht, wieso manche Menschen kahle Betongärten bevorzugten.

Nun war es nicht mehr weit. Sie hielt am Straßenrand. Hier also wohnte Ramona Kuhr, die dritte recherchierte Freundin von Elena Bartsch. Fast direkt am Deich. Oft war Marthe an dem Häuschen vorbeigefahren, ohne es zu beachten.

Marthe ging eine kleine Anhöhe zum Eingang hinauf und klingelte. Niemand öffnete. Es war wie verhext. Sie klingelte noch einmal. Ergebnislos. Sie lief ein Stück um das Haus herum.

„Was suchen Sie hier?“, wurde sie barsch angesprochen. „Wollen Sie was kaufen?“

„Ich will zu Frau Kuhr. Kennen Sie die Dame?“, antwortete Marthe eingeschüchtert.

„Natürlich kenne ich die Dame. Pah.“ Sie spuckte wie ein Straßenjunge auf den Boden, dann grinste sie. „Was wollen Sie von mir?“

„Sie sind Frau Ramona Kuhr?“ Marthe war überrascht, da sie bis zu diesem Moment annahm, es mit einer Hofangestellten zu tun zu haben.

„Sagte ich doch gerade. Dann schießen Sie mal los und erklären mir, was Sie von mir wollen und warum Sie um mein Haus schleichen.“ Sie lehnte einen Reisigbesen an die Hauswand. „Ich habe nicht viel Zeit, wie Sie sehen“, grummelte sie. Ihre Stimme war rau und tief. Sie passte nicht zu der zierlichen Frau in den zu großen Gummistiefeln. Ihr herbes Gesicht schmückten unzählige Falten und machten es auf eine einzigartige Weise schön und sympathisch. Geradezu mütterlich und heimelig.

Marthe erklärte kurz, wer sie war und warum sie mit ihr sprechen wollte.

Ramona schwieg einen Moment andächtig. „Von dem Leichenfund las ich in der Zeitung. Aber Elena“, murmelte sie und blickte auf den Boden. „Sie war also die Tote im Bütlinger Graben?“

„Sie kannten Elena Bartsch?“

„Das ist schon eine Ewigkeit her. Vier oder fünf Jahre“, erwiderte Ramona. „Seitdem verlor ich sie aus den Augen.“ Sie schaute weiterhin auf den Boden. „Es tut mir leid um Elena.“ Ihre Stimme klang traurig, als wenn eine Person, die ihr nahestand, von ihr gegangen wäre.

„Ich hatte bislang das Gefühl, dass niemand in dieser Region Elena Bartsch wirklich wahrgenommen hatte oder jetzt um sie trauerte, obwohl sie seit über vierzig Jahren in der Elbmarsch lebte.“ Marthe seufzte. „Deshalb haben Sie mich jetzt überrascht.“ Marthe sah ihre Gesprächspartnerin an und lächelte.

„Das ist hier so“, erklärte Ramona hart, ohne Emotionen zu zeigen. „Wenn Sie in der Elbmarsch nicht geboren oder aufgewachsen sind, gehören Sie nicht wirklich hierher. Sie werden lediglich geduldet, jedoch nicht als Mensch wahrgenommen. Das spürt man überall. Beim Sport, beim Einkauf, bei regionalen Veranstaltungen. Die Menschen sind freundlich zu Ihnen, bleiben aber immer auf Distanz und gehen selten näher auf Sie ein.“ Ramona schaute Marthe fest in die Augen.

„Hm.“, Marthe nickte bestätigend. „Das erlebte ich bereits am eigenen Leibe. Sehr erstaunlich in der so heimeligen Region.“

„Sie auch?“, staunte Ramona. „Aber Sie kommen doch aus Lüneburg, nur wenige Kilometer um die Ecke.“

„Für die Elbmarscher ist das offenbar Ausland“ sagte Marthe amüsiert. „Das sollte man nicht glauben, ist aber tatsächlich so. Allerdings stamme ich ursprünglich aus Nordrhein-Westfalen. Gott sei Dank weiß das hier niemand.“ Marthe lachte befreit, das erste Mal seit längerer Zeit.

„Wie es ist, eine Fremde zu sein“, sprach Ramona nachdenklich mit leiser Stimme, „lernte ich in den vielen Jahren, in denen ich hier lebe, gut kennen. Am Anfang, nachdem ich herkam, war es für mich kaum zu ertragen und noch weniger zu verstehen. In meiner Heimat waren die Menschen immer herzlich und Fremden gegenüber aufgeschlossen.“

„Wo stammen Sie her?“, fragte Marthe verwundert.

„Italien. Genauer gesagt aus der Nähe von Rom.“ Aus Ramonas Stimme klang Stolz. Ihre Augen strahlten und die herben Gesichtszüge wurden weich.

„Oh, eine schöne Stadt. Da war ich vor einiger Zeit und habe die historischen Gebäude besichtigt.“ Marthe hätte am liebsten Ramonas Hände gegriffen und sie gedrückt. Sie fühlte sich ihr freundschaftlich verbunden, obwohl sie die Frau gerade erst kennengelernt hatte. „Warum sind Sie von der angenehmen Wärme in die ungemütliche Kälte gezogen?“, fragte sie.

„Wie es wohl meistens ist. Der Liebe wegen.“ Sie kicherte wie ein junges Mädchen. „Möchten Sie einen Kaffee? Ich brüh ihn immer noch wie in Italien auf. Schwarz und kräftig.“

„Sehr gerne.“ Marthe war erfreut darüber, dass die vorhin so barsche Frau aufgeschlossener, geradezu locker ihr gegenüber wurde.

„Na, dann komm‘se mal in meine gute Stube.“ Ramona

öffnete die Tür und führte Marthe in die Küche. Tatsächlich mutete diese vom Stil her wie eine italienische Cucina an. Einfach aber gemütlich. Auf den Regalen standen unzählige, kunstvoll bemalte Gefäße, Kräuterbündel baumelten von der Decke, Pfannen hingen an den Wänden. „Setzen Sie sich." Aufgeräumt wies Ramona auf eine Holzbank. Sie brühte rasch einen Kaffee in einem alten gusseisernen Espressokocher direkt auf dem ebenfalls gusseisernen Herd auf. ‚Wie in Italien!', jubelte Marthe innerlich. Ramona goss ein, stellte Zucker und Milch auf den Tisch. Anschließend setzte sie sich Marthe gegenüber.

„Die Elena, so eine schöne Frau, wie ein Engel", begann Ramona nachdenklich. „Wir waren damals vier Frauen", erklärte sie leise. „Elena, Margret, Frieda und ich. Das muss ungefähr vor vier oder fünf Jahren gewesen sein."

„Das hat mir Petra Bachmann auch erzählt. Sie, Elena und die zwei anderen Damen waren Mitglieder in einem Verein für Kunst."

„Elena war außerordentlich begabt." Ramona rührte ununterbrochen in ihrem Becher. „Sie lebte zurückgezogen mit ihrem Mann in Drennhausen. Eigentlich wohnte sie allein. Theo war die meiste Zeit im Ausland."

„Davon habe ich gehört", bestätigte Marthe.

„Elena kam aus der damaligen UdSSR, also der heutigen Ukraine. Sie hatte Theo in Kiew kennengelernt und kurz darauf geheiratet. Margret stammt ursprünglich aus Schottland. Auch sie zog als junge Frau nach Deutschland. Frieda kam aus Norwegen und ich bin Italienerin." Ramonas Lächeln war warm, voller Empathie.

Marthe hatte selten so ein offenes Gesicht gesehen. „Niemand von euch war in der Elbmarsch geboren?", fragte sie nach.

„Nein. Deshalb kam Margret auf die Idee, eine Interessensgruppe für ausländische Frauen zu gründen. Wir waren ja alle künstlerisch begabt. Zusätzlich verloren Margret, Frieda und ich fast gleichzeitig unsere Ehemänner. Sie starben alle im selben Jahr. Elenas Mann war nie zu Hause. Wir waren im Prinzip verwaiste Solofrauen. Was glauben Sie, wie schwierig es eine alleinstehende Ausländerin in dieser Region hat?“

„Das mag ich mir gerade nicht vorstellen“, gab Marthe zu und verdeckte mit den Händen theatralisch die Augen.

„Naja, heute geht es besser“, sprach Ramona weiter. „Vor vierzig Jahren wurden wir überall gemieden. Auf keinem Dorffest lud man uns ein. Nicht mal zum Schützenfest oder sonstigem Vereinsleben. Auch unsere Männer litten darunter, dass sie keine Einheimische, sondern eine Ausländerin geheiratet hatten. Aber hinterhergegafft haben uns die Kerle im Dorf sehr wohl. Unsere Ehemänner hätten Schilder aufstellen sollen: Hinschauen bei Höchststrafe verboten.“ Ramona machte eine wegwerfende Handbewegung. Marthe erwartete, dass Ramona wieder spuckte, so wie vorhin draußen. Sie tat es dieses Mal nicht. Verhalten sprach sie weiter: „Elena war eine ausgesprochene Schönheit. Groß gewachsen und schlank. Modisch und stolz. Ich bewunderte sie. Im Gegensatz zu mir, klein und dünn. Vorne nichts, hinten nichts.“ Sie drehte sich auf dem Stuhl in alle Richtungen und lachte dabei.

„Ich hörte von Elenas Schönheit“, erwiderte Marthe und amüsierte sich über Ramona.

„Sie war mit fast sechzig noch eine wunderschöne Frau. Im Gegensatz zu uns.“ Ramona rümpfte die Nase. „Ich sehe jetzt aus wie eine alte, runzelige Hexe. Aus Margret ist eine fette, ungepflegte und aggressive Schlampe geworden. Frieda kann sich nur noch mit ihrem Rollator fortbewegen. Sie ist durch die Medikamente aufgequollen und unbeweglich.“ Ramona trank einen Schluck Kaffee, ehe sie weitersprach. „Elenas Leidenschaft war das Malen, das

Arbeiten mit Farben. Sie entwarf für ihre Tochter, die in New York lebt, umwerfende Kleidermodelle."

Ramona brühte einen weiteren Kaffee auf. Ihr schien es offensichtlich Spaß zu bereiten, Besuch zu haben und etwas über ihr Leben erzählen zu können.

„Frieda malte ebenfalls. Allerdings nicht so gut. Sie beschränkte sich auf traditionelle Bilder mit Blumen und norwegische Landschaften. Nicht sonderlich spektakulär, aber sehr beruhigend. Bei Margret wusste man nie so genau, was sie gerade tat. Sie selbst hielt sich für besonders begabt, aber sie machte mal dies und mal das. Nichts Halbes und nichts Ganzes. Unter künstlerischer Begabung verstehe ich etwas anderes." Ramona schnaubte durch die Nase. „Eben eine verkannte Künstlerin."

„Nun ja, Hauptsache sie hatte eine Beschäftigung", warf Marthe ein. „Die meisten älteren Menschen betätigen sich kaum noch kreativ. Ihr Tagesablauf beschränkt sich auf regelmäßige Mahlzeiten, Lesen des örtlichen Anzeigers und Sudoku. Und dann ist schon wieder Schlafenszeit." Marthe dachte dabei an Karl-Ludwig und war froh, dass er sich nach ihrem Umzug nach Bütlingen neuerdings im Garten beschäftigte.

„Da gebe ich Ihnen Recht. Ich töpfere schon seit meiner Kindheit. Das haben bereits meine Großeltern in Italien gemacht und auch meine Eltern. Sie verdienten damit und anderen handwerklichen Arbeiten ihren Lebensunterhalt."

„Ach, deshalb die vielen außergewöhnlichen Gefäße auf Ihren Regalen?" Marthe zeigte dorthin. „Die sind einzigartig. Verkaufen sie die auch?"

„Alles Unikate und selbstverständlich gefüllt", sagte Ramona stolz. „Im Sommer verkaufe ich sogar welche an Touristen, die die Elbmarsch besuchen. Ich habe hinter dem Haus eine kleine Werkstatt. Nahe am Deich bewirtschafte ich einen winzigen Garten. Hauptsächlich pflanze ich

Gewürzkräuter aus meiner Heimat an."

„Zeigen Sie mir den mal? Kräuter interessieren mich sehr." Marthe vergaß vor lauter Eifer, weshalb sie Ramona aufgesucht hatte.

„Gerne", freute sich Ramona. „Ich habe alles da, für die kleinen und großen Wehwehchen, auch für die ewige Schönheit." Ramona zwinkerte. „Wirkt nur nicht bei mir. Inzwischen kommen Menschen aus der gesamten Umgebung zu mir, um sich Gewürze zu holen. Heute ist es in der Elbmarsch nicht mehr so schwierig Kontakte zu knüpfen, wie vor vierzig Jahren. Viele der älteren Einwohner sind inzwischen gestorben. Neue sind hinzugezogen, die ebenfalls nicht hier geboren wurden. Das hat enorme Entspannung ins Zusammenleben gebracht."

„Wann sind Sie Elena das letzte Mal begegnet?", fragte Marthe, die auf ihr eigentliches Anliegen zurückkam.

„Ganz genau weiß ich es nicht. Wie gesagt, so ungefähr vor vier bis fünf Jahren. Sie zog sich mehr und mehr in ihrem Haus zurück. Haben Sie Ihr Schlösschen gesehen?"

„Nein, noch nicht. Es war bis gestern versiegelt und die Spurensicherung untersuchte die Räume. Es gab dort keinerlei Spuren eines Verbrechens. Theo, Elenas Mann, ist inzwischen von einer Urlaubsreise zurückgekehrt. Er befand sich zur Tatzeit nicht in Drennhausen, sondern in Thailand."

„Ja, Theo." Ramona starrte an die Decke. „Er ist ein gebildeter, sanfter Mensch. Nur selten war er in Drennhausen, hatte eine gute Arbeit im Ausland, verdiente viel Geld. So konnte er Elena jeden Wunsch von den Augen ablesen. Ich lernte ihn nur flüchtig kennen, weiß es aber aus Elenas Erzählungen."

„Theo war homosexuell", warf Marthe ein und hoffte auf eine Reaktion von Seiten Ramonas.

Bestürzt sah sie Marthe an. „Woher wissen Sie das?",

fragte sie.

„Wussten Sie es denn?“, erwiderte Marthe, statt eine Antwort zu geben.

„Elena erzählte es mir“, gab Ramona zu. „Niemand durfte das erfahren. Es hätte ihr Leben noch unerträglicher gemacht.“

„Das glaube ich Ihnen gerne“, bestätigte Marthe. „Aber Theo hat es selbst bei dem Verhör erwähnt. Er berichtete weiterhin, wie es zu seiner Heirat mit Elena kam.“

„Darüber hat Elena nur mit mir gesprochen“, erklärte Ramona. „Wohl auch deshalb, weil sie kurz mal unter einer Depression litt, als ihr Bruder Slava verstarb. Er war neben ihrer Tochter und Theo ihre einzige Familie.“

„Traurig.“ Marthe trank den Rest des Kaffees aus. „Zeigen Sie mir jetzt Ihre Werkstatt?“, fragte sie.

„Kommen Sie mit.“ Ramona zog sich eine Strickjacke über, denn es war noch kühl und der Wind am Deich war besonders streng. Sie stapfte hinaus. Die Haustür lehnte sie nur an. „Für gewöhnlich kommt niemand zu mir“, erläuterte sie und ging mit Marthe hinter das Haus. Hier befand sich ein ausgebauter Schuppen mit vielen Fenstern. Die Tür knarrte laut, als Ramona sie öffnete.

„Das ist ja fantastisch“, jubelte Marthe und schaute sich begeistert um. „Das haben alles Sie gemacht?“

„Die meisten Teile sind noch in Arbeit.“ Sie nahm eine Schale auf, die kunstvoll mit Blumenranken verziert war. „Das sind meine neuesten Modelle. Gehen gut im Sommer.“ Sie stellte das Behältnis wieder hin. „Seitdem in der Elbmarsch mehr Touristen unterwegs sind, kommen sie manches Mal bei mir vorbei. Die Geschäfte laufen gut. Gewürze und Kräuter sind sehr gefragt.“ Sie war offensichtlich stolz auf ihre Arbeiten. „Das alles ist mein Hobby und meine Tagesbeschäftigung.“

„Können Sie davon Ihren Lebensunterhalt bestreiten?“,

fragte Marthe.

Ramona amüsierte sich. „Ich bin schon lange in Rente“, erklärte sie. „Werner, mein verstorbener Mann, hat gut verdient. Er war leitender Ingenieur im Kraftwerksbau und viel unterwegs. Er hat schon frühzeitig für unseren Lebensabend vorgesorgt. Leider bekamen wir keine Kinder, sodass ich nun allein bin.“ Ramona rückte eine Vase zurecht, die zu nahe an einer Kante stand. „Früher haben wir viele Reisen unternommen. Meist nach Italien, als Teile meiner Familie noch lebten. Aber auch da gibt es jetzt niemanden mehr. Die jüngeren Nachkommen kenne ich kaum und sie haben wenig Interesse an Deutschland.“

Marthes Handy klingelte. Sie meldete sich. Es war Karl-Ludwig. „Hier hat ein Herr Buchlechner angerufen“, sagte er. „Er meinte, ihm wäre etwas eingefallen und es wäre dringend.“

„Buchlechner?“, überlegte Marthe. „Der Name ist mir fremd. Ich komme gleich nach Hause.“

Sie sah Ramona an. „Ich gebe Ihnen meine Adresse.“ Sie kramte in ihrer Jackentasche. „Vielleicht fällt Ihnen zu Elena noch etwas Wichtiges ein, was wir für die Ermittlungen gebrauchen könnten.“ Sie überreichte die Karte. „Aber gerne würde ich privat wiederkommen, um mir all die schönen Dinge in Ruhe anzusehen.“

„Klingeln Sie einfach. Meist bin ich irgendwo in der Umgebung. Wenn nicht, finden Sie mich im Atelier.“

Marthe verabschiedete sich von Ramona und fuhr in Richtung Bütlingen.

15

Die Auffahrt zum Haus war versperrt. Ein monströser Anhänger des Gartenbaubetriebs stand quer auf dem Hof. Auch das noch. Marthe fluchte und stieg aus, umrundete einen riesigen Häckselberg, bevor sie zur Haustür gelangte.

„Die Telefonnummer liegt auf deinem Schreibtisch", begrüßte Karl-Ludwig sie und gab ihr flüchtig einen Kuss auf die Wange. „Die Männer von der Gärtnerei sind am frühen Nachmittag gekommen", erklärte er knapp. „Sie hatten kurzfristig einen Termin frei. Ich muss wieder raus."

Marthe schaute auf die Rufnummer. Sie war ihr völlig unbekannt. „Dann wollen wir mal", seufzte sie, griff nach dem Hörer des Telefons und wählte die Nummer. Es meldete sich jemand. „Wer ist da?", schrie sie in die Muschel, als gerade ein ohrenbetäubender Lärm aus dem Garten ins Arbeitszimmer drang. Marthe ging in einen anderen Raum. „Ich glaube, es geht jetzt besser. Ich habe Ihren Namen nicht verstanden."

„Buchlechner", erwiderte ein Mann am Ende der Leitung. „Karl Buchlechner. Wir trafen uns heute Vormittag in Bütlingen an der Bergstraße."

„Ah, ich erinnere mich", sagte Marthe. „Sie sind aber fix."

„Ich fand sofort den Einkaufszettel", erklärte Herr Buchlechner. „Es war am dreißigsten März, also vorige Woche Samstag. Wir mussten dringend das Nötigste fürs Wochenende einkaufen", redete er beflissen.

„War das der Tag, an dem Sie den Kastenwagen gesehen haben?", fragte Marthe nach.

„Genau. Morgens waren wir im Lebensmittelmarkt am Kreisel und am Nachmittag unternahmen wir eine Radtour um den Metzensee."

„Am zweiten April wurde die Frau im Bütlinger Graben gefunden", murmelte Marthe mehr zu sich selbst als zu ihrem Gesprächspartner.

„Meiner Frau Gertrud ist noch etwas eingefallen", sprach Herr Buchlechner hektisch weiter.

„Schießen Sie mal los. Alles ist wichtig", ermunterte sie

den alten Herrn.

„Gertrud sagt, uns wäre das Auto drei Mal begegnet. Und zwar ist es uns zuerst im Schritttempo auf dem Feldweg zwischen Bütlingen und Lüdershausen entgegengekommen. Normalerweise wollten wir über die Hauptstraße zurück, aber da zogen bereits die dunklen Wolken auf. Also nahmen wir die Abkürzung durch die Feldmark."

„Und dann?", fragte Marthe ungeduldig, da Herr Buchlechner so weit ausholte.

„Wir kamen da wieder raus, wo die geteerte Straße am Metzensee in den Feldweg übergeht. Inzwischen hatte es schon so richtig gegossen und der Weg war kaum passierbar. Wir mussten absteigen, weil wir wegen des Starkregens nichts mehr sahen. Zusätzlich war es stockfinster geworden. Hier genau, meinte Gertrud, kam uns erneut das weiße Auto entgegen. Gertrud ist überzeugt, dass es derselbe Wagen war, der uns nassgespritzt hat und später auf dem Brückenübergang in Bütlingen stand."

„Ist sie sich ganz sicher?", fragte Marthe nach.

„Ziemlich", bestätigte Herr Buchlechner. „Und ich kann Ihnen sagen, meine Frau hat noch ein verdammt gutes Gedächtnis."

„Das glaube ich." Marthe dachte nach. „Herr Buchlechner", sprach sie weiter, „ich gebe Ihnen jetzt die Telefonnummer von einem Kommissar Cornelsen in Lüneburg. Er leitet die Ermittlungen und wird Sie ins Kommissariat einladen, damit Sie Ihre Aussage machen können."

„So wichtig ist unsere Beobachtung?" Herr Buchlechner stotterte vor Aufregung.

„Ich denke schon." Marthe gab ihm die Nummer durch. ‚Wenn tatsächlich an dem Abend der weiße, unbekannte Kastenwagen drei Mal gesichtet wurde, könnte er durchaus mit dem Mordfall in Verbindung gebracht werden', überlegte Marthe. Zumal die Zeit und der Tag übereinstimmten, an dem mutmaßlich die Frauenleiche in ihrem Graben abgelegt worden war.

Marthe stellte den Hörer wieder in die Ladestation. Anschließend ging sie hinaus, um zu sehen, wie weit die Gartenbauer mit dem Abholzen waren. Als sie über den Vorhof des Hauses lief, war bereits der riesige Häckselhaufen zu einem Gebirge angewachsen.

Marthe schlenderte in den Garten. Mehr als die Hälfte der Gehölze waren abgetragen. Sie stolzierte zu Herrn Schneider, der gerade seinen Bagger auf den Anhänger lud. „Bleibt das Zeug auf unserem Hof?“, fragte sie und zeigte auf den Häckselberg. „Oder wird das später abtransportiert?“

„Ich habe mit Ihrem Mann vereinbart, dass wir alle Sträucher und Gehölze zerkleinern und Sie das in die Erde einbringen“, erwiderte Herr Schneider. „Das ist eine hervorragende Grundlage für die Neubepflanzung.“

„Diesen ganzen Haufen?“ Marthe war entsetzt. „Wie sollen wir das in die Beete transportieren und untermischen?“

„Schubkarre“, gab Herr Schneider knapp zur Auskunft. „Und so viel ist das auch wieder nicht. In ein paar Tagen sind Sie damit fertig und können Blumen pflanzen.“

„Aha.“ Mit aufgerissenen Augen stierte sie ihn an. „Ein paar Tage“, wiederholte sie langgezogen.

„Ihr Boden ist sauer“, erläuterte Herr Schneider. „Jahrelang wurde nichts gemacht und die Feldrainbepflanzung hat über Jahrzehnte dazu beigetragen. Da muss einfach etwas untergearbeitet werden, sonst entsteht hier kein Staudenbeet.“

Marthe ergab sich ihrem Schicksal. Das Häckselgebirge überragte inzwischen das Garagendach. Für Marthe ein nahezu unüberwindbares Hindernis. Bergsteigen gehörte noch nie zu ihren Lieblingssportarten.

Am Abend nach dem Essen fragte Marthe murrend: „Wer ist überhaupt auf die Idee gekommen, dass wir den enormen Häckselhaufen allein ins Beet unterarbeiten sollen?“

„Das besprach ich mit Herrn Schneider. Du warst nicht zu Hause. Somit konnte ich dich auch nicht fragen.“ Karl-Ludwig belegte ungewöhnlich akribisch und sorgfältig sein Brot mit einer Scheibe Käse, ohne Marthe anzublicken.

„Hast du bei aller Euphorie daran gedacht, dass wir beide nicht mehr die Jüngsten sind und wir es zudem im Rücken haben?“

„Sei froh, dass die Gärtnerei an einem Samstagnachmittag gearbeitet hat. Wir können uns doch Zeit lassen“, meinte Karl-Ludwig gelangweilt. Ihn schien der riesige Häckselberg überhaupt nicht zu interessieren.

„Ich habe keine Zeit“, warf Marthe unwillig ein.

„Natürlich hast du Zeit. Immerhin bist du pensioniert. Du wolltest im Alter einen schönen, blühenden Garten haben. Jetzt ist die Gelegenheit.“

„Ich muss mich um die Tote kümmern“, entgegnete Marthe lauter, als sie beabsichtigt hatte. Sie musste sich beherrschen, nicht mit den Fäusten auf den Tisch zu hauen oder das Besteck durch die Küche zu werfen.

„Das ist nicht dein Fall, sondern der von Andreas Cornelsen. Kapier das mal endlich, dass du im Ruhestand bist. Ich habe keine Lust mehr, mich zukünftig mit irgendwelchen fremden Toten zu beschäftigen.“ Karl-Ludwig stand abrupt auf, sodass die Stuhlbeine über die Fliesen schrappten. Ein unangenehmes Geräusch. Marthe hielt sich die Ohren zu. Karl-Ludwig marschierte ins Wohnzimmer. Sie hörte, wie er den Fernseher einschaltete. Wütend räumte sie den Tisch ab, als das Telefon klingelte. Sie ging in ihr Arbeitszimmer.

„Jetzt haben wir endlich mal eine kleine Spur.“ Andreas

Cornelsen war am Apparat. „Ich sprach gerade mit Herrn Buchlechner. Wir sollten uns die Feldmark in deiner Straße vornehmen. Vielleicht finden wir Reifenspuren.“

„Das ging aber schnell“, erwiderte Marthe überrascht. Sie atmete tief durch, um sich wieder zu beruhigen. „Ich hatte erst heute Nachmittag mit ihm telefoniert.“

„Ich bestellte ihn sofort ein und das ältere Ehepaar kam prompt“, antwortete Andreas. „Ich schätze, die beiden betrachten die Angelegenheit als kleines Urlaubsabenteuer, in dem sie die Hauptrolle spielen.“

„Okay“, erwiderte Marthe sachlich. „Ich glaube, mit Reifenspuren werden wir kein Glück haben“, sinnierte sie. „Ich kann mich erinnern, dass es an diesem Abend in Strömen gegossen hat. Sogar hier war der Garten überflutet und nahm die Nässe kaum auf. Wir konnten am nächsten Tag keinen Schritt unternehmen, ohne nicht gleich einzusinken. Ich möchte nicht wissen, wie es dahinten in den Feldern ausgesehen hat. Das Wasser steht immer noch überall.“

„Trotzdem. Bist du morgen zu Hause? Dann fahren wir mal rum.“

„Ja, ich bin zu Hause“, erklärte Marthe mürrisch. „Morgen ist aber Sonntag, Karl-Ludwig ist stinksauer und zudem hat unsere Gärtnerei mir ein Häckselgebirge in der Einfahrt aufgeworfen. Das müssen wir eigenhändig abbauen. Ich komme im Moment nicht einmal in die Garage.“

Andreas lachte lauthals. „Das sind die Freuden des Ruhestandes und du kannst dich darauf konzentrieren.“

„Der Ansicht war Karl-Ludwig auch. Ihr habt euch wohl abgesprochen. Allerdings habe ich mir meinen Ruhestand so nicht vorgestellt.“ Marthe legte auf. Ihr grauste es, auf einem Sonntag eimerweise geraspelte Holzspäne zu schleppen und so ganz nebenbei mit Andreas Cornelsen eine Ausflugsfahrt in die Felder zu unternehmen.

16

Am Morgen stand Marthe früh auf. Gott sei Dank war kein Regen angesagt, sodass sie bei hoffentlich frühlingshaftem Wetter sich sportlich motiviert mit ihrem Garten beschäftigen konnte.

Gegen elf kam Andreas Cornelsen vorbei. Marthe hatte inzwischen an die zwanzig Eimer Häckselei in ihrem Beet untergebracht. „Schön, dass du da bist", sagte sie, zog sich die Gartenhandschuhe aus und schob die Schubkarre in eine Ecke. „Ich koche uns einen Kaffee", meinte sie. „Ich kann wahrlich einen gebrauchen", fügte sie hinzu und ging ins Haus. ‚Und einen ordentlichen Schnaps', sprach sie zu sich selbst.

Andreas machte es sich auf der Terrasse in der Sonne gemütlich. „Sieht doch ganz gut aus", stellte er fest, als Marthe mit der Warmhaltekanne und Bechern zurückkam.

„Hast du mal diesen riesigen Berg auf der Auffahrt gesehen?", fragte Marthe sarkastisch. „Ich finde den grauenvoll."

„War nicht zu übersehen." Andreas grinste unverschämt und goss sich die schwarze Brühe ein. „Sei froh, dass die Spurensicherung dein Grundstück wieder frei gegeben hat und du deine Blumen pflanzen kannst. Körperliche Arbeit soll den Geist erfrischen. Vielleicht macht es dann auf einmal Klick und du hast den Mörder."

„Spinner", murrte Marthe. „Der Gedanke, dass da hinten im Graben eine tote Frau lag, lässt mich überhaupt nicht mehr los. Es ist, als wenn jemand in meine Privatsphäre eingedrungen ist und hier alles verschandelt hätte. Am liebsten würde ich wieder nach Hause fahren."

„Nach Geesthacht?", fragte Andreas ungläubig. „Hier ist jetzt dein zu Hause."

„Aber nicht mit einer Toten im Garten. Hier hilft nur

noch eine riesige Flasche Febreze, um alles zu Reinigen und den Gestank zu beseitigen, der sich über den Garten gelegt hat." Marthe stieß laut den Atem aus.

„So emotional habe ich dich noch nie erlebt", sagte Andreas betroffen. „Das scheint dich tatsächlich mächtig mitgenommen zu haben."

„Nicht nur das", erwiderte Marthe ungewöhnlich ernst. „Eigentlich fühle ich mich völlig überfordert. Der Häckselberg, Karl-Ludwigs Laune, die Sackgasse, in der wir offenbar stecken, und Elenas trauriges Schicksal. Irgendwie fühle ich mich dieser Frau verbunden, obwohl ich sie gar nicht kenne."

„Du kannst doch gar nichts dazu", meinte Andreas in einem beruhigenden Ton. „Es war reiner Zufall, dass die Frau hier bei dir gefunden wurde."

„Und wenn es nicht so ist?" Marthe zweifelte langsam an diesem Zufall. Sie war auch eine Zugezogene, genauso, wie Elena Bartsch, Ramona Kuhr, Frieda Heinecke und Margret Ahrens. Vielleicht wurde Elena auf ihrem Grundstück abgelegt, um sie wieder aus der Elbmarsch zu vertreiben? Aber diese wilden Gedanken konnte Marthe nicht mit Andreas diskutieren. Er war ein Mann und er war zwanzig Jahre jünger. Andreas würde sie für völlig übergeschnappt oder, noch schlimmer, für senil halten.

„Ich habe gestern mit dem Ehepaar Buchlechner gesprochen und mit ihnen noch einmal alles genau rekonstruiert", wechselte Andreas das Thema und schreckte Marthe in ihren Gedanken auf.

„Und? Zu was für einem Ergebnis seid ihr gekommen?"

„Die Spurensicherung ist gerade hinten in der Feldmark." Andreas zeigte in die Richtung. „Frau Buchlechner konnte sich sogar recht gut erinnern."

„Das hat die Weiblichkeit so an sich", warf Marthe ein und lächelte amüsiert. „Wir vergessen so schnell nichts.

Weder das Gute noch das Schlechte."

Andreas seufzte ergeben und verdrehte die Augen, bevor er weitersprach. „Frau Buchlechner erinnerte sich, dass der Fahrer des Kastenwagens im Schritttempo unterwegs war. Er befuhr diese Straße hier und lenkte das Auto bewusst in den Feldweg hinein. Darüber hatte sich Frau Buchlechner gewundert, denn da gab es weit und breit nichts. Wer wollte bei strömenden Regen durchs Feld wandern?"

„Das hätte mich auch erstaunt", gab Marthe zu. „Tatsächlich regnete es an dem Abend nicht nur Hunde und Katzen, sondern Kühe und Ochsen."

„Die Buchlechners mussten die Räder schieben, weil der Weg unter Wasser stand, sehr matschig und rutschig war", sprach Andreas weiter. „Einige Zeit später, sie hatten bereits die asphaltierte Straße erreicht und konnten wieder aufsteigen, raste genau dieser Wagen an ihnen vorbei. Das Fahrzeug spritzte beide komplett nass und es wäre beinahe zum Unfall gekommen."

„So ähnlich beschrieb es mir Herr Buchlechner auch", bestätigte Marthe. „Ein sehr sonderbares Verhalten."

„Das dritte Mal sah das Ehepaar den Wagen bei dir an der kleinen Brücke mit laufendem Motor, allerdings unbeleuchtet. Sie wären beinahe aufgefahren. Niemand war zu sehen, obwohl der Motor lief."

„Hm", überlegte Marthe und rührte im Kaffeebecher. „Vielleicht wollte der Mörder die Frau in der Feldmark entsorgen. Der Starkregen machte ihm einen Strich durch die Rechnung, da alles unter Wasser stand und er nicht weiterkam. Womöglich wäre er steckengeblieben. Das wollte er nicht riskieren. Deshalb warf er die Leiche auf dem Weg zur Hauptstraße kurzentschlossen hier in meinen Graben."

„Genau so könnte es gewesen sein", erwiderte Andreas. „Deshalb sucht die Spurensicherung nun dort hinten in der

Feldmark nach Reifenspuren. Wenn du willst, können wir beide uns anschließen."

„Das wird schwierig", meinte Marthe. „Seit einigen Tagen sind hier ständig Trecker sowie andere landwirtschaftliche Fahrzeuge unterwegs und bestellen die Felder. Sie werden alle Spuren vernichtet haben. Zusätzlich der Regen und die Überflutungen. Aussichtslos."

„Wir müssen allen Hinweisen nachgehen", wandte Andreas ein.

„Das ist mir klar." Marthe zuckte mit den Schultern. Sie hegte wenig Hoffnung, auch nur einen einzigen Abdruck finden zu können. „Was sagte Bauer Martin? Das ist wie die Suche einer Stecknadel im Heuhaufen."

17

Während Andreas bei einem Becher Kaffee darauf wartete, dass die Spurensicherung aus der Feldmark zurückkam, transportierte Marthe weitere Eimer voller Häckselholz ins Beet. Karl-Ludwig befüllte unterdessen unermüdlich die Schubkarre und brachte das geraspelte Holz auf die entfernteren Beete. Bei jedem Gang stöhnte Marthe theatralisch, sodass ihr Seufzen mindestens beim unmittelbaren Nachbarn anlangte. „Du kannst mir ruhig helfen", sprach sie Andreas an, als sie erneut an ihm vorbeimarschierte.

„Du wuppst das schon", erwiderte er lachend und las in einem Bericht.

Marthe machte unermüdlich weiter. Wer weiß, wann es wieder regnen würde und das Gebirge womöglich noch wochenlang ihre Garage blockierte.

Nach gut einer Stunde waren die Damen und Herren aus der Feldmark zurück. Wie erwartet, ohne ein Ergebnis. Lediglich ein paar Abdrücke hatten sie gemacht, aber die konnten natürlich neueren Datums sein und jedem gehören.

„Ach“, sagte Marthe, als sie Andreas verabschiedete. „Mir fällt da noch was ein. Könntet ihr in Erfahrung bringen, welche Berufe die verstorbenen Ehemänner von Margret Ahrens und Frieda Heinecke hatten?“ Sie gab Andreas die Adressen. „Einzig Ramona Kuhr erreichte ich und sprach mit ihr. Ein sehr interessantes Gespräch, das wir in den kommenden Tagen vertiefen wollen.“

„Wie kommst du darauf, dass die toten Ehegesponse dieser Damen etwas mit der Sache zu tun haben könnten?“, fragte Andreas irritiert. „Die sind doch schon lange tot, hast du festgestellt. Oder spuken die noch in der Elbmarsch rum? Huuuhuuu!“ Andreas bewegte sich wie ein Geist.

„Spinn nicht schon wieder rum“, schimpfte Marthe. „Wann wirst du endlich erwachsen?“

„Bin ich doch“, meinte er treuherzig. „Immerhin bin ich mindestens einen Kopf größer zu sein als du.“ Er grinste.

„Also ernsthaft“, gab Marthe nach. „Es ist nur so eine Eingebung. Der Mann von Ramona Kuhr war vor seinem Tod in der gleichen Branche tätig wie Theo Bartsch. Und alle drei Ehemänner verstarben offenbar im selben Jahr. Nur Theo lebt noch.“

„Wir kümmern uns um die Berufe der verstorbenen Ehemänner.“ Andreas schrieb kurz mit. „Auf Ideen kommst du!“, und pfiff anerkennend, „aber deine Eingebungen waren schon immer Gold wert.“ Er faltete oberflächlich den Zettel zusammen und steckte ihn in die Seitentasche der speckigen Lederjacke.

„Du solltest dir mal eine neue Jacke zulegen“, stellte Marthe fest und schlug ihm zum Abschied freundschaftlich auf die Schulter. „Ich wünsch dir einen schönen Restsonntag. Solltest du dich sportlich betätigen wollen, könntest du bei mir Häckseleimer schleppen. Stärkt die Armmuskulatur und macht ein breites Kreuz.“

18

Den Nachmittag verbrachte Marthe mit Karl-Ludwig und gehäckselten Sträuchern bei einer Tasse Kaffee im Garten. Am Abend hatten sie ein Viertel des Häckselhaufens vor ihrem Haus abgetragen und ein paar wenige Stauden gepflanzt. „Immerhin etwas“, stöhnte Marthe, streckte die Beine aus und nahm einen Schluck Rotwein.

Der Montagmorgen begann mit herrlichem Sonnenschein. Sie schaffte es, weitere Eimerchen des von der Gärtnerei so angepriesenen Häckselmulchs in den Boden unterzuharken. Den ganzen Tag hörte sie nichts von Andreas. Also gab es von der Seite keine Neuigkeiten.

Am frühen Nachmittag setzte sich Marthe vor ihren Computer. Sie loggte sich bei Facebook ein. Karl-Ludwig hielt Facebook zwar für die größte digitale Müllhalde aller Zeiten, doch manchmal gab es Informationen, die von Interesse waren. Marthe hatte sich in ihren Berufsjahren längst angeeignet, niemals die Social-Media-Plattformen außer Acht zu lassen. Hier hatten bereits oftmals die kleinsten noch so harmlosesten Infos schon zum Erfolg geführt.

Doch leider wurde in der Elbmarsch weder ein Schlüssel noch eine Handtasche gefunden oder abgegeben. Sie schaltete den Kasten wieder aus. Ihre Rückfrage im Fundbüro des Rathauses am Nachmittag hatte ebenfalls nichts ergeben.

Gleich nach dem Frühstück am Dienstag rief sie Andreas an und fragte, wie weit die Recherchen über die Ehemänner seien. „Du scheinst das richtige Gespür gehabt zu haben“, sagte er. „Die Männer der zwei Damen, also Heinecke und Ahrens, hatten in gewisser Weise alle etwas mit Kraftwerken und Ölpipelines zu tun.“

„Und habt ihr eine berufliche Verbindung der Herren zueinander festgestellt? Vielleicht auch mit den beiden anderen, also Theo Bartsch und Werner Kuhr?"

„Nein. Keine. Theo Bartsch stammte aus Hannover und hat dort studiert. Er war hauptsächlich in Russland unterwegs, wo er bekanntlich Elena kennenlernte. Der Gatte von Frau Ahrens, er heißt übrigens Karl, ist tatsächlich in der Elbmarsch geboren. Er absolvierte sein Studium in Berlin. Margret, eine geborene Gibson, lernte er in Schottland kennen, brachte sie mit nach Deutschland, heiratete in Marschacht und kaufte das Haus in Bütlingen. Er arbeitete überwiegend an der Nordseepipeline in Großbritannien." Andreas machte eine Pause und atmete tief durch. „Du wirst es nicht glauben, aber er war sogar bei der Eröffnung der ersten Pipeline in England dabei. Königin Elisabeth persönlich gab damals den Startschuss."

„Wir haben es ja mit lauter berühmten Leute zu tun", staunte Marthe. „Was für einen Mann hat uns denn die Dame Frieda Heinecke zu bieten?"

„Ihr Mann heißt Georg und wurde in der Nähe der dänischen Grenze geboren", erklärte Andreas. „Als er etwa acht Jahre alt war, zogen seine Eltern nach Tespe und bauten ein Haus. Inzwischen wohnt Frieda allein darin. Seine fachliche Ausbildung zum Ingenieur absolvierte Georg Heinecke in verschiedenen Städten. Er war alsbald auf einer der neuesten Ölplattformen in der Nordsee tätig, allerdings für eine norwegische Firma. Frieda lernte er in Oslo kennen."

„Dorthin ist sie gerade gereist", sagte Marthe. „Sie verbringt einige Tage bei ihrer Tochter und den Enkelkindern."

„Lobenswert", meinte Andreas. „Daran solltest du dir mal ein Beispiel nehmen."

„Ich habe noch keine Enkelkinder und schon mal gar nicht in Norwegen", antwortete Marthe patzig.

„Wird aber langsam Zeit. Oder soll ich mal deine Tochter einnorden? Sie ist zu einer verdammt gutaussehenden Frau herangewachsen und das heiratsfähige Alter hat sie auch.“ Andreas pfiff anerkennend.

„Untersteh dich“, erwiderte Marthe. „Du als Schwiegersohn wärest die reinste Katastrophe.“

„So schlimm bin ich auch wieder nicht. Kommen wir mal zu Werner Kuhr“, wechselte Andreas das Thema.

„Der passt zu Georg Heinecke, mit dem einen Unterschied, dass er bei einem deutschen Kraftwerksbau arbeitete. Werner Kuhr und Karl Ahrens sind wiederum die einzigen, die ursprünglich aus der Elbmarsch stammen.“

„Meinst du, dass es irgendeine Verbindung zu unserem Fall gibt?“, grübelte Andreas. „Aber was hätten diese Männer oder deren Verbindung zu Kraftwerken mit dem Tod von Elena Bartsch zu tun?“

„Keine Ahnung. Vielleicht mit dem Kraftwerk Krümmel drüben in Geesthacht? Das wurde im September 1983 in Betrieb genommen. Nun ja, es ist nur eine Vermutung.“ Marthe sann angestrengt nach. „Aber trotzdem habe ich das Gefühl, dass der Schlüssel des Verbrechens in der Vergangenheit liegt.“

„Apropos Schlüssel“, meinte Andreas, „wir vermissen immer noch Elenas Haustürschlüssel.“

„Der könnte sich unter Umständen in dem weißen Kastenwagen befinden, den wir nun zusätzlich suchen.“

Als Andreas aufgelegt hatte, überlegte Marthe, warum er überhaupt angerufen hatte.

19

Marthe dachte darüber nach, ob sie am Nachmittag ein weiteres Mal das Dorf Drennhausen besuchen sollte. Vielleicht traf sie Theo Bartsch an. Außerdem übermannte sie nach dem Abtragen des Häckselberges die Lust, im Café von dem herrlichen Kuchen zu kosten. Karl-Ludwig war sowieso mit seinem Schuppen beschäftigt, den er gerade aufräumte, weil nichts mehr hineinpasste und er in dem Chaos nichts mehr wiederfand. ‚Das kommt davon, wenn man alles einfach hineinwirft, statt die Dinge ordnungsgemäß zu verstauen.' Marthe ließ diese Tatsache völlig kalt und gönnte es Karl-Ludwig sogar. Strafe musste sein. Außerdem war er im Moment mit seiner schlechten Laune ganz und gar nicht zu ertragen und im Schuppen besser aufgehoben.

Marthe ging ins Badezimmer und duschte, zog sich um und fuhr gemütlich durch Marschacht in Richtung Drennhausen.

Wieder parkte sie direkt am Café und setzte sich auf die Terrasse. Es tat ihr gut, entspannt in der Sonne zu sitzen und sich verwöhnen zu lassen. Ohne Karl-Ludwig und seinen momentanen Stinklaunen.

Anschließend marschierte sie über den Deich bis zum Haus der Familie Bartsch. Von Weitem erkannte sie, dass nun zwei Autos auf der Garagenauffahrt standen. Also war Theo Bartsch anwesend. Der Besitz von Theo und Elena war ringsherum von riesigen Koniferen umgeben, die allesamt exakt, gerade und einheitlich geschnitten waren. Das war ihr beim ersten Mal, als sie das Haus von der Parkbank am Deich beobachtet hatte, gar nicht bewusst aufgefallen. Im Grunde genommen konnte man von keiner Seite auf das Grundstück schauen, lediglich ein Stück an der Einfahrt hineinlugen, um den Rest zu erahnen.

Marthe entschloss sich, auf gut Glück einfach zu klingeln. Sie ging die Auffahrt hinauf bis zur Eingangstür, die eher einem herrschaftlichen Portal glich. Das Vordach wurde von kunstvoll verzierten weißen Säulen gehalten. Links und rechts thronten marmorne Löwen auf Podesten. Die geschwungene Treppe zierten viele Pflanzkübel mit exotischen Bäumen und sonstigen Dekorationen. Schon beim Betreten des Eingangsbereichs hatte Marthe das

Gefühl, einen hochherrschaftlichen Palast zu betreten, statt ein solides Wohnhaus in der Elbmarsch. Unwillkürlich musste Marthe lachen, als sie an Bauer Martin und seine Frau Hilde dachte, die über ihr Elternhaus sprachen. Dazwischen lagen nun Welten.

Sie klingelte einmal. Niemand erschien. Marthe versuchte es ein zweites Mal. Durch die bunten Glasscheiben der ausladenden Tür im Jugendstil sah sie, dass sich innen etwas bewegte. Kurz darauf wurde die Tür einen Spalt geöffnet. Augen hinter dicken Brillengläsern sahen sie fragend an. Marthe stutzte überrascht. Ihr Gegenüber war fast kleiner als sie, und sie war wirklich nicht die Größte.

„Mein Name ist Marthe Walther“, sagte sie und zeigte ihren Ausweis. „Ich bin eine Kollegin von Andreas Cornelsen, der die Ermittlungen im Fall Ihrer Frau leitet“, erklärte sie. „Sie haben ihn kennengelernt?“

„In der Tat“, entgegnete der zierlich wirkende Mann wortkarg. „Was wollen Sie hier?“, fragte er unwirsch. „Es wurde bereits alles untersucht und ich habe alles gesagt.“

„Ihre Frau wurde auf meinem Grundstück gefunden“, gab Marthe ebenso knapp zurück.

Theo Bartsch stutzte. „Kommen Sie rein.“ Er öffnete weit die Tür. Marthe fand sich in einem Vorraum wieder, der mit dicken roten Teppichen ausgelegt war, in denen ihre Füße versanken. Die Wände waren abwechselnd mit grünem Marmor und goldumrandeten überdimensionalen Spiegeln ausgestattet.

„Wow“, entfuhr es ihr. Sie schaute sich fasziniert um.

„Folgen Sie mir“, sagte Theo Bartsch ungerührt und führte sie in einen riesigen Wohnraum. Auch der war mit hochflorigen Läufern reichlich ausgelegt, nun aber dominierten Beige- und Weißtöne.

„Einzigartig“, staunte Marthe bewundernd und drehte sich im Kreis, um alles genau zu betrachten.

„Elena hatte einen außergewöhnlichen Geschmack und ein besonderes Talent für Eleganz“, gab Theo zur Antwort. „Jeder Raum in diesem Haus ist immer wieder anders und sehr persönlich ausgestattet. In jedem einzelnen Detail lebt Elena.“

„Ich habe bereits davon gehört“, erwiderte Marthe. „Sie entwarf erfolgreich die Mode für das Atelier Ihrer Tochter Maria Magdalena in New York.“

„Maria Magdalena ist nicht mein leibliches Kind“, erklärte Theo. „Aber sie ist mir so lieb wie ein sehr enges Familienmitglied, eine Schwester und Tochter zugleich. Ich würde alles für sie tun, damit es ihr gut geht. Setzen Sie sich.“ Theo wies auf eine Sesselgruppe.

Marthe setzte sich vorsichtig auf den Rand eines zierlichen, weißen Cocktailsessels. „Auch das weiß ich.“ Marthe sah sich verstohlen um. Gerne hätte sie sich die einzelnen Dekorationsstücke in den Vitrinen und auf der Anrichte in Ruhe angeschaut.

„Maria Magdalena wird in zwei Tagen in Deutschland eintreffen. Sie war tiefbestürzt und todtraurig, als sie vom gewaltsamen Tode ihrer Mutter erfuhr.“ Theo blieb in der Nähe der Tür stehen.

„Elena und ihre Tochter hatten eine enge Verbindung?“

„Elena liebte ihre Tochter abgöttisch. Sie war ihr Leben. Sie kommunizierten per Mail und WhatsApp von morgens bis abends“, sagte Theo leise und senkte den Kopf. Das erste Mal schien Theo Gefühle zu besitzen. „Maria Magdalena war für Elena die Sonne und der Mond zugleich. Sie war alles, was sie besaß.“

„Mögen Sie mir ein paar Fotos von Elena zeigen?“, fragte Marthe. „Ich hörte, dass sie eine sehr schöne Frau gewesen sein soll.“

„Sie war eine Göttin, keine Frau“, betonte Theo hart. „Kommen Sie mit.“ Er verließ das Zimmer und steuerte einen weiteren Raum an. Marthe hatte Mühe, ihm zu folgen und hoffte, dass sie mit ihren spitzen Absätzen nicht in den dicken Teppichen hängenblieb, ihre Schuhe verlor und stürzte.

Sie betrat hinter Theo den Raum. Hier handelte es sich um eine Art Gesellschafts- oder Esszimmer. Dieser Salon war in den unterschiedlichsten Grüntönen gehalten. Die Wände zierten Seidentapeten mit Ranken. Am Kopfende prangte ein lebensgroßes Gemälde. Es zeigte eine junge Frau mit langen, blonden Haaren, die gewellt über ihre Schultern bis zur Taille fielen. Sie war mit einem schweren smaragdgrünen Samtkleid bekleidet, das bis zum Boden reichte. Das Bild mutete an, als ob das Wesen jeden Moment den Rahmen verlassen und den Raum betreten würde.

„Wie eine Königin aus dem vorigen Jahrhundert", staunte Marthe.

„Sie war eine Göttin, sagte ich bereits", wiederholte Theo ungerührt. „Sie hat das Bild malen lassen", erläuterte Theo in gleichmäßigen Ton. „Für ihre Eltern, damit sie immer sehen konnten, wie gut es ihr geht. Vater und Mutter starben sehr früh und die beiden Kinder, Elena und ihr Bruder, waren auf sich allein gestellt."

„Trauriges Schicksal", wisperte Marthe verhalten und betrachtete das Ölgemälde, das von einem dicken, goldenen Rahmen umgeben war.

„Es gibt eine Kopie davon", erklärte Theo. „Sie befindet sich in St. Petersburg in meiner Wohnung und gehörte Slava." Theo senkte den Kopf, kramte ein Taschentuch hervor und tupfte sich über die Augen.

„Slava. War das Elenas Bruder?," fragte Marthe nach einer Weile, als Theo sich offensichtlich wieder gefasst hatte.

„Elena war siebzehn und Slava vierzehn Jahre alt. Beide Kinder zogen vom Land in die Stadt Kiew. Elena musste nach dem Tod der Eltern für ihren minderjährigen Bruder sorgen."

„Elena prostituierte sich, um Slava zu ernähren?"

„Ja. Er sollte eine gute Schulausbildung erhalten, so, wie es sich sein Vater immer gewünscht hat. Er war ein kluger Junge." Theo und Marthe schwiegen und starrten auf das Gemälde. Elena lächelte milde und wissend auf die beiden Personen hernieder.

„Kommen Sie", bemerkte Theo in rauem Ton und stand abrupt auf, ging zu einem Schrank und holte ein Album heraus. „Gehen wir auf die Terrasse. Die Sonne scheint. Das vertreibt trübe Gedanken." Er verließ das grüne Zimmer und steuerte einen lichtdurchfluteten Raum an. Ein riesiger Wintergarten, wie Marthe feststellte. Viele exotische Pflanzen zierten ihn. Es gab nur wenige Möbel. Eine beigefarbene Chaiselongue fiel sofort ins Auge. Der Stoff war mit einem Blumenmuster verziert.

„Das war Elenas Lieblingsplatz", erklärte Theo. „Hier ruhte und träumte sie. In der Sonne hatte sie die besten Ideen." Theo öffnete eine Flügeltür, die zum Garten führte. Auf der Veranda stand eine Sitzgruppe in einem außergewöhnlichen Stil. Nicht diese grauen, kastenförmigen Gruppen, wie sie heute modern waren, sondern eine geschwungene Steinmauer. Tausende von Mosaiksteinchen, Antoni Gaudi nachempfunden, glitzerten im Sonnenlicht. Sogar ein zierliches, verspieltes Türmchen befand sich auf einer Seite des einzigartigen Steinsofas. Unwillkürlich musste Marthe lächeln.

„Setzen Sie sich", lud Theo sie ein. Auf der Mosaikbank waren unzähligen Kissen drapiert, die die verschiedensten Muster aufwiesen. Vorsichtig setzte sich Marthe hin. Sie getraute sich nicht, die Märchenwelt mit ihrer Person zu zerstören.

Marthe schaute sich verstohlen um, während Theo in

einem angrenzenden Raum verschwand.

Mutete die riesige Hecke von außen wie eine Mauer an, so sah sie von der Innenseite des Gartens ganz anders aus. Viele Türmchen und filigrane Häuser, ebenfalls Gaudi nachempfunden, zierten die Beete. Der grüne Hintergrund der Koniferen betonten diese auf eine außergewöhnliche Weise. Gleichwohl gab es altrömische und altgriechische Figuren, zusätzlich eine kleine Sitzecke, umgeben von kunstvoll geschnittenem Buchsbaum.

Theo kam mit zwei Gläsern zurück. „Wasser mit Pfefferminzblättern und Eiswürfeln“, erklärte er und stellte eines davon vor Marthe hin. „Elena liebte Pfefferminze. Sie sagte immer, dass es für alles gut sei. Gegen Krankheiten, zur Erfrischung, für einen klaren Kopf und manchmal auch zum Träumen.“ Er nahm einen Schluck des kühlen Getränks. „Sie hatte eine Pflanze von einer Freundin bekommen. Seitdem züchtete sie das Kraut hier im Garten in einer Ecke.“

„Von Ramona Kuhr?“, fragte Marthe.

„Ramona?“, wiederholte Theo. „Der Name sagt mir nichts. Elena pflegte mit kaum jemanden Kontakt. Vor geraumer Zeit traf sie sich mit einigen Frauen aus der Elbmarsch. Da wurde sie aufgeschlossener und ihre oftmals traurige Laune besserte sich. Aber es schien nicht von langer Dauer.“

Theo griff nach dem Album, das er vorhin aus dem Schrank genommen hatte. Er blätterte es auf und reichte es Marthe hinüber. „Sehen Sie, das war Elena vor fast vierzig Jahren.“ Er zeigte auf ein Bild. Marthe sah eine junge Frau mit hochgesteckten blonden Haaren. Neben ihr stand ein anmutig aussehender Jüngling. An der Hand führte sie ein kleines Mädchen. „Das war in St. Petersburg“, erläuterte Theo. „Wir haben die Stadt besichtigt. Maria Magdalena befand sich noch im Kleinkindalter.“

„Und der Mann an ihrer Seite?“, fragte Marthe und sah zu Theo auf.

„Das war ihr Bruder Slava.“ Theos Stimme klang dunkel und traurig. Er räusperte sich und nahm einen Schluck vom Pfefferminzwasser. „Ich arbeitete zu der Zeit überwiegend in Russland“, sagte er. „Wir bauten in der Nähe von St. Petersburg ein Kernkraftwerk. In der Sowjetunion wurden bereits früh Kraftwerke gebaut“, erklärte er. „Es zeichnete sich ab, dass meine Arbeit wohl viele Jahre dauern würde. Später kaufte ich mir eine Wohnung in St. Petersburg. Ich liebe diese Stadt. Noch heute bin ich hauptsächlich dort. Dieses Haus in der Elbmarsch gehört Elena. Nur ab und zu komme ich hierher.“

„Sie lernten Elena in Kiew kennen?“, fragte Marthe und blätterte im Album eine Seite um. Immer wieder erblickte sie Bilder, auf denen Elena, Slava und Maria Magdalena zu sehen waren. Theo kaum.

„Ja“, sagte Theo knapp. „Damals wurden in der Nähe verschiedene Sektionen des Kernkraftwerks Tschernobyl gebaut. Von 1980 bis ungefähr 1984 wurden die Blöcke drei und vier fertiggestellt. Ich hatte bereits eine leitende Stellung.“

Marthe sah auf. „1986 kam es zur Kernschmelze in einem Teil der Anlage. Waren Sie zu der Zeit in Kiew?“

„Nein“, erwiderte er. „Zwei Jahre zuvor wurde ich nach St. Petersburg versetzt, um dort ebenfalls Kraftwerke aufzubauen. Seitdem lebe ich in der Stadt.“

„Wann lernten Sie Elena kennen?“, fragte Marthe weiter nach.

„Anfang 1981“, gab er bereitwillig Auskunft. „Sie war gerade dreiundzwanzig geworden.“

„Slava war dann zwanzig?“

„Genau“, bestätigte Theo. „Eigentlich lernte ich zuerst Slava kennen. Er hatte ein Studium begonnen und besuchte zu diesem Zweck unsere Firma in Kiew. Da das Studieren in der Sowjetunion, besonders zur Zeit des Umbruchs, kaum finanzierbar war, verdiente er sich sein Geld anderweitig."

„Er prostituierte sich", sagte Marthe sachlich.

„Nicht wirklich. Er begleitete höhere Persönlichkeiten durch die Stadt und unterhielt sie. Slava war sehr gebildet und besaß ein ausgezeichnetes Benehmen", erklärte Theo. „Schnell war mir klar, dass Slava, ebenso wie ich, homosexuell war. Wir verliebten uns und begannen ein Verhältnis. Ich finanzierte sein Studium. Das durfte auf keinem Fall herauskommen. Homosexualität wurde damals streng bestraft. Für mich wäre diese Tatsache das Ende meiner Karriere gewesen. Heute ist Russland fast weltoffener als Westeuropa."

„Ich schätze, in den ländlichen Regionen von Deutschland wird das immer noch nicht anerkannt. Unsere Welt ist sehr scheinheilig und verlogen", warf Marthe verbittert ein.

„Nun. Slava und die Politik waren der Grund, warum ich mich letztendlich für St. Petersburg entschied. In der Hafenstadt wurde Homosexualität toleriert, die Stadt war internationaler, weltoffener und populär."

„Aber Sie heirateten nicht Slava, sondern Elena." Martha empfand das Gespräch als höchst interessant. Über diese Themen hatte sie sich nie richtig Gedanken gemacht.

„Eine Ehe zwischen Gleichgeschlechtlichen war zu der Zeit in Russland undenkbar. Elena war Slavas Schwester. Ich lernte sie durch ihn kennen. Elena prostituierte sich, um Slavas Studium mitzufinanzieren. Sie wurde schwanger, war todunglücklich. Denn das wäre das Aus für sie und für Slava gewesen. Wir besprachen die Angelegenheit zu dritt und kamen zu der Lösung, dass ich Elena heiraten sollte. Somit wäre sie abgesichert und das Kind bekäme eine Zukunft."

„Elena erklärte sich mit einem solchen Deal einverstanden?“, fragte Marthe.

„Elena hasste ihr Leben. Sie verachtete die Freier und das Elend. Ich glaube, sie verachtete auch die Männer generell, besonders ihre Mentalität, Frauen für ihre Bedürfnisse zu benutzen. Sie akzeptierte den Kompromiss und kurz darauf vermählten wir uns in Deutschland. Ich suchte ein Haus in einem Ort, in dem uns niemand kannte.“

„Drennhausen.“ Jetzt lachte Marthe lauthals. „Wie kommt man von St. Petersburg auf Drennhausen in der Elbmarsch?“

„Warum lachen Sie?“, wollte Theo wissen. „So abwegig war es gar nicht. Ich fuhr mit Elena durch Norddeutschland. Wir klapperten viele Dörfer ab und endlich entschied sie sich für diesen Ort. Er erinnerte sie an ihre Heimat in der Nähe von Kiew. Elenas und Slavas Eltern waren Bauern. Sie verband das Leben auf dem Land mit einer glücklichen Kindheit.“

„Ich verstehe“, gab Marthe zu und schämte sich, dass sie gelacht hatte.

„Wir kauften das alte Haus. Elena begann, Entwürfe zu erstellen und wir ließen es nach ihren Wünschen umbauen.“

„Das war bestimmt nicht billig“, staunte Marthe und wies mit den Händen auf all den Luxus.

„Das entstand nach und nach“, erläuterte Theo. „Außerdem verdiente ich genug Geld. Wenn ich noch die Auslandsauslösungen und Provisionen hinzuzähle, war es mehr, als ich hätte je ausgeben können.“

„Provisionen?“, wiederholte Marthe vielsagend.

„Ja, Provisionen,“ betonte Theo. „Sie denken an Schmier- oder Schweigegelder?“ Theo sah sie irritiert an.

„Nein, nein“, stotterte Marthe. Theo besaß einen scharfen Beobachtungsgeist. Sie war sich eindeutig bewusst, dass man ihm nicht so leicht etwas vormachen konnte.

„Elena war glücklich“, sagte Theo. „Ich und Slava ebenfalls. Ich kaufte eine Wohnung in St. Petersburg und zog mit Slava dorthin. So war für alle gesorgt. Anfangs war Slava bei mir als Hausdiener angestellt, später durften wir offen unsere Homosexualität zeigen und ausleben.“

„Und Elena?“ Marthe wurde plötzlich bewusst, was sie doch für ein langweiliges Leben geführt hatte. Stets lief alles in geregelten Bahnen nach Recht und Gesetz.

„Elena gebar Maria Magdalena in Hannover, meinem ehemaligen Wohnort. Legitim. Als das Haus weitestgehend umgebaut war, bezogen wir es. Ich flog ab und zu nach Deutschland, um den Schein zu wahren und um alles Notwendige zu regeln. Elena kam nach Russland mit ihrer Tochter, wenn es um repräsentative Auftritte oder Verhandlungen ging. Sie wurde von meinen Geschäftspartnern im In- und Ausland wegen ihrer Schönheit, ihrem einzigartigen Geschmack und ihrer feinsinnigen Klugheit sehr geschätzt. Ich war stolz auf meine Frau.“

„Also war das Arrangement für jeden Beteiligten perfekt?“

„Ja und nein“, gab Theo zu. „Anfangs versuchte Elena, in Drennhausen Fuß zu fassen, mit den Menschen Kontakt aufzunehmen. Sie wollte ein Teil von ihnen sein, so, wie sie es als Kind in ihrer Heimat gewohnt war. Das wünschte sie sich sehnlichst.“

„Das klappte aber nicht“, erwiderte Marthe und erinnerte sich an das Gespräch mit dem Bauer Martin und seiner Frau Hilde auf der anderen Seite der Hauptstraße. Das waren tatsächlich zwei verschiedene Welten und zudem durch den Hauskauf vorbelastet.

„Die Leute im Ort mieden Elena“, fuhr Theo fort. „Sie war nicht so, wie sie. Sie lernte gerade erst die deutsche Sprache. Die Männer gafften ihr hinterher, die Frauen spuckten vor ihr aus. Anfangs war Maria Magdalena in Drennhausen in der Schule. Doch die Kleine litt ebenfalls darunter, dass man sie wie eine Aussätzige behandelte. Sie schloss kaum Freundschaften, verbrachte die Tage mit ihrer Mutter hier im Haus."

„Wie traurig für das Kind", bestätigte Marthe, die dabei an ihren Sohn und ihre Tochter denken musste, die behütet aufgewachsen waren und keine Fremdenfeindlichkeiten zu spüren bekommen hatten, ja sogar bewundert wurden, weil ihre Mutter eine Kriminalbeamtin war.

„Wir überdachten diese Situation gemeinsam mit Slava", erklärte Theo weiter. „Maria Magdalena war ein aufgewecktes Mädchen. Intelligent und künstlerisch begabt. Schweren Herzens suchten wir ein Internat im Ausland. Wir entschieden uns für das Fettes College in Edinburgh. Es hatte einen guten Ruf und war international wegen seiner Lehrmethoden anerkannt." Theo beugte sich vor, griff sein Wasserglas, leerte es in einem Zug und fragte: „Möchten Sie auch noch ein Pfefferminzwasser?"

„Gerne", sagte Marthe und reichte ihm ihr Glas zu. Marthe faszinierte Elenas Welt, in der es neben Gaudi und wertvolle Antiquitäten auch so etwas Einfaches wie Pfefferminzwasser gab.

Kurze Zeit darauf stellte Theo das frische Getränk vor ihr hin. „Wo waren wir stehengeblieben?" Er überlegte. „Ach ja, bei Maria Magdalena. So reiste Elena so oft es möglich war nach Edingburgh. Oftmals flogen wir gemeinsam hin. Maria Magdalena wurde mehr und mehr zu meiner Tochter. Ich war stolz auf sie. Es machte Spaß, zuzusehen, wie sie zu einer schönen, und vor allem intelligenten Frau heranwuchs. Manchmal bildete ich mir sogar ein, sie wäre Slavas und mein Kind."

„Was wurde aus Slava?", fragte Marthe interessiert.

„Er beendete das Studium in St. Petersburg. Slava war

künstlerisch überdurchschnittlich begabt. Bis zu seinem Tode vor fünf Jahren arbeitete er und restaurierte historische Gebäude in St. Petersburg. Alte Kunstwerke begeisterten ihn.“

Theo musste schlucken. Offenbar ging ihm Slavas Ableben immer noch sehr zu Herzen. „Maria Magdalena absolvierte weitere Studien in London und Paris. Sie hatte sich für Mode und Design entschieden. In Paris lernte sie Claude kennen. Sie wurden ein Paar und beschlossen, nach New York zu gehen. Dort leben und arbeiten sie erfolgreich bis heute. Sie besitzen ein gutgehendes Atelier und haben inzwischen einen bekannten Namen in der ganzen Welt.“

„Elena entwarf viele Modelle für Maria Magdalena, nicht wahr?“, wandte Marthe ein.

„Das stimmt. Unzählige Kreationen stammen aus der Feder Elenas, unter dem Label von Marie Madeleine. Sie zeichnete hauptsächlich Kleider für Damen. Aber auch Wohnaccessoires, sogar komplette Möbel und Wohnräume. Sie kommunizierte mehrmals täglich mit ihrer Tochter in New York. Claude ist eher spezialisiert auf sportliche Herrenbekleidung.“

Theo machte eine Pause. „Nun habe ich Ihnen eine Menge über Elena erzählt. Für die Außenwelt führten wir eine vorbildliche Ehe. Elena war für mich eine Schwester, eine gute Freundin, eine Mutter, manchmal der ruhende Pol in meinem beruflichen Leben. Mit ihr konnte ich diskutieren und reden, wenn ich Probleme hatte. Sie war mir eine große Stütze, als Slava starb, weil sie meine Trauer verstand, ohne Fragen zu stellen.“

„Elena hat ein sehr einsames Leben geführt“, stellte Marthe fest.

„Glaube ich nicht“, überlegte Theo. „Wir trafen einen Deal. Elena wollte aus dem Elend raus, für Slava und für Maria Magdalena eine gesicherte Zukunft. Dafür tat sie alles. Sie war so erzogen. Das war ihr Lebensinhalt. Das Dekorieren ihres Heimes erfüllte sie. Später die Arbeit mit ihrer Tochter in New York. Sie machte oft lange Ausflüge mit dem Auto in Norddeutschland. Meist da, wo sie niemand kannte. Sie liebte das flache Land, das Meer und Spaziergänge an der Elbe. Kiew lag ähnlich wie Hamburg. Dort gab es auch einen Fluss. Und ihre Eltern hatten oftmals kleine Reisen mit ihr und Slava zum Toten Meer gemacht. In dieser Welt lebte Elena, umgeben von ihren Träumen, die sie selbst kreierte. Sie wollte immer eine Prinzessin sein und sie baute sich ihren Palast in der Elbmarsch."

„Dieses Anwesen erinnert tatsächlich an ein bezauberndes Schloss", sagte Marthe nachdenklich und blickte sich um. „Es mutet so unwirklich in dieser kahlen Region an. Wann wache ich wieder auf?" Marthe lächelte versonnen.

„Sie können das Grundstück mitsamt Schloss kaufen", erklärte Theo ernst, dabei zog er einen Mundwinkel amüsiert zur Seite.

„Wollen Sie es etwa verkaufen?", fragte Marthe ungläubig. „Dieses außergewöhnliche Kleinod?"

„Was soll ich in Drennhausen? Am Ende der Welt? Mein Zuhause ist in St. Petersburg. Dieses Märchenland", er machte eine weite Bewegung, „gehörte Elena. Nun ist sie nicht mehr, denn irgendjemand hat das Märchenland zerstört. Wozu benötige ich einen Palast?"

„Für Ihre Tochter zum Beispiel."

Theo lachte. „Maria lebt in New York. Die große Welt ist ihre Heimat, nicht ein winziges Dorf in der Elbmarsch. Hier war sie niemals glücklich, verbrachte eine traurige Kindheit. Nein, das ist kein Haus für Maria."

„Aber wer würde in diesem Ort einen solchen Palast kaufen?", fragte Marthe. „Die meisten Menschen in der Elbmarsch sind sehr bodenständig und können gerade eben ihren Lebensunterhalt finanzieren."

„Es gibt genug reiche Leute in Hamburg, die raus aufs Land wollen. Mit einem außergewöhnlichen, repräsentativen Anwesen werden die kaum Probleme haben. Im Keller befindet sich zudem ein Schwimmbad mit Sauna und Tepidarium. So schön verziert mit bunten Mosaiken, wie die Bank, auf der Sie gerade sitzen. Bei Kerzenschein und Musik lässt es sich im Winter dort gut aushalten." Theo schmunzelte fast ironisch.

„Wow", mehr brachte Marthe vor Staunen nicht heraus.

„Mir ist noch etwas eingefallen." Theos Stimme nahm wieder einen ernsten Klang an. „Ich habe Elenas persönliche Sachen durchgeschaut. Ich gab an, dass nichts fehlte. Ihre kleine rote Handtasche ist nicht da. Ein Geschenk von mir, dass ich ihr aus St. Petersburg mitbrachte. Sie passte farblich zu ihrer Übergangsjacke und ist kunstvoll mit Pailletten bestickt."

„Aha", sagte Marthe, „dann suchen wir nicht nur den Schlüssel, sondern tatsächlich auch eine Handtasche. Wissen Sie, was sich sonst noch darin befand."

„Keine Ahnung. Um solche Dinge kümmere ich mich nicht. Elenas Ausweis und sonstige Dokumente lagen alle vollständig in einer Schublade."

„Tun Sie mir einen Gefallen?", fragte Marthe. „Sprechen Sie mit Maria Magdalena und fragen Sie Ihre Tochter, ob ich sie besuchen darf, wenn sie in Deutschland ist?"

„Ich versuche es", erwiderte Theo müde. „Maria weint nur noch, seitdem sie vom Tode Ihrer Mutter gehört hat."

Marthe verabschiedete sich. In Gedanken versunken ging sie über den Deich zurück zu ihrem Auto, vom Traumland in eine reale Welt in der Elbmarsch.

20

Erst am späten Nachmittag kam Marthe nach Hause. Vom großen Wintergartenfenster aus konnte sie Karl-Ludwig sehen. Er war mit dem Verlegen von Gehwegplatten quer über dem Rasen bis hin zum Graben beschäftigt. Marthe wanderte nachdenklich von Raum zu Raum ihres großen Hauses. Wie anders es bei ihr aussah. Richtig kahl und nüchtern. Elenas Zuhause war heimelig und persönlich. In jeder Ecke, in jedem Detail schien Elena zu stecken. Bei Marthe steckte nichts in den Ecken, kein Geheimnis, nichts Persönliches, nicht einmal eine ihrer Katzen.

„Was machst du da? Warum rennst du von Zimmer zu Zimmer?“, fragte Karl-Ludwig verständnislos, der unbemerkt das Wohnzimmer betreten hatte.

„Wir müssen auf jeden Fall renovieren und uns neu einrichten“, sagte Marthe in Gedanken versunken.

„Renovieren? Neu einrichten? Wir sind erst knapp drei Jahre hier. Wir haben vor dem Einzug alles von Grund auf renoviert. Es ist sauber, aufgeräumt und praktisch eingerichtet.“

„Eben. Es ist praktisch, aufgeräumt und sauber, aber es fehlt die persönliche Atmosphäre.“

„Sag mal, spinnst du in letzter Zeit? Ich habe das Gefühl, dir bekommt die viele frische Luft nicht.“ Seine Stimme klang unwirsch.

„Die viele frische Luft hast doch du mir verordnet“, erwiderte Marthe und drehte sich Karl-Ludwig zu. „Aber alles gut“, beschwichtigte sie. „Ich koch uns jetzt etwas zum Abendessen und dann erkläre ich dir in Ruhe, was ich heute Nachmittag erlebt habe. Und ich möchte dich bitten, in einem vernünftigen Ton mit mir zu sprechen. Ich bin mir sicher, dass ich noch nicht spinne.“ Marthe eilte in die Küche. Sie überlegte, was sie kochen sollte, und inspizierte den Kühlschrank. Sie entschloss sich für gebratene Fleischwurst, Kartoffelpüree und Spiegeleier. Ein Glas Apfelkompott fand sie bei den Vorräten im Keller.

‚Gott sei Dank', dachte sie. So war ein passables Menü schnell zubereitet. Es war sowieso eine Tortur, sich jeden Tag ein neues Gericht zu überlegen. Was Frau nicht so alles für Mann tat und er nahm das als Selbstverständlichkeit hin. Ein ganzes Leben lang. Wer hatte sich überhaupt diese Rollenverteilungen ausgedacht? Gott sei Dank waren die jungen Leute inzwischen fortschrittlicher und nicht selten bestritt die Frau den Unterhalt für die Familie.

Nachdem Karl-Ludwig gegessen und sein Besteck auf den Teller zurückgelegt hatte, fragte er: „Nun erzähl mal, warum du plötzlich so verändert bist."

„Ich bin nicht verändert, vielleicht hast du dich verändert?", bemerkte Marthe. „Ich wollte dir auch nichts über Veränderungen erzählen, sondern über mein Erlebnis am Nachmittag." Sie berichtete Karl-Ludwig vom Gespräch zwischen Theo und ihr und über Elenas Leben. Ausführlich beschrieb sie den Palast in Drennhausen.

„Du willst mir damit doch nicht etwa plausibel machen, dass wir uns eine solche Wohnungseinrichtung anschaffen sollen? Wir haben noch nicht im Lotto gewonnen."

„Natürlich nicht." Marthe war über Karl-Ludwigs Ausbruch überrascht. Sie verstand nicht, wieso er derart verstockt war. „Wir wohnen so, wie wir es für angenehm empfinden. Elena lebte so, wie sie es unter ihren Bedingungen als richtig empfand."

„Auf mich macht diese Frau einen vollkommen verrückten Eindruck", erwiderte Karl-Ludwig unwirsch. „Warum beschäftigst du dich mit dieser Angelegenheit. Du bist pensioniert. Und womöglich hat sie sogar Selbstmord begangen."

„Und wie ist sie dann von Drennhausen nach Bütlingen

gekommen? Wo ist deine Logik geblieben.“ Marthe sah es inzwischen als aussichtslos an, sich mit Karl-Ludwig zu unterhalten. Ständig war er auf Krawall gebürstet.

„Mittels eines Helfers? Jemand, der sie bei ihren Absichten aus Mitleid unterstützte, um das Ganze wie einen Mord aussehen zu lassen? Was weiß ich“, erwiderte Karl-Ludwig und zuckte mit den Schultern.

„Jetzt frage ich mal nach, wer hier spinnt.“ Marthe räumte die Teller vom Tisch, wusch sie kurz ab und stellte sie in die Spülmaschine.

„Ich finde das nicht so abwegig“, murrte Karl-Ludwig. Er hatte nie verstanden, wie eine Frau bei der Kriminalpolizei arbeiten konnte. Bei all den vielen Morden, Betrügereien und Straftaten. Für ihn musste das Leben geradlinig verlaufen, logisch und abschätzbar. „Wenn ich es so betrachte, sind doch sämtliche Personen aus der Familie, gelinde gesagt, etwas aus der Rolle gefallen.“

„Du redest bereits wie ein Elbmarscher. Stur und dickköpfig. Oder ist das tatsächlich deine Überzeugung?“ Marthe schloss die Spülmaschine und stellte sie an. „Ich muss die Katzen füttern“, sagt sie, um ein anderes Thema anzufangen.

„Die fühlen sich bereits vernachlässigt“, erklärte Karl-Ludwig. „Genauso wie ich.“

„Nun ist aber gut. Ich habe gerade das Abendessen zubereitet.“ Marthe öffnete eine Katzenfutterdose und hielt sie ihm hin. „Oder willst du noch was?“, fragte sie ironisch.

„Nein, es ist noch nicht gut“, erwiderte Karl-Ludwig maulig. „Du wolltest dir hier alles schön einrichten, deine Ruhe haben, dich kreativ betätigen. Und was ist? Du treibst dich den ganzen Tag rum und ich darf die gesamte Gartenarbeit allein bewältigen.“

Marthe schwieg. Karl-Ludwig würde sich gleich wieder beruhigen, nachdem er Dampf abgelassen hatte. Er war seit dem Umzug anders geworden. Marthe vermutete, dass es ihm an festen Verpflichtungen mangelte. Karl-Ludwig ließ sich gehen.

Sie war mit der momentanen Situation ebenfalls nicht zufrieden. Das Leben bestand nicht nur aus Kreuzworträtsel lösen, Unkraut rupfen und Essen kochen. Damit fühlte sie sich geistig nicht ausgelastet. Und dann die Tatsache, dass man ihr eine weibliche Leiche in den Graben gelegt hatte. Warum überhaupt in ihren Graben? Es gab in der Elbmarsch hunderte Abwassergräben. Da wäre bestimmt in einem anderen Gewässer gleichwohl Platz gewesen.

Oder war Karl-Ludwigs Überlegung gar nicht so falsch? Selbstmord mittels eines Helfers, der alles wie einen Mord aussehen lassen sollte? Nur, aus welchem Grund? Geld? Schulden? Ein Geheimnis, das nicht an die Öffentlichkeit durfte? Es gab viele Motive. Aber an Selbstmord glaubte Marthe nicht.

Marthe hatte keine Lust, sich an diesem Abend weitere Gedanken darüber zu machen. Sie musste erst einmal ihre Erlebnisse des Nachmittags verarbeiten. Sie duschte, cremte sich sorgfältig ein und ging schlafen. In den Nachrichten gab es auch nur Hiobsbotschaften – wie immer. Das konnte sie ebenfalls langsam nicht mehr ertragen. Sie schaltete den Fernseher aus.

21

Am nächsten Tag rief sie Andreas Cornelsen an. „Hattet ihr inzwischen die Konten der Familie Bartsch geprüft?“, fragte sie aufgrund der Tatsache, dass Karl-Ludwig sogar an Selbstmord gedacht hatte.

„Es gab keine Ungereimtheiten“, sagte Andreas. „Theo Bartsch bezog als Manager ein Spitzengehalt. Für besondere Aufträge erhielt er Provisionen, die Hunderttausende überstiegen. Sämtliche Kosten für das Haus in Drennhausen wurden von seinem Konto an einen Verwalter überwiesen. Dieser regelte sämtliche Arbeiten, also notwendige Reparaturen, Reinigung, Gärtner, Unterhaltskosten und so weiter."

„Hört sich alles plausibel an", meinte Marthe. „So gut hätte ich es auch gerne."

„Ebenfalls bekam Elena eine monatlich gleichbleibende Summe in Höhe von fünftausend Euro", erläuterte Andreas ungerührt weiter. „Die waren für ihre persönlichen Ausgaben gedacht."

„Fünftausend Euro monatlich für persönliche Ausgaben sind nicht schlecht", staunte Marthe. „Da muss erst einmal eine Familie rankommen, um ihren Lebensunterhalt zu bestreiten."

„Das sag ich dir." Andreas lachte. „Die hätte ich auch gern nur für persönliche Ausgaben."

„Und Elenas Konto?"

„Es weist ein erhebliches Vermögen von fast einer halben Million aus. In all den Jahren wurden lediglich kleinere Geldbeträge abgehoben, wohl für Farben und Materialien, für Lebensmittel etc. Manchmal überwies sie eine Summe an ihre Tochter nach New York. Aber ebenfalls keine riesigen Beträge. Vielleicht als persönliches Geschenk gedacht."

„Ihr Haus ist ein Palast", sagte Marthe. „Mit erlesenen Möbeln, Teppichen und Gemälden ausgestattet. Wer hat das alles finanziert und wo kamen die teuren Dinge her?"

„Von Theo Bartsch", erklärte Andreas. „Vieles davon sind Geschenke oder als Anerkennung gedacht gewesen. Meist von reichen Russen im Rahmen von Auftragsvergaben oder geschäftlichen Verträgen spendiert."

„Etwa für besondere Dienste?", wollte Marthe wissen.

„Was meinst du damit?", fragte Andreas irritiert.

„Zum Beispiel im Nuklearbereich? Um gewisse Vorfälle zu verbergen, oder geheime Forschungen. So als kleines Schweigegeld."

„Kann ich mir nicht vorstellen", überlegte Andreas. „Sämtliche Ein- und Ausgaben wurden von einem Vermögensberater sorgfältig notiert."

„Auch die teuren Geschenke?"

„Auch die teuren Geschenke", gab Andreas zur Antwort. „Sie wurden allesamt geschätzt und als Einnahmen aufgenommen, sogar steuerlich erfasst."

„Hm." Marthe dachte nach. „Also dann wohl ein persönliches Mordmotiv, von dem wir noch nichts ahnen?"

„Wie kommst du darauf? Wieder so ein Gefühl von dir?"

„Möglich ist alles", wich Marthe aus. „Karl-Ludwig kam gestern auf die verrückte Idee, dass Elena einen Selbstmord geplant hat und mittels eines Freundes vertuscht haben könnte."

„Dafür gibt es keine Anhaltspunkte." Andreas blies geräuschvoll in den Telefonhörer. „Wie soll sie, ohne Spuren zu hinterlassen, in den Graben von Bütlingen gekommen sein?"

„Das fragte ich Karl-Ludwig ebenfalls. Er meinte über diesen Helfer. Übrigens kommt Elenas Tochter morgen in Hamburg an."

„Wir haben Elenas Leiche zur Bestattung freigegeben. Sowohl Theo Bartsch als auch Maria Magdalena sind darüber informiert. Ich denke, dass sie die Bestattung gemeinsam organisieren wollen", erläuterte Andreas.

„Theo Bartsch will das Anwesen in Drennhausen verkaufen", sagte Marthe nachdenklich. „Ich habe gestern mit ihm ein sehr ausführliches und interessantes Gespräch gehabt."

„Ein Verkauf liegt nahe. Er lebt zum überwiegenden

Teil seit über vierzig Jahren in St. Petersburg, besitzt dort eine große Wohnung. Sein Anwesen hier mitsamt dem Wohnhaus wird gut zwei Million übersteigen. Was sollte er in Drennhausen? Obstplantagen bewirtschaften?“

„Warum nicht. Ich finde die Elbmarsch landschaftlich faszinierend. Schon allein die Weiten der Feldmark, die Farben, wenn alles blüht. Die liebevoll dekorierten Häuser ...“

„Stopp!“, tönte Andreas durch den Apparat. Er lachte lauthals. „Du wirst noch zu einer richtigen Landpomeranze.“

„Wohl nicht“, warf Marthe ein. „Die Menschen in der Elbmarsch sind sehr merkwürdig, für mich manchmal kaum zu begreifen. Damit kann ich mich im Augenblick nicht anfreunden. Manche sind nett, zuvorkommend und liebenswert, andere wiederum sind ausgesprochene Stinkstiefel, denen man am besten in die Kniekehlen schießen sollte.“

„Aber nicht mit deiner Dienstwaffe. Untersteh dich.“ Erneut kam ein lautes Lachen durch den Hörer.

„Ich kann mir auch eine Gummiflitsche besorgen und mit Erbsen schießen. Heute werde ich mich jedenfalls um den Garten kümmern“, erklärte Marthe emotionslos. „Sonst kündigt mir Karl-Ludwig die Freundschaft oder lässt sich scheiden.“ Marthe legte auf.

22

Am frühen Nachmittag hatte sie nicht nur mehrere Eimer Rindenmulch geschleppt, sondern auch Stauden gepflanzt. Ihr tat der Rücken weh.

„Pause!“, rief sie Karl-Ludwig zu. Sie setzte sich unter das Sonnensegel. Karl-Ludwig kam zu ihr. „Was hältst du davon, wenn ich nachher mal zur Käserei nach Fahrenholz fahre?“, fragte sie. „So eine richtig leckere Käseplatte zum heutigen Abendessen wäre genial.“

„Endlich wirst du wieder normal“, neckte Karl-Ludwig sie. „Nein wirklich, eine super Idee. Da freue ich mich drauf.“

Marthe war beruhigt, dass Karl-Ludwig ihre Ausrede nicht erahnte. Sie hatte das Bedürfnis, seiner Nähe zu entfliehen. Im Augenblick ertrug sie sein Desinteresse an ihr und ihrer Arbeit ganz und gar nicht. Sein ewiges Gemecker fiel ihr auf die Nerven.

Marthe wusch sich flüchtig, zog eine saubere Jeans an und stieg ins Auto. Sie nahm die Route über die Dörfer. So startete sie in Richtung Horburg und fuhr durch Oldershausen. Dort überquerte sie die Neetze und lenkte den Wagen durch die Feldmark nach Fahrenholz. Die reizvolle Landschaft wirkte beruhigend auf Marthe. Langsam normalisierte sich ihr Blutdruck und machte fast einer Euphorie Platz. Vielleicht hätte sie Karl-Ludwig mitnehmen sollen, überlegte sie.

Vor der Käserei hielt sie an. Als sie den winzigen Laden betrat, war eine Kundin vor ihr, die viel Zeit benötigte, um sich ihre Käsesorten auszusuchen. Marthe liebte den Elbmarscher Landkäse mit Pfeffer. Aber der Käse mit Knoblauch war ebenfalls nicht zu verachten.

Während die Kundin weiterhin ihre Käsevariationen auswählte, probierte Marthe die auf einem separaten Tisch bereitgestellten Häppchen. Auf einem Regal lag ein altes Wochenblatt. Sie las noch einmal den Artikel über den Fund der Toten in Bütlingen, als ob sie nicht genau wusste, was auf ihrem Grundstück passiert war.

„Haben Sie auch davon gehört?“, fragte die Dame von der Theke und lugte zu ihr hinüber. „Eine unheimliche Angelegenheit. Drei Tage in einem Abwassergraben liegen. Eine grausige Vorstellung. Und das in unserer schönen

Elbmarsch.“

„Ja“, bestätigte Marthe. „Eine schreckliche Begebenheit.“ Rasch kaufte sie ihren Pfeffer- und Knoblauchkäse und einen Camembert dazu. Die Kundin verließ mit ihr gemeinsam den Laden. Sie schien es tatsächlich nicht eilig zu haben. „Ich kannte die Frau“, plapperte sie. „Nicht so gut, aber sie wohnte seit vierzig Jahren in Drennhausen. Wir alle können uns gar nicht erklären, wie so etwas passieren konnte. In der so friedlichen und harmonischen Elbmarsch.“

„Ich mir auch nicht“, erwiderte Marthe ausweichend. Inzwischen hatte sie das Gefühl, dass Elena sie überall hin verfolgte. Marthe erreichte ihren Wagen, der genau neben dem der unbekannten Frau stand.

„Oh“, sagte die Dame überrascht. „Ist das Ihr Auto? Waren Sie nicht erst gestern in Drennhausen und gingen zum Haus der Familie Bartsch?“

„Wie kommen Sie darauf?“ Marthe schloss ihr Auto auf.

„Ich sah Sie, als ich mit meinen beiden Hunden Gassi ging“, erklärte sie bereitwillig. „Sind Sie mit den Russen verwandt?“

„Wieso Russen?“ Marthe stutzte. „Nein. Ich bin mit der Familie Bartsch nicht verwandt.“ Marthe verspürte keine Lust, Auskunft zu geben.

„Ach, machen Sie hier Urlaub? Ich habe Sie in unserer Region noch nie gesehen.“

„Ich mache auch keinen Urlaub. Ich wohne in Bütlingen.“

„Bütlingen!“, rief die Dame. „Aber dann müssten Sie doch etwas von dem Mord mitbekommen haben.“

Marthe ärgerte sich, dass sie sich nicht besser im Griff hatte. Warum erwähnte sie das? Jetzt war die Frau erst recht neugierig. Wahrscheinlich würde sie sich mit der Polizei in Verbindung setzen und ihre Beobachtung kundtun. So wichtig, wie sich diese Frau hielt.

„Ich bin Kriminalbeamtin außer Dienst“, sagte Marthe deshalb. „Mein ehemaliges Dezernat ist mit dem Fall beauftragt und ich bin zwecks Klärung außerordentlich eingesetzt, weil ich in der Elbmarsch lebe“, erklärte Marthe. „Im Übrigen sind die Ermittlungen so gut wie abgeschlossen“, fügte sie hinzu, um weiteren Fragen auszuweichen.

„Dann weiß man, wer der Mörder ist?“, fragte die Frau neugierig.

„Darüber kann ich Ihnen keine Auskunft geben“, wich Marthe aus. „Wo wohnen Sie in Drennhausen?“, wollte Marthe statt einer Antwort wissen.

„Fast an der alten Kirche“, plapperte die Frau weiter. „Ich kenne das Haus der Familie Bartsch sehr gut. Noch von ganz früher. Täglich gehe ich mit Bertha und Emil über den Deich Gassi und komme daran vorbei. Es liegt quasi direkt an der Elbe, wo ich immer meine Hunderunde drehe.“

„Von ganz früher bis heute gehen Sie täglich Gassi?“, fragte Marthe ungläubig. „Das muss ja schon länger als über vierzig Jahre sein.“

„Ich hatte schon immer Hunde. Schon als Kind. So einsam, wie wir wohnen, ist es gut, aufmerksame Bewacher zu haben.“ Die Frau schien erfreut darüber zu sein, Beachtung gefunden zu haben. „Ja, ja. Ich kenne das Haus schon sehr lange, seit meiner Geburt. Damals hatte Bauer Heinrich mit seiner Familie darin gewohnt. Dann hat der Russe es von der Tochter abgekauft, weil sie ins Ruhrgebiet zog.“

Marthe überlegte blitzschnell. „Ich wollte noch einen Abstecher zum Hofcafé machen. Wenn Sie etwas Zeit haben, lade ich sie gerne ein und Sie können mir etwas über Drennhausen erzählen.“

„Eine solche Einladung nehme ich gerne an. Ich habe heute nichts mehr vor. Ich lebe allein. Und das Hofcafé hat einzigartige Torten. Ich liebe es."

„Gut. Treffen wir uns gleich am Café", sagte Marthe und stieg endgültig ein. Der Weg von der Käserei bis zum Hofcafé führte über enge Landstraßen und dauerte knapp fünf Minuten. Das Café war ein beliebtes Ausflugsziel, insbesondere auch bei Radfahrern. Marthe war erstaunt darüber, wie sich alte Häuser, die an Herrenhäuser erinnerten, zwischen neuerbaute Villen einfügten. ‚Eine Radtour durch diese Region ist sicherlich lohnenswert', überlegte sie. Wahrscheinlich sogar noch eher ein ausgedehnter Spaziergang durch die engen Straßen. Hier schien die Welt noch vergessener zu sein, als in Bütlingen. Wobei in Marschacht bereits ein „richtiges Leben tobte".

Marthe fuhr auf den ausgewiesenen Parkplatz und stellte den Wagen ab. Sie waren bei weitem nicht die einzigen Gäste. Sie ging ins Café.

Die Frau aus Drennhausen saß an einem kleinen, runden Tisch in einer Ecke. Sie kannte sich in der Gegend offenbar gut aus, denn Marthe war suchend die Straßen entlanggefahren und hatte sich nach dem Navigationsgerät gerichtet in der Hoffnung, nicht unvermutet in der Neetze, der Ilmenau oder einem der tausend Entwässerungsgräben zu landen.

„Nehmen Sie die Schwarzwälder Kirschtorte", sagte die Frau aufgeräumt. „Die schmeckt am besten."

Marthe entschied sich tatsächlich für diese Torte und bestellte einen Cappuccino dazu.

„Darf ich mich mal vorstellen?", erklärte die Dame. „Ich bin Hanna Jensen. Ich wohne schon ewig in der Elbmarsch. Meine Eltern sind hier geboren. Und Sie?"

„Marthe Walther. Ich komme ursprünglich aus dem Ruhrgebiet und arbeitete über zwanzig Jahre in Lüneburg. Ich zog vor drei Jahren nach Bütlingen, als ich pensioniert wurde."

„Fühlen Sie sich dort wohl?“, fragte Hanna Jensen. „In Bütlingen.“ Sie sprach das Word abwertend aus. „Das ist ein Kaff und gehörte früher zum Landkreis Lüneburg. Das liegt nicht wirklich in der Elbmarsch.“

Marthe lachte. „Na, diese Dörfer am Ende der Elbmarsch muten jedenfalls sehr idyllisch an. Ehrlich gesagt, war ich zum Beispiel noch nie hier in Hunden gewesen. Aber hübsch, muss ich zugeben. Fast wie Urlaub. Ein Örtchen, das fast zu Winsen gehört.“

„Ich fahre öfter hier raus“, erwiderte Frau Jensen. „Der Käse ist empfehlenswert. Viel gönne ich mir nicht mehr.“ Die Bedienung brachte die Kuchenstücke und stellte die Getränke hin.

„Wissen Sie“, plapperte Hanna Jensen weiter. „Nachdem mein Mann gestorben ist, nahm ich mir eine kleine Wohnung in Drennhausen. Früher wohnten wir in einem riesigen Haus etwas außerhalb. Wir besaßen ein paar Felder und Apfelbäume. Es waren damals harte Zeiten, besonders nach dem Krieg. Ich half schon in jungen Jahren meinen Eltern. Das war damals normal und ich habe es an meine Kinder so weitergegeben.“

„Kennen Sie das Anwesen der Familie Bartsch?“, kam Marthe auf das ursprüngliche Thema zurück.

„Selbstverständlich. Bis Anfang der Achtziger gehörte es Heinrichs. Sie hatten zwei Töchter. Hilke und Lina. Hilkes Tochter hieß Friederike und Linas Sohn Martin. Alle lebten zusammen, bis der alte Heinrichs starb. Das Erbe wurde geteilt. Lina bekam die Ländereien mit Land- und Forstwirtschaft und Hilke das Elternhaus. Hilke umsorgte ihre Mutter, bis sie starb. Carl, ihr Ehemann, erlag sehr früh seinen Kriegsverletzungen, knapp Dreißig wurde er. So musste Lina ihre Tochter Friederike allein erziehen.“

„Manchmal schlägt das Schicksal hart zu“, bestätigte Marthe.

„Wir konnten froh sein, dass in der Elbmarsch wenig zerstört wurde“, redete Hanna Jensen drauflos. „Ich bin ein Kriegskind“, sagte sie. „Besser gesagt, ich bin kurz vor dem Krieg geboren. Mein Vater war verwundet und durfte nach Hause. Er hatte einen Arm verloren. Ich bin im Winter 1942 geboren, mitten im Krieg.“

„Dann sind Sie um die achtzig Jahre?“ Marthe staunte. „Das sieht man Ihnen gar nicht an.“ Sie überlegte. „Und Sie fahren noch Auto?“

„Wie soll ich denn sonst wegkommen? Hier fährt kaum ein Bus. Erst recht nicht, wenn Schulferien sind. Erzählen Sie mir mal, wie ich von Drennhausen zur Käserei in Fahrenholz kommen sollte. Das wird zu einem kompletten Tagesausflug.“

„Stimmt. Ich stellte inzwischen oft fest, dass in der Elbmarsch viele ältere Menschen mit ihren Pkws unterwegs sind. In Hamburg oder Lüneburg ist das nicht so.“ Marthe nahm einen Schluck Kaffee und arbeitete sich durch die gewaltige Schwarzwälder Kirschtorte.

„In den Städten kommt man rasch von A nach B“, sprach Hanna Jensen weiter. „Dafür haben wir auf dem Land viel frische Luft. Und ehrlich gesagt, ich fahre nie mit meinen Wagen nach Hamburg oder Lüneburg. Das traue ich mir doch nicht mehr zu.“ Sie lachte.

„Können Sie sich noch an die Familie Bartsch erinnern?“, fragte Marthe weiter, nachdem sie einen großen Bissen der Torte hinuntergeschluckt hatte.

„Natürlich. Meine Tochter Birte hatte gerade ihr erstes Kind geboren. Da zogen die Russen hier ein. Die waren schon sehr merkwürdig. Die Frau sprach kein Wort Deutsch. Ihr Mann war mindestens einen Kopf kleiner als sie. Dünn und unscheinbar, und nur ganz selten zu Hause. Wir haben uns alle gefragt, was diese eigenartigen Leute in der Elbmarsch wollten.“

„Herr Bartsch stammte aus Hannover“, warf Marthe ein, „das gehört zu Niedersachsen. Er ist kein Russe, wie Sie es nennen. Er ist Ingenieur und arbeitet in Russland.“

„Ein Studierter. Na, egal.“ Hanna Jensen machte eine wegwerfende Handbewegung. „Sie passten nicht hierher. Ihr Balg Maria Magdalena war ungefähr so alt wie meine Enkelin Caroline. Beide gingen am Anfang in eine Schulklasse. Aber die Ausländerin war immer etwas Besseres.“ Sie betonte die Bezeichnung abwertend.

„Wie äußerte sich das?“ Ungerührt fragte Marthe nach.

„Die Tochter trug immer moderne Kleidchen, in den neuesten Farben. Mit Rüschen und Spitze. Lackschühchen statt Holzpantoffeln oder feste Gartenstiefel und bei der Kartoffelernte arbeite sie auch nicht mit.“

„Jeder kann sein Kind so kleiden, wie er möchte“, warf Marthe ein.

„Nicht in der Elbmarsch. Vielleicht in Hamburg oder Lüneburg. Wir sind alle eine gewachsene Einheit, geradlinig und ehrlich, ohne Starallüren. Das war schon immer so. Außenseiter haben hier keinen Platz.“

„Das vermute ich auch so langsam“, erwiderte Marthe leise. Es hätte sowieso nichts gebracht, Hanna Jensen in ihrem Starrsinn umzustimmen.

„Na, es dauerte gar nicht lange, da nahm die Ausländerin ihre Göre von der Schule und schickte sie auf ein höheres College nach Schottland. College!“, wiederholte Hanna Jensen. „Was soll ein Mädchen auf dem College. Sie hat Kinder zu bekommen und ihre Familie zu versorgen.“

Marthe verkniff es sich, darauf zu antworten, sondern fragte ungerührt weiter: „Hatte das Mädchen Maria Magdalena während ihrer Schulzeit Freundinnen in der Elbmarsch?“

„Glaube ich nicht. Ich will mal meine Tochter Birte fragen, ob sie Schulbilder ihrer Tochter Caroline aus der Zeit hat. Vielleicht weiß sie mehr. Wir wollten jedenfalls mit der Ausländerfamilie keinen Kontakt haben."

„Und ihre Tochter? Sie müsste ungefähr das gleiche Alter wie Elena Bartsch haben. Vielleicht haben die beiden Frauen miteinander kommuniziert? Rezepte ausgetauscht, Frauengespräche geführt oder ähnliches."

„Natürlich nicht", erwiderte Hanna Jensen entsetzt. „Das hätte uns noch gefehlt. Wie diese Frau herumlief. Mit kurzen Röcken und Stöckelschuhen, gefärbten, toupierten Haaren und grell geschminkten Lippen. Und das bei uns im Dorf. Wir sind hier nicht auf dem Kiez!"

„Hm." Marthe sagte sonst nichts dazu. „Ich muss jetzt wieder los", erklärte sie. „Mein Mann wartet auf seinen Käse." Sie lächelte freundlich. „Vielleicht sehen wir uns ja mal in Drennhausen oder in Marschacht."

„Kommen Sie mich einfach in Drennhausen besuchen. Hier ist meine Adresse." Sie reichte Marthe tatsächlich eine Visitenkarte zu.

„Das mache ich gerne." Marthe zahlte und verabschiedete sich. Sie war froh, als sie in ihr Auto stieg und nach Hause fahren konnte. So viel Fremdenhass hatte sie nicht erwartet. Gott sei Dank lebten sie in einem moderneren Zeitalter, aber zu spüren war er unterschwellig immer noch.

23

Am Dienstag brachte Marthe in Ruhe eimerweise Häckselholz aufs Beet und setzte einige Pflanzen ein. Die Arbeit tat ihr gut. Marthe stellte fest, dass sie dabei wunderbar nachdenken konnte. Trotzdem kam sie zu keinem Ergebnis. Sie fragte sich immer wieder, warum das Leben von Elena Bartsch gewaltsam beendet worden war.

Am späten Nachmittag rief Theo Bartsch an. Er berichtete, dass er seine Tochter Maria Magdalena vom Flughafen abgeholt habe und sie damit einverstanden sei, wenn Marthe sie am morgigen Tag besuchen würde.

Andreas Cornelsen meldete sich nicht. Offenbar gab es keine Neuigkeiten.

24

Am Mittwoch fuhr Marthe erneut nach Drennhausen. Sie wurde bereits erwartet, denn im Esszimmer oder Gesellschaftszimmer, wie Marthe es genannt hatte, standen appetitliche Kleinigkeiten bereit.

„Maria kommt sofort", sagte Theo. „Nehmen Sie Platz."

Marthe setzte sich. Unwillkürlich blickte sie das lebensgroße Bildnis von Elena an. Sie konnte sich der Anziehungskraft dieses Gemäldes nicht entziehen. Elena war überall lebensgroß zugegen, inzwischen auch in Marthes Leben.

„Good morning." Eine hochgewachsene, schlanke Frau kam in den Raum. Irritiert schaute Marthe vom Gemälde zu der jungen Frau, und dann wieder fassungslos zum Portrait. Marthe hatte den Eindruck, die Frau aus dem Bild wäre lebendig geworden.

„Ich sehe meiner Mutter zum Verwechseln ähnlich", sprach Maria mit einem leichten amerikanischen Akzent.

„Frappierend", staunte Marthe.

„Wir waren uns in vielen Dingen gleich", sagte Maria. „Insbesondere im künstlerischen Bereich." Sie setzte sich auf den mit grünem Samt bezogenen Diwan, der unter dem Fenster stand.

„Ich möchte Ihnen mein Beileid aussprechen", erklärte Marthe leise.

„Danke." Maria blickte auf ihre gefalteten Hände, die im Schoß lagen. „Ihr Tod hat mich sehr getroffen. Wir hielten noch vor einigen Tagen Kontakt via Mail. Dann antwortete sie plötzlich nicht mehr.“

„Wissen Sie, wann genau das war?“, fragte Marthe. „Ich meine damit eine explizite Uhrzeit?“

„Ja, natürlich. Warten Sie kurz.“ Maria tippte auf ihrem iPhone. „Das war am dreißigsten März. Nach deutscher Zeit müsste das gegen fünfzehn Uhr gewesen sein. In New York gerade Bürobeginn. Sie hatte mir einen neuen Entwurf eines Party-Kleides geschickt. Schauen Sie.“ Maria zeigte Marthe ein Foto auf dem Display.

„Hübsch“, bestätigte Marthe. „Das würde mir gefallen.“

„Mama meinte, dass die Farbe nicht zu dem Dress passe und wollte von mir eine Meinung. Der Kontakt brach ab.“

„Und dann?“

„Ich versuchte es mehrmals, per WhatsApp und später telefonisch. Ich bekam keine Rückmeldung.“

„Wir haben das recherchiert“, sagte Marthe. „Sowohl auf dem Festnetz als auch auf den sichergestellten Laptop Ihrer Mutter waren die Gespräche verzeichnet. Leider haben wir Elenas iPhone nicht gefunden.“

„Also muss sie es mitgehabt haben?“, fragte Maria.

„Davon gehen wir aus. Wahrscheinlich, um eine Antwort von Ihnen zu erhalten, während sie unterwegs war.“

Beide Frauen schwiegen. „Das heißt“, sprach Maria leise weiter, „dass ihr kurz nach fünfzehn Uhr am dreißigsten März etwas zugestoßen ist?“

Marthe nickte nur. Somit konnte die Uhrzeit des Mordes zumindest ziemlich genau eingegrenzt werden. Zwischen dieser Zeit und der Beobachtung der Familie Buchlechner am frühen Abend des gleichen Tages lagen nur drei bis vier Stunden. In diesem Zeitfenster wurde Elena umgebracht, in ein Auto geschleppt und von Drennhausen Richtung Bütlingen transportiert. Aber warum Bütlingen?

„No“, warf Maria ein. „Mamas iPhone wurde gegen halb vier benutzt. Es sah so aus, als ob sie antworten wollte." Maria tippte noch einmal. „Sehen Sie", sie hielt Marthe erneut das Display hin. „Ich...". Dann war es ausgeschaltet."

„Merkwürdig." Marthe zog die Augenbrauen zusammen und runzelte die Stirn.

„Yes", erwiderte Maria nachdenklich. „Es war merkwürdig."

„Eigenartig ist auch, dass wir nirgends eine Eintragung über eine iPhone-Nummer auf den Namen von Elena Bartsch gefunden haben."

„Das ist normal", erklärte Maria. „Ich schenkte es ihr. Es ist ein amerikanisches Modell mit einer New Yorker Number. Das Phone muss aufgeladen werden. Nur Mama und ich haben darüber kommuniziert. Aber selten, nur wenn sie unterwegs war."

„Und sonst?"

„Per Mail oder Skype."

„Bietet sich ja heutzutage an", konstatierte Marthe und nickte.

„Sehr praktisch. Wir konnten uns immer sehen und miteinander reden."

„Erzählen Sie mir etwas über Ihre Mutter?", fragte Marthe.

„Tja, was soll ich dazu sagen." Maria dachte nach. „Sie ist die beste Mom der Welt. Für mich war sie zusätzlich eine Freundin und eine ebenbürtige Partnerin. Gemeinsam haben wir Karriere gemacht."

„Ihr Mode-Atelier in New York?"

„Zum Beispiel. Sie mochte nicht nach Amerika ziehen. Sie fühlte sich in diesem Palast hier wohl."

„Wie war Ihre Kindheit?", wollte Marthe interessiert wissen.

„Viel weiß ich nicht mehr darüber", gab Maria zur Antwort. „Papa", sie sah zu Theo hinüber, der still in der Ecke auf einem Stuhl saß, „war selten in der Elbmarsch. Ich hatte eine sehr behütete Kinderzeit“, sprach Maria weiter. „Anfangs ging ich hier zur Schule. Aber die meisten Kinder mieden mich. Kaum jemand spielte mit mir. Nirgendwohin wurde ich eingeladen, so, wie es bei all den anderen Schülern war.“ Sie dachte nach. „Niemand kam zu uns“, redete sie leise. „Obwohl Mama oft die Nachbarskinder einlud. Keiner kam.“

„Waren Sie traurig?“

„Oft. Ich fühlte mich ausgegrenzt und wusste nicht, warum. Ich besaß jegliches Spielzeug. Alles, was ich mir wünschte. Wenn sich meine Schulkameraden zum Baden am Elbstrand trafen, wollten sie mich nicht dabeihaben. So blieb ich stets zurück und schaute ihnen hinterher.“

„Sie gingen dann auf eine Schule in Schottland“, sagte Marthe weiter. „Wie war das?“

„Völlig anders“, erwiderte Maria. „Die meisten Schüler kamen aus reichen Elternhäusern in der ganzen Welt. Da gab es keine Ausnahmen.“

„Fühlten Sie sich als Kind in der Elbmarsch als Fremde?“

„Ja. Damals wusste ich nicht, warum. Erst später, als ich mehr begriff. Mama war in den Augen der Einheimischen eine Ausländerin, die nicht einmal richtig Deutsch sprach. Papa war auch nicht von hier und weder Mitglied bei der Feuerwehr noch im Schützenverein. Er war immer auf Reisen. Das erschien der Dorfbevölkerung recht ungewöhnlich und es wurde viel geredet.“

„Es ist sogar teilweise noch heute so“, sagte Marthe leise.

Maria stand auf und ging in einen anderen Raum. Kurze Zeit darauf kam sie mit ein paar Fotoalben zurück.

„Mama hat einige Bilder von mir aufbewahrt“, erläuterte sie. „Akribisch hat sie meinen Lebenslauf in Fotos festgehalten.“ Maria blätterte, schlug eine Seite auf und reichte das Buch Marthe hinüber. „Sehen Sie, das sind ein paar Kinderbilder von mir, als ich noch in Drennhausen war.“

Sie zeigte auf ein Foto. „An das Mädchen kann ich mich noch erinnern“, sagte sie. „Mama war danach sehr traurig. Ich glaube, das Erlebnis war ausschlaggebend für die Entscheidung, mich auf eine schottische Schule zu schicken.“

„Um was ging es?“, fragte Marthe interessiert.

„Ich war wohl im ersten oder anfangs des zweiten Schuljahres. Ich freundete mich mit einem Mädchen an. Ich überlege – ja, sie hieß Caroline.“ Maria sann nach. Mit ihren Gedanken schien sie in weiter Ferne zu sein. Marthe ließ ihr Zeit.

„Wir liefen Hand in Hand zum Strand, als die Schulstunden zu Ende waren. Auch die anderen Kinder. Ich war richtig glücklich.“

„Was passierte anschließend?“

„Eine ältere Frau kam hinter uns her. Sie rief Caroline zu sich, fasste sie dann an die Hand und zerrte sie zurück. ‚Du sollst nicht mit dem Russen-Balg spielen‘, schimpfte sie. ‚Mama hat es verboten‘.

‚Sie ist meine Freundin‘, erwiderte Caroline und wollte sich losreißen.

‚Sie ist nicht deine Freundin‘, erklärte die Frau böse. ‚Sie gehört nicht zu uns.‘ Caroline fing an zu weinen. Ich stand da, und wusste nicht, was ich sagen sollte. In dem Moment kam Mom ebenfalls. ‚Maria, komm nach Hause‘, sagte sie sanft und nahm mich in den Arm.

Die ältere Frau, wohl die Grandma von Caroline, riss weiter an dem kleinen Mädchen. Sie blickte Mama wütend an. ‚Und du, Russen-Hure, solltest besser auf deinen Bastard aufpassen. Sie versaut unsere Kinder. Ihr passt hier nicht hin. Haut ab und geht nach Russland.‘

Mama schaute traurig zu Boden. Sie fasste mich an die Hand, wandte sich ab. ‚Ja, haut ruhig ab', wetterte die Frau hinter uns her.

Seitdem brachte mich Mama zur Schule und holte mich wieder ab. Wenige Wochen später kam ich auf das Fettes-Gymnasium in Edinburgh. Mama besuchte mich jeden Monat."

„Hatten Sie danach noch Kontakt zur Elbmarsch?", fragte Marthe.

„Nein. Ich schloss das College mit guten Noten ab, begann ein Studium für Mode und Design. Mit ungefähr zwanzig ging ich nach Paris, machte eine weitere Ausbildung. In Paris lernte ich Claude kennen. Wir reisten einige Jahre später gemeinsam nach New York und bauten uns dort ein eigenes Atelier auf. Es läuft gut."

„Sie haben keine Kinder?", interessierte sich Marthe.

„Nein. Ich wollte keine Kinder. Sie sollten nicht das gleiche erleben, was ich erleben musste."

„Haben Sie darunter gelitten?"

„Schulisch nicht", erklärte Maria. „Aber die Trennung von Mama war für mich unglaublich schwer. Praktisch wuchs ich ohne Elternhaus auf."

„Sie haben mit ihrer Mutter zusammengearbeitet. Sogar ausgesprochen intensiv."

„Von Anfang an und dank der modernen Medien konnten wir immer Kontakt halten. Fast täglich. Mama war eine geniale Frau. Sie hatte ein Gefühl für Farben, für außergewöhnliche Modelle, für Skulpturen und zusätzlich für Wohneinrichtungen." Maria machte eine weitläufige Handbewegung. „Sie sehen ja", fügte sie hinzu.

Maria schloss das Fotoalbum. „Ich muss zugeben, dass ich noch nicht genau weiß, wie es weitergehen soll", sagte sie leise. „Viele Kreationen, die in unserem Atelier entstanden sind, stammen von Mama. Die Modelle tragen mein

Label, aber sie sind nicht von mir. Claude konzentriert sich auf Herrenkleidung." Maria senkte die Augen. „Ich bin nicht so gut wie Mama. Sie war sehr begabt. Sie genoss es, durch die Weiten der Elbmarsch zu fahren. Sie fotografierte die Farben der Felder, die sich je nach Jahreszeit veränderten. Sie liebte die Elbe und die Feldmark, die sie an ihre Heimat erinnerten. Mama lebte still und abgeschieden in ihrem kleinen Reich."

„Wann hatten sie Ihre Mutter das letzte Mal persönlich gesehen?"

„Voriges Jahr zu Weihnachten in New-York. Wir haben Geschenke eingekauft und gefeiert."

„Kannten Sie Ihren Onkel Slava?" Verstohlen blickte Marthe zu Theo hinüber.

„Ja. Ab und zu reisten wir gemeinsam nach St. Petersburg. Er war ebenso talentiert wie Mama. Er restaurierte alte Gebäude, Skulpturen und Bilder. In St. Petersburg, wenn wir alle zusammen waren, war Mama richtig glücklich."

„Warum ist Ihre Mutter nicht nach St. Petersburg gezogen?", fragte Marthe weiter.

Maria antwortete nicht, sondern schaute Theo an.

„Wir hatten ein Abkommen", begann Theo. „Elena ist Ukrainerin, sie mochte Russland nicht, insbesondere nicht zu Zeiten der UdSSR, weil sie das Land an die Zeiten ihrer Prostitution erinnerte. Zudem galt ich in der Öffentlichkeit als verheirateter Deutscher mit Kind, also nicht als Homosexueller. Und es sollte auch so bleiben. So blieb Elena in der Elbmarsch und kam nur zu offiziellen Anlässen nach Russland. Sie beherrschte die russische Sprache, was ihr viel Achtung einbrachte. Die Männer lagen ihr wegen ihrer Schönheit zu Füßen. Manchmal begleitete sie mich bei Auslandsbesuchen, speziell im Osten. So fiel meine Homosexualität nicht auf. Ich konnte legitim mit Slava, dem

Bruder meiner Frau, in St. Petersburg offiziell zusammenleben.“

„Elena hätte sich scheiden lassen können“, warf Marthe ein. „Heutzutage ist das kein Problem.“

„Elena wollte keine Scheidung und sie wollte mir nicht schaden. Sie versicherte oft, dass sie sich in diesem Haus und in der Elbmarsch wohl fühlte. Sie lebte ihr eigenes Leben. Und wir liebten uns aufrichtig, wie gute Freunde, wie Bruder und Schwester. Ich denke, dass sie nach dem Leben als Prostituierte gar keinen Mann mehr wollte.“

„Aber sie war hier immer allein!“, versuchte Marthe einen weiteren Einwand. „Die Menschen in der Elbmarsch mieden sie, bei den Frauen war sie verhasst.“

„Die Frauen verabscheuten meine Mutter, weil sie schön war, weil sie Stil besaß und die Männer hinter ihr hersahen.“ Maria lächelte weise. „Meine Mutter war innerlich glücklich“, redete Maria weiter. „Ich weiß es. Wir haben oft darüber gesprochen. Sie hätte auch zu mir nach New York kommen können. Das wollte sie ebenfalls nicht. Viel zu laut und zu schrill, wie sie mir sagte. Meine Mutter liebte die Ruhe, die Stille, die Natur und besonders die Weite und die ständig wechselnden Farben der Felder. Sie meditierte gerne. Dabei hatte sie die besten Ideen. Sie fühlte sich hier geborgen.“ Marie breitete die Arme aus, als ob sie den Palast mitsamt dem Grundstück umfassen wollte.

„Geborgen“, erwiderte Marthe leise. „Darunter verstehe ich etwas anderes. Wie fühlt sich Geborgenheit an.“ Marthe dachte daran, dass sie sich seit ihrem Umzug von Geesthacht hierher noch kein einziges Mal geborgen gefühlt hatte.

„Meine Mutter fühlte sich tatsächlich geborgen“, betonte Maria und sah Marthe fest an. „Sie fühlte sich geborgen in sich selbst, wenn Sie das verstehen. Sie hatte alles

Potential in sich. Sie benötigte dazu keine Außenwelt. Und die Außenwelt, die sie benötigte, erschuf sie sich nach ihren eigenen Ideen."

Marthe schwieg betreten. Sie überlegte, ob man das lernen konnte: Sich geborgen fühlen in sich selbst. Es hörte sich tatsächlich gut und beruhigend an. Marthe schluckte mehrmals und kam in die Realität zurück. „Ist Ihnen in der letzten Zeit irgendetwas aufgefallen? War Ihre Mutter verändert? Hat Sie Ängste geäußert?", fragte sie sachlich.

„Nein." Maria schüttelte den Kopf. „Sie war wie immer." Maria dachte nach. „Vor einigen Jahren hatte sie eine Freundschaft mit drei Frauen aus der Elbmarsch geschlossen. Sie kamen, wie meine Mutter, nicht aus Drennhausen. Ich glaube aus Tespe. Aber diese Bekanntschaft verflüchtigte sich nach kurzer Zeit. Seitdem sprach sie über keine neuen Bekanntschaften. Sie hatte auch keine, da bin ich mir sicher. Sie hätte es mir sonst gesagt."

„Die drei Frauen haben wir auch in Erfahrung gebracht", erklärte Marthe. „Mit einer Dame, Ramona, sprach ich bereits. Sie stammt ursprünglich aus Italien. Die beiden anderen, Margret aus Schottland und Frieda aus Norwegen, erreichte ich noch nicht. Sie scheinen jeweils im Osterurlaub in ihrer Heimat zu sein."

„Margret aus Schottland?" Maria stutzte.

„Kennen Sie die Frau?", hakte Marthe nach.

„Nein." Wiederum verneinte Maria. „Nein. Ich wunderte mich nur wegen Schottland. Aber das liegt wohl eher daran, dass ich dort viele Jahre während der Schulzeit verbrachte."

„Wie lange bleiben Sie in Deutschland?", fragte Marthe nach einer Weile des Schweigens. Jeder auf seine Weise schien seinen Gedanken nachzuhängen.

„Bis wir alles geregelt haben", erwiderte Maria und sah wieder Theo an, der die ganze Zeit geschwiegen hatte.

„Wir lassen Elena einäschern“, sagte Theo trocken. „Begraben wird die Urne in St. Petersburg neben Slavas Urne. Ich habe eine Gruft für uns alle gekauft. Wir stehen bezüglich der Überführung mit einem Hamburger Institut in Verbindung.“

„Es wird Elena gefallen, wieder mit ihrem Bruder vereint zu sein“, flüsterte Marthe und sah auf den Boden. Dann richtete sie ihren Blick auf Maria. „Dieses wundervolle Haus. Übernehmen Sie das?“, fragte sie.

„Nein. Das ist hier nicht meine Welt“, erklärte Maria fest. „Wir werden das Anwesen verkaufen. Teile des außergewöhnlichen Mobiliars und die Gemälde werden wir teils nach St. Petersburg, teils in die USA überführen.“

„Sehr schade“, bedauerte Marthe und sah sich um. „Ich hätte auch gerne so einen Palast. Seitdem ich hier das erste Mal war“, sie sah Theo Bartsch lächelnd an, „fühle ich mich wie Aschenbrödel ohne Geborgenheit.“

„Sie können es erwerben, wenn Sie wollen“, antwortete nun Maria. „So würde es jemand bekommen, der das Haus zu schätzen weiß. Ich glaube, meine Mutter würde sich darüber freuen.“

„Das wird meine Finanzen übersteigen“, erwiderte Marthe sanft. ‚Und Karl-Ludwig würde sie für vollends verrückt halten und für unzurechnungsfähig erklären lassen‘, dachte sie den Satz weiter. „Falls Ihnen doch noch etwas einfallen sollte, hier ist meine Telefonnummer.“ Marthe holte aus ihrer Jackentasche eine zerknitterte Karte hervor und reichte sie mit einem entschuldigenden Lächeln Maria zu.

25

Marthe konnte sich nicht daran erinnern, in den letzten Monaten so oft von Bütlingen nach Drennhausen gefahren zu sein, wie im Augenblick. Nach Laßrönne fuhr sie alle vierzehn Tage, um frisches Gemüse und Fleisch vom Hofladen zu holen. Das hatte sie sich in der Elbmarsch angewöhnt und empfand es viel angenehmer, als sich durch überfüllte Discounter zu quälen, deren Personal etwas gegen Kunden zu haben schien. Außerdem waren die regionalen Lebensmittel in keiner Weise vergleichbar mit der Supermarktware. Da gab es geschmacklich himmelweite Unterschiede. Das Gemüse war zwar etwas teurer, aber dafür frisch und nicht am nächsten Tag völlig vergilbt oder verfault.

Auf der Rückfahrt dachte Marthe über das Gespräch mit Maria Magdalena nach. Sie hatte wahrgenommen, wie Maria aufhorchte, als sie bemerkte, dass eine kurzzeitige Freundin von Elena aus Schottland stammte. Gab es dorthin Verbindungen, an die sich die junge Frau unbewusst erinnerte?

Marthe verwarf den Gedanken. Das war Zufall und Margret lebte, wie sie von Ramona erfahren hatte, seit ihrer Heirat in Bütlingen. Zu der Zeit war Maria rein rechnerisch noch ein Baby und wohnte in Drennhausen. Die Welt mag klein sein, aber so klein auch nun wieder nicht. Und die Zeitreisemaschine war auch noch nicht erfunden.

Marthe schaltete das Radio ein, um sich abzulenken. Sie fuhr gemütlich nach Hause und dachte darüber nach, wie es wäre, sich bei sich selbst geborgen zu fühlen. Trotzdem fühlte sie sich irgendwie entspannt. Maria und Theo schienen eine außergewöhnliche Ausstrahlung zu besitzen. Oder war es die Aura von Elena, die noch in dem märchenhaften Palast in Drennhausen wohnte? Elena ließ Marthe nicht los. Sie meinte, dass sie der Frau Tag für Tag näherkam, obwohl sie ihr nie begegnet war. Wollte Elena ihr etwas sagen? Ein Geheimnis vielleicht?

26

Am Nachmittag half Marthe Karl-Ludwig bei der Gartenarbeit. Entspannt bereitete sie das Abendessen vor. Danach fuhr sie den Computer hoch. „Mal schauen, was in der Elbmarsch los ist“, murmelte sie.“ Wahrscheinlich zum wiederholten Male die üblichen Themen und das Gemeckere über Gott und die kommunale Politik.“ Doch was war das? Ein iPhone war gefunden worden und lag im Fundbüro des Rathauses Marschacht. Marthe schaute auf die Uhr. Fast neunzehn Uhr. Da war kein Mensch mehr, alle hatten Feierabend. „Verwaltungen“, schimpfte Marthe. „Überall wurde bereits in Schichten gearbeitet, in den Supermärkten, in großen Unternehmen und vielem mehr, um für die Kunden einen Service anzubieten. Natürlich nicht in den Verwaltungen. Da gab es keinen Service, sondern unzufriedene Bürger und Mitarbeiter. Da hatten die Bürger so zu funktionieren, wie es die Verwaltung diktierte. Wozu hieß sie sonst Verwaltung?‘

Marthe überlegte und rief sich zur Ordnung. ‚Sei nicht so negativ‘, dachte sie. ‚Es war so ein schöner Tag mit guten Gesprächen und beruhigender Arbeit. Schluss jetzt.‘ Sie rief Andreas Cornelsen auf seiner privaten Nummer an.

„Was kann so eilig sein, dass du mich am späten Abend auf meinem roten Telefon anrufst?“ Er stöhnte theatralisch.

„Erstens ist es früher Abend und zweitens wurde ein Handy in Marschacht gefunden und im Rathaus abgegeben“, sagte Marthe trocken.

„Handys werden ständig gefunden, wahrscheinlich sogar in der Elbmarsch“, antwortete Andreas gelangweilt.

„Natürlich, aber wir vermissen gerade ein iPhone.“

„Hast du dein iPhone verloren?“, fragte Andreas.

„Jetzt bleib mal ernst. Wir suchen tatsächlich ein iPhone im Fall Elena Bartsch.“

„Seit wann das? Laut der Auskunft unserer Fachabteilung war auf dem Namen Elena Bartsch kein mobiler Anschluss festzustellen."

„Seit heute", erklärte Marthe sachlich, ohne auf Andreas Einwände einzugehen. „Ich sprach am Vormittag mit Maria Magdalena. Elena und sie hatten eine ganz private Verbindung miteinander. Die Nummer ist in den USA registriert. Sie hat es mir selbst gezeigt."

„Warum bist du nicht zum Rathaus gefahren und hast das Ding abgeholt?", frage Andreas.

„Ich las es gerade eben erst bei Facebook. Es ist neunzehn Uhr und deiner Meinung nach später Abend. Da arbeitet beim Amt niemand mehr. Die Mitarbeiter befinden sich, im Gegensatz zu den meisten Berufstätigen, im wohlverdienten Feierabend. Ich fahr morgen früh vorbei, aber nicht vor neun. Denn vorher sind sie noch nicht wach."

„Warum bist du so sarkastisch?" Andreas wurde zahmer. „Beruhige dich mal wieder. Was machen wir?"

„Schick einen offiziellen Beamten zum Rathaus", erklärte sie. „Sagen wir mal, fünf nach neun. Der kann das Ding dann mit nach Lüneburg nehmen. Ihr könnt es überprüfen und eventuell dem richtigen Besitzer zurückgeben. Oder aber es ist tatsächlich unser gesuchtes Handy. Warum nicht auch mal die Stecknadel im Heuhaufen finden. Ich komme kurz nach neun hinzu."

„Alles klar." Andreas legte auf.

„Schitt", fluchte Marthe. Jetzt hatte sie noch etwas vergessen. Erneut wählte sie die Nummer von Andreas.

„Wurde ein weiteres iPhone gefunden?", fragte er verschlafen.

„Ich vergaß eine Kleinigkeit", sagte Marthe kleinlaut. „Theo Bartsch vermisst eine rote, paillettenbestickte kleine Handtasche seiner Frau. Es war ihm erst aufgefallen, als er ihre Sachen sortierte."

„Nun, so langsam kommt Licht in den Fall.“ Nun lachte Andreas. „Und wenn es nur in Form einer kleinen roten paillettenbestickten Handtasche ist. Aber darin könnte sich der fehlende Schlüssel für die Haustür befinden und das richtige iPhone. Ich gebe das mal an unsere Abteilung weiter.“ Es war eine Weile ruhig, offenbar notierte sich Andreas diese Tatsache. „Hast du noch etwas vergessen?“, fragte er vorsichtshalber. „Ich hatte einen verdammt harten Tag und will heute endlich mal früher schlafen gehen.“

„Nein“, erklärte Marthe, „jetzt fällt mir nichts mehr ein.“ Befriedigt legte sie auf. Früh schlafen gehen war eine gute Idee. Ihr schmerzte der Rücken von der Häckselschlepperei. Sie wollte ein warmes Bad nehmen und sich in die Falle hauen. Gesagt, getan, bevor Karl-Ludwig womöglich auf irgendwelche verrückten Einfälle kam.

27

Am nächsten Morgen war sie pünktlich um neun am Rathaus in Marschacht. Ein Beamter aus Andreas‘ Team wartete bereits auf sie. „Dann wollen wir mal“, ermutigte Marthe den jungen Mann, der sie verschüchtert anschaute. Was hatte Andreas bloß über sie erzählt? Nachdem sie und der Polizist sich ausgewiesen hatten, holte die Dame das iPhone.

„Es hat eine außergewöhnliche Schutzhülle“, sagte sie. „Leider ist es ziemlich schmutzig. Es hat wohl ein paar Tage im Schlamm gelegen.“

„Wo wurde es genau gefunden?“, wollte Marthe wissen.

„Warten Sie. Das haben wir aufgeschrieben.“ Sie griff nach einem Ordner und blätterte darin. „Hier ist es. Es wurde gestern in der Frühe in der Feldmark sichergestellt.“

„In welcher Feldmark?“, fragte Marthe. Es lag ihr auf der Zunge hinzufügen, dass es in der Elbmarsch nicht so viele davon gab, unterließ es aber. Sie wollte nicht schon am frühen Morgen aggressiv reagieren.

„Die Finderin gab an, dass sie mit ihren Hunden Gassi gegangen war. Sie wohnt im Hagenweg. Jeden Morgen geht sie die gleiche Strecke. Ein Stück weiter den Hagenweg entlang bis kurz vor dem Bauernhof, dann wieder zurück. Dort lässt sie die Hunde frei laufen. Einer ihrer Hunde schnüffelte am Wegesrand und ließ sich nicht zurückrufen. Also ging sie hin und sah etwas Rotes, Glitzerndes im Gras liegen."

„Haben wir nicht gerade Leinenpflicht? Wieso lässt sie ihre Hunde in der Feldmark frei laufen?"

„Ja, aber, aber ...", stotterte die Verwaltungsangestellte.

„Schon gut." Marthe lächelte. „War nicht so gemeint. Auch ein Hund braucht artgerechten Auslauf und den gibt es hier nicht ausreichend, wie ich von vielen Hundebesitzern gehört habe."

Marthe nahm die Plastiktüte zur Hand, in die der Beamte inzwischen das iPhone gesteckt hatte. „Hübsche Hülle", bewunderte sie. „Außergewöhnlich. Sieht aus, wie eine Sonderanfertigung." Sie bestand aus einem samtenen dicken Stoff. Darauf waren Pailletten und Perlen gestickt. Das Ornament erinnerte an ein Eichenblatt.

„Es hat sich niemand gemeldet, der es vermisst. Ebenfalls keine Suchmeldung, obwohl ich glaube, dass es aufgefallen sein müsste, wenn es verloren gegangen ist." Die Angestellte zuckte bedauernd mit den Schultern.

„Das denken wir auch", bestätigte der junge Polizist. „Wir nehmen es mit. Können Sie mir die Anzeige überlassen?"

„Natürlich, ich mache nur rasch eine Kopie für unseren Ordner."

Sie verschwand eilig in einen hinteren Raum, kehrte genauso eilfertig zurück und reichte anschließend den Zettel hinüber.

Marthe verabschiedete sich. „Sagt ihr mir Bescheid, wenn ihr etwas festgestellt habt?“, fragte sie den Beamten.

„Andreas wird sich bestimmt melden“, erwiderte er, stieg in sein Auto und fuhr davon.

28

Marthe startete über die Elbuferstraße in Richtung Bütlingen. In Tespe erblickte sie Ramona vor ihrem Haus. Sie schmückte gerade den Vorgarten mit Ostereiern. Marthe hielt an und stieg aus.

„Guten Morgen!“, rief sie ihr zu. „Sie sind aber schon früh aktiv und fleißig“, meinte sie amüsiert.

„Ich stehe zeitig auf.“ Ramona nahm ein Ei vorsichtig aus einem der Kästen. „Aber Sie sind ebenfalls früh unterwegs“, bemerkte sie und fädelte geschickt ein buntes Band in ein winziges Loch des Ovals ein.

Marthe ging näher an den Strauch und betrachtete die Dekoration. „Sind die alle handbemalt?“, staunte sie.

„Das sind Holzeier“, erläuterte Ramona. „Die kann man weiter unten im Ort in Rohform kaufen und dann selbst bemalen.“

„Wunderschön.“ Vorsichtig nahm Marthe eines zur Hand und betrachtete es von allen Seiten.

„Die besitze ich schon ein paar Jahre“, erklärte Ramona. „Ostern krame ich sie raus und dekoriere alles rings ums Haus, was mir in die Finger kommt.“ Sie lachte wie ein junges Mädchen. „Sieht ein bisschen kitschig aus, macht mir aber Spaß. Spätestens Pfingsten dürfen sie sich wieder in ihren Schachteln ausruhen.“

„Na, Pfingsten ist noch weit.“ Marthe amüsierte sich. Sie fand die Idee gut. Gewiss würden bunte Eier um ihr eigenes Haus herum ihre Stimmung bessern.

„Pfingsten kommt rascher, als man denkt“, erwiderte Ramona. „Haben Sie Zeit? Wollen wir einen Kaffee trinken? Ich brauche nämlich jetzt einen.“

„Gerne“, sagte Marthe erfreut. Ramona ging vor. Marthe setzte sich an den Platz, an dem sie das letzte Mal gesessen hatte. Sie mochte Ramona, besonders ihre knorrige, herzliche und ehrliche Art. Bei ihr fühlte man sich wie bei Mama zu Hause. ‚Geborgen‘, schoss es Marthe durch den Kopf. Das war das Gefühl von Geborgenheit.

Ramona brühte ihren berühmten italienischen Kaffee auf und stellte anschließend einen Becher vor Marthe. „Sind Sie im Fall Elena weitergekommen?“, fragte sie. „Man hört überhaupt nichts mehr davon. Kein einziges Wort. Daran kann man sehen, wie schnell die Menschen vergessen. Es ist, als ob man nie gelebt hätte.“

„Da haben Sie Recht“, bestätigte Marthe. „Aber die Lüneburger Kripo recherchiert noch. Für uns ist Elena noch lange nicht vergessen“, sprach Marthe weiter. „Es gibt keinerlei Hinweise, wo und warum Elena sterben musste. Ich hoffe, es wird nicht ein ewiges Rätsel bleiben.“

„Eigenartig ist das.“ Ramona schien in Gedanken versunken. „Elena hat nie jemandem etwas angetan. Sie war so allein in diesem Leben. Ohne Freunde. Die Tochter in New York und ihr Mann in St. Petersburg. Ich hätte das nicht gekonnt. Was wird denn nun aus ihrem Palast in Drennhausen?“

„Sie kennen das Anwesen?“ Marthe blickte auf.

„Einmal war ich bei Elena in der Wohnung. Das ist schon viele Jahre her. Es war noch zu der Zeit, als wir uns zu viert trafen.“ Ramona schlurfte ihren heißen Kaffee.

„Wo verabredeten Sie sich normalerweise?“, fragte Marthe nach.

„Mal hier, mal dort, mal in einem Café, mal in einem Restaurant, aber nie bei jemanden von uns zu Hause.“

„Wieso waren Sie damals in Elenas Haus? Hatte Elena Sie eingeladen?“, wollte Marthe wissen.

„Das ergab sich so“, meinte Ramona. „Wir hatten uns vor ungefähr fünf oder sechs Jahren im Café in Drennhausen getroffen. Meistens bildeten wir eine Fahrgemeinschaft“, erzählte Ramona weiter. „In der Regel kutschierte Margret. Sie nahm dann Frieda mit und dieses Mal auch mich, weil meine Nuckelpinne streikte. Elena kam stets mit ihrem eigenen Auto zu unseren Treffen, zum Café ging sie häufig zu Fuß. Das war nicht so weit.“

„Fahrgemeinschaften bilden ist sehr vernünftig und praktisch,“ bestätigte Marthe. „Gerade in der heutigen Zeit, wo Benzin so teuer geworden ist.“

„Ja, Margret besaß das größere Auto. Frieda fuhr zu der Zeit schon nicht mehr allein. Und in meine kleine Nuckelpinne passt kaum jemand rein.“ Sie zeigte aus dem Küchenfenster auf einen alten Fiat, der in der Einfahrt stand. „Nuckelpinnchen fährt noch“, erklärte sie lachend. „Mehr brauch ich nicht. Reicht für den Einkauf. Ah, Einkauf“, unterbrach sie sich selbst. „Gestern traf ich Frieda mit ihrem Sohn im Lebensmittelmarkt. Sie ist gerade zurück aus Norwegen und machte ihre Wochenbesorgungen.“

„Dann werde ich sie mal besuchen“, sagte Marthe.

„Wir haben nicht viel miteinander geredet. Ihr Sohn hatte es, wie immer, ziemlich eilig.“ Ramona brühte einen weiteren Kaffee auf und setzte sich danach wieder hin.

„Wo waren wir stehen geblieben?“, fragte sie.

„Im Café“, erklärte Marthe.

„Ach ja. Wir redeten, wie meistens, über unsere künstlerischen Arbeiten und die unvollendeten Werke. Ich glaube, das erzählte ich Ihnen schon einmal?“

„Das taten Sie“, bestätigte Marthe.

„Nun, zu der Zeit schien Margret ein neues Hobby gefunden zu haben. Sie wechselte ständig ihre Aktivitäten.

Dieses Mal versuchte sie sich an griechischen Säulen aus Beton.“

„Das ist doch ziemlich schwer für eine Frau“, sagte Marthe und erinnerte sich, dass sie bereits beim Schleppen von Häckselmulch Rückenschmerzen und lange Arme bekommen hatte.

„Wir nahmen das nicht mehr so ernst, was sie uns ständig alles vorschwärmte.“ Ramona lachte. „Im Grunde genommen mochten wir Margret überhaupt nicht mit ihren ewigen Angebereien. Kein Wunder, dass wir wieder auseinandergingen.“

Ramona machte eine Pause, holte aus einem Schrank eine Keksdose und stellte sie auf den Tisch.

„Selbstgemacht. Greifen Sie zu“, sagte sie auffordernd, nahm einen Keks heraus und steckte sich ihn in den Mund. „Jedenfalls kam es irgendwie dazu, dass Elena sich anbot, mich nach Hause zu fahren. Ich war froh darüber, denn so musste ich nicht weiter Margrets Gequatsche ertragen.“

„Margret schien nicht sehr beliebt“, amüsierte sich Marthe.

„Nö“, gab Ramona zu. „Jedenfalls fuhren Margret und Frieda allein nach Tespe.“ Ramona überlegte. „Elena und ich gingen über den Deich zu ihrem Haus, um das Auto zu holen. Ich wusste nicht genau, wo sie wohnte. Das Grundstück lag etwas abseits von Drennhausen in Richtung Drage. Ich war überwältigt. Allein schon von dem fürstlichen Portal. Dann fragte sie mich, ob ich Interesse hätte, mir Bilder anzuschauen, die sie gemalt hätte.“

„Wussten Sie nicht, was sie malte?“

„Nein. Elena war sehr bescheiden. Sie prahlte nicht so herum wie Margret. Manchmal zeigte sie uns Zeichnungen. Elena war sehr talentiert. So kam ich also in ihr Haus.“

„Waren Sie nicht überrascht?“, wollte Marthe wissen und beugte sich neugierig vor.

„Und wie“, bestätigte Ramona. „Das Eingangsportal allein war schon imposant, aber die Innenausstattung haute mich komplett vom Hocker. So etwas hatte ich nur in Schlössern gesehen, wenn mein Mann und ich unterwegs waren, um historische Bauwerke zu besichtigen.“ Marthe sah Ramona jetzt noch ihre damalige Begeisterung an.

„Ich staunte ebenfalls“, versicherte Marthe. „Ich war völlig platt, geradezu sprachlos. Ein Märchenschloss.“

„Haben Sie Elenas Atelier gesehen?“, fragte Ramona.

„Nein“, gab Marthe zu. „Nur neben einigen Räumen den Wintergarten mit der anschließenden Terrasse zum Garten.“

„Ihr Studio befindet sich in einem zweiten Wintergarten und ist doppelt so groß wie der Wintergarten am vorderen Wohnraum. Dort malt sie oder entwirft ihre Skulpturen. Tja, meine Kreativstube ist ein armseliger Holzschuppen da hinten am Deich, den ich notdürftig geflickt habe.“ Sie wies mit dem Kopf in Richtung Elbdeich.

„Aber gemütlich und sehr persönlich“, warf Marthe ein.

„Ich bewunderte das riesige Gemälde von Elena im Gesellschaftszimmer. Sie war mit knapp sechzig noch eine wunderschöne Frau. Wie schön musste sie in ihrer Jugend gewesen sein“, redete Ramona weiter. „Bei dieser Gelegenheit erzählte mir Elena etwas aus ihrem früheren Leben. Aus ihrer Kindheit, von ihrem Leben in Kiew und wie und warum sie Theo geheiratet hat.“

„Eine bewegende Geschichte“, bestätigte Marthe. „Ich sprach vor wenigen Tagen mit Theo Bartsch darüber. Er war sehr ehrlich. Inzwischen ist die Tochter Maria Magdalena aus New York in der Elbmarsch angekommen. Auch mit ihr unterhielt ich mich. Aber sie hat nur spärliche Erinnerungen aus der Zeit hier in der Elbmarsch.“

„Ich kenne Maria Magdalena nicht. Sie soll Elena wie aus dem Gesicht geschnitten sein.“

„Sie sieht ihr frappierend ähnlich“, bestätigte Marthe. „Ebenfalls eine grazile Schönheit.“

„Dann wissen Sie inzwischen mehr als ich über Elena Bartsch“, sagte Ramona. „Weiteres kann ich nicht erzählen. Über ihr Privatleben hat sie kaum berichtet. Elena war ziemlich zugeknöpft.“

„Wie und wann haben Sie sich überhaupt kennengelernt?“, fragte Marthe neugierig.

„Das weiß ich ehrlich gesagt nicht mehr so genau.“ Sie dachte nach. „Ich denke, es war auf einer Ausstellung. Aber wo? Entweder in Lüneburg oder in Winsen? Eventuell war es irgendwo in Schleswig-Holstein? Jedenfalls war es so eine Art Handwerkermarkt mit Kunstwerken aus der Region. Frieda stellte dort ihre Blumenbilder aus, ich hatte einige Töpfereien und meine Kräuter mit. Margret wollte ihr übliches Durcheinander verkaufen. Elena besuchte diese Veranstaltung als Gast. Das war ungefähr vor fünf oder sogar sechs Jahren.“

Ramona griff nach einem Keks und überlegte weiter. „Tja, daran kann man sehen, wie schnell man vergisst“, sagte sie mit einem lachenden Unterton. „Ich glaube, wir tranken gerade Kaffee und saßen an einem Tisch. Frieda und Margret kannte ich schon länger. Nicht gut, aber über die Jahre in der Elbmarsch lief man sich immer mal wieder über den Weg. Elena war uns gänzlich unbekannt. Nun, wir drei wohnten in Tespe, sie in Drennhausen. Dazwischen liegen viele, viele hunderte von Kilometern.“ Sie lachte. „So ähnlich wie zwischen Amerika und Australien.“

„Das habe ich inzwischen auch schon festgestellt“, bestätigte Marthe. „Wie zwischen Aborigines und Indianern.“

„Ja ja, so ist es hier“, Ramona nickte ein paar Mal bestätigend. „Erst durch ein kurzes Gespräch erfuhren wir, dass auch Elena in der Elbmarsch lebte und sich künstlerisch betätigte.“

Ramona machte eine weitere Pause. Auf ihrer Stirn hatten sich tiefe Denkfalten gebildet. „Ich meine, mich zu erinnern, dass Margret auf die Idee kam, dass wir unsere Telefonnummern austauschen sollten und wir uns manchmal treffen könnten. Sie war der Meinung, dass wir Frauen viele Gemeinsamkeiten hätten. Erstens wären wir Ausländerinnen in der Elbmarsch und zweitens Künstlerinnen, sodass wir uns zusammentun sollten. So in der Art: Gemeinsam sind wir stark."

„Das ist doch eine gute Idee", bestätigte Marthe.

„Wir waren davon auch angetan. Sogar die kühle Elena war nicht abgeneigt. Gesagt, getan."

„Und dann trafen Sie sich regelmäßig?", erkundigte sich Marthe.

„Ja, ungefähr einmal im Monat, manchmal auch schon nach zwei Wochen. Immer woanders, wie ich vorhin schon bemerkte. Wir tauschten uns aus, begutachteten unsere Werke und gaben uns Tipps. Elena, die so verschlossen wie ihr Haus war, wurde langsam lockerer, aber erzählte niemals etwas aus ihrem privaten Leben oder gar über sich selbst."

„Und wie kam es, dass Sie sich wieder trennten?", fragte Marthe nach.

„Ich weiß es nicht. Ich hatte das Gefühl, dass Elena sich von einem zum anderen Tag zurückzog. Sie sagte unsere Treffen ab, am Telefon war sie kurz angebunden. Niemand von uns kam an sie ran. Jedenfalls haben wir sie ab diesem Zeitpunkt nicht mehr gesehen."

„Wann war das?"

„Ungefähr vor vier, vielleicht auch fünf Jahren. Frieda zog sich aus gesundheitlichen Gründen zurück und war oft im Krankenhaus. Sie hatte zwei schwere Operationen an ihrer Wirbelsäule. Danach konnte sie kaum laufen, nur mit einem Rollator. Ihr Mann starb genau zu der Zeit. Mein geliebter Werner ebenfalls. Es war wie verhext. Das Sterbedatum von Margrets Mann war einen Monat zuvor, also noch zu Zeiten, als wir uns alle trafen."

„Bedauerlich", bestätigte Marthe. „Gerade in solchen schwierigen Situationen ist ein soziales Umfeld sehr wichtig."

„Das war nun mal so, damals", erwiderte Ramona lakonisch, ohne emotionale Regung.

„Sie haben aber nie den Grund herausgefunden, weshalb Elena sich derart abrupt zurückgezogen hat?"

„Nein."

„Kann es sein, dass es mit Elenas Bruder Slava zusammenhing? Der starb nämlich auch um genau diese Zeit."

„Davon weiß ich nichts", erklärte Ramona. „Warum auch. Er lebte in St. Petersburg und ich kannte ihn überhaupt nicht, nur von Elenas kurzen Erzählungen."

„Ja, stimmt. Das war sicherlich für Sie uninteressant."

Ramona wurde nachdenklich. „Merkwürdig, dass unsere Ehemänner und Elenas Bruder alle fast gleichzeitig verstarben. Oder gibt es da einen Zusammenhang?" Ramona sah Marthe fragend an.

„Das waren alles Zufälle", meinte Marthe wenig überzeugend. „Ab einem gewissen Alter muss man mit dem Tod rechnen."

„Ja, leider. Aber unsere Männer waren alle erst knapp über sechzig. Das ist kein gewisses Alter", widersprach Ramona.

Marthe nickte. Sie wurde ebenfalls nachdenklich. Karl-Ludwig war bereits um einiges älter. Und warum starben tatsächlich vier Männer fast gleichzeitig? Alle, bis auf Slava, hatten einen ähnlichen Beruf. Zufall oder doch nicht? „Ich werde versuchen, in den nächsten Tagen Frieda Heinecke zu erreichen", sagte sie laut. „Vielleicht kann sie uns weitere Hinweise geben, warum Elena so schnell die

Verbindung abbrach." Sie verabschiedete sich von Ramona und versprach, in den nächsten Tagen wieder vorbeizukommen.

„Gerne. Bis dahin habe ich alles österlich geschmückt", sagte sie lachend, „ich backe für uns eine Colomba Pasquale, eine Ostertaube." Sie winkte Marthe hinterher.

29

Am Abend rief Andreas Cornelsen an. „Volltreffer", sagte er. „Das iPhone gehörte tatsächlich Elena Bartsch. Ihre DNA war auf dem Display und auch auf der Tastatur. Die EDV-Abteilung konnte es aufladen und entsperren. Und siehe da, es wurde am 30. März zirka fünfzehn Uhr dreißig benutzt."

„Das heißt, Elena war gegen halb vier noch am Leben. Womöglich irgendwo unterwegs, denn das Gerät wurde nicht in Drennhausen, sondern in Marschacht gefunden."

„Sieht so aus. Oder der Mörder hat es mitgenommen und später weggeworfen. Leider gibt es keine weiteren Fingerabdrücke. Die bestickte Samthülle ist vollkommen durchnässt und verschmutzt." Er holte tief Luft. „Wir haben vorhin mit der Dame, die das Telefon fand, Kontakt aufgenommen", erläuterte Andreas. „Morgen führt sie uns zum Fundort. Vielleicht finden wir dort Reifenspuren, die brauchbar sind."

„Oder die rote Handtasche", hoffte Marthe. „Übrigens ist Frau Frieda Heinecke aus Norwegen zurück", sprach sie lauter. „Ich versuche so schnell wie möglich, sie zu erreichen."

„Sie ist nicht verdächtigt", meinte Andreas. „Gehe alles ruhig an."

„Weiß ich, aber ich weiß ebenfalls aus jahrelanger Erfahrung, dass sich oftmals durch zwangloses Geplauder über anscheinend unwichtige Dinge plötzlich neue Erkenntnisse auftun."

„Frauengespräche beim Kaffeetrinken", stöhnte Andreas und legte auf.

30

Nach dem Frühstück startete Marthe in Richtung Tespe. Sie musste sowieso noch ein paar Lebensmittel einkaufen, sodass sie einen Zwischenstopp am Kreisel einlegte. Anschließen fuhr sie weiter zu Frieda Heineckes Haus, stellte ihren Wagen ab und ging zur Eingangstür. Wieder traf sie die kleine Katze, wie das letzte Mal. Sie ließ sich sogar streicheln. „Na Lilli", sagte Marthe. „Du bist ja eine Süße. Hast du mich wiedererkannt? Ich rieche auch nach Katze. Bei mir zu Hause wohnen vier Stück von deiner Sorte", erklärte sie dem Tier, das schnurrend um ihre Beine strich.

Die Tür wurde einen kleinen Spalt geöffnet. Marthe erkannte, auf einen Stock gestützt, eine ältere, ziemlich korpulente Dame.

„Wer sind Sie?", fragte sie, ohne die Tür gänzlich zu öffnen, die zusätzlich durch eine Kette gesichert war. „Wollen Sie etwas abgeben?"

Marthe richtete sich auf. „Mein Name ist Marthe Walther", stellte sie sich vor. „Ich bin Kriminalbeamtin und wohne in Bütlingen." Sie wies in die Richtung und zeigte gleichzeitig ihren Ausweis vor.

„Und was wollen Sie von mir? Ich habe nichts geklaut." Frau Heinecke wollte die Tür wieder schließen.

„Ich komme wegen Elena Bartsch", rief Marthe noch schnell hinterher.

„Elena Bartsch?" Die Frau öffnete die Tür erneut bis zum Kettenanschlag. „Meine Nachbarin berichtete mir gestern darüber. Sie wurde in Bütlingen ermordet?"

„Sie wurde in Bütlingen tot aufgefunden, nicht ermordet“, berichtigte Marthe. „Haben Sie einen Moment Zeit für mich?“

„Kommen Sie rein.“ Widerwillig löste Frieda Heinecke die Kette und ließ Marthe eintreten. Sie humpelte in die Küche, die direkt neben der Haustür lag. „Ich halte mich meistens hier auf“, erklärte sie. „Es ist für mich sehr beschwerlich zu laufen.“ Stöhnend setzte sie sich auf einen Stuhl. „Ich bin vorgestern erst aus Norwegen zurückgekommen“, fügte sie hinzu. „Ich verbringe, wenn es geht, viel Zeit mit meiner Tochter und den Enkelkindern. Setzen Sie sich, bitte.“ Sie wies auf eine Bank.

„Sie stammen aus Norwegen, habe ich gehört“, sagte Marthe und setzte sich hin.

„Von wem haben Sie das gehört?“ Frieda sah Marthe fragend an.

„Von Ihrer Nachbarin und von Ramona Kuhr. Sie hat es mir erzählt. Ich besuchte sie gestern.“

„Ach, Ramona unten aus Tespe. Ich traf sie kürzlich beim Einkaufen. Früher sahen wir uns öfters, heute nur noch ganz selten. Wir haben den Kontakt verloren. Ich bin nicht mehr mobil. Ich gab mein Auto vor fünf Jahren ab, nachdem mein Mann verstarb. Ich kann nicht mehr fahren.“ Sie stöhnte und strich sich über das geschwollene Knie. „Ein Elend ist das, wenn man nicht laufen kann“, meinte sie. „Ich bin immer auf meinen Sohn angewiesen. Einmal in der Woche kauft er für mich ein.“

„Das ist sehr nett von ihm“, sagte Marthe, um die Konversation fortzuführen.

„Hakon wohnt in Hamburg“, sprach Frau Heinecke weiter. „Er hat einen guten Job als Werbegrafiker. Aber er muss viel arbeiten und hat wenig Zeit.“

„Und Ihre Tochter?“, wollte Marthe wissen.

„Inga?“ Frau Heinecke holte tief Luft. „Sie lebt mit

Ihrem Mann und den Kindern in meinem ehemaligen Elternhaus. Es liegt in der Nähe von Oslo, in Flagerstrand. Eine wunderschöne Gegend“, schwärmte sie. „Kann ich nur empfehlen. Dort können sie wirklich abschalten, wenn Sie Ruhe brauchen.“

„Warum ziehen Sie nicht dorthin?“, fragte Marthe.

„Hier ist mein Zuhause“, flüsterte sie. „Hier wohnte ich vierzig Jahre mit meinem Mann. Wir waren sehr glücklich. Unsere Kinder sind in Tespe geboren und aufgewachsen. Jetzt verwahre ich das Haus für Hakon. Er wird es einmal erben.“

„Verstehe ich.“ Marthe nickte.

„Ich kenne Sie gar nicht. Ich habe Sie in Tespe noch nie gesehen.“ Frau Heinecke sah Marthe interessiert an.

„Ich wohne erst seit Kurzem in Bütlingen“, erklärte Marthe. „Nach meiner Pensionierung vor drei Jahren sind wir hierhergezogen.“

„Ich dachte, Sie wären Kriminalbeamtin und ermitteln im Fall Elena Bartsch“, bemerkte Frieda Heinecke befremdet.

„Für diesen Fall wurde ich noch einmal eingesetzt, da Elena Bartsch auf meinem Grundstück gefunden wurde“, erläuterte Marthe und zeigte Frau Heinecke nochmals ihren Ausweis.

„Ach so. Deshalb. Aber Sie haben nichts mit ihrem Tod zu tun?“ Frieda sah Marthe skeptisch an.

„Natürlich nicht“, erwiderte Marthe und blickte Frieda treuherzig an. „Aber kommen wir mal zu Elena Bartsch zurück“, sagte sie sachlich. „Sie, Ramona Kuhr und Margret Ahrens waren vor einigen Jahren mit ihr befreundet?“

„Befreundet ist reichlich übertrieben“, meinte Frau Heinecke. „Wir trafen uns ungefähr einmal im Monat, um uns über Kunst auszutauschen, manchmal über unsere Familien zu reden. Wir vier Frauen stammten alle aus einem anderen

Land. Wir waren keine Elbmarscher. Dadurch hatten wir es in jungen Jahren sehr schwer hier in der Region, Kontakte oder gar Freundschaften zu knüpfen. Heute hat sich das Gott sei Dank gebessert. Es gibt kaum noch reine Elbmarscher."

„Kannten Sie Elena Bartsch gut?", fragte Marthe.

„Überhaupt nicht", erwiderte Frau Heinecke. „Sie war stets verschlossen, hatte mit niemanden näheren Kontakt und schien offenbar auch wenig Interesse daran zu haben. Irgendwann, vielleicht so nach eineinhalb Jahren, brach unser Kontakt ab."

„Warum?", wollte Marthe wissen.

„Sie hatte plötzlich keine Zeit mehr. Hinzu kam, dass mein Mann und auch Ramonas Mann kurz hintereinander starben. Ich wurde sehr krank, musste mehrmals ins Krankenhaus. Sein Tod hat mich völlig aus der Bahn geworfen. Nicht nur psychisch. Ich bekam Probleme mit der Wirbelsäule, konnte kaum noch laufen, war auf den Rollstuhl angewiesen. Nach zwei Operationen ist es inzwischen zumindest möglich, mich mit dem Gehstock oder Rollator zu bewegen."

„Was war mit Margret? Hatte sie sich mal bei Ihnen gemeldet?"

„Nein. Aber mit dieser Frau wollte ich auch nichts zu tun haben. Sie ist merkwürdig und, sagen wir es mal so, sehr einfach gestrickt, oftmals sogar ordinär. Sie hält sich für etwas Besseres, für eine großartige Künstlerin." Frau Heinecke lachte verächtlich. „Künstlerin. Die wechselte ständig ihre Kunstrichtungen wie die Unterwäsche, und alles, was sie anfing, brachte sie nicht zum Ende. Also eine unvollendete, einfach gestrickte ordinäre Künstlerin."

„Wissen Sie, wo sich Margrets Zweitwohnung befindet?", fragte Marthe. „Ich versuchte, sie zu erreichen. Der Nachbar äußerte sich, dass sie selten in Bütlingen wäre."

„Diese Dame hat eine Zweitwohnung? Darüber bin ich nicht informiert.“ Frau Heinecke dachte nach. „Sie hat ihren Mann ebenfalls vor ungefähr fünf Jahren verloren. Danach habe ich sie weder gesehen noch von ihr gehört. Weiß Ramona vielleicht Näheres?“

„Ich glaube nicht“, sagte Marthe und überlegte, ob sie Ramona überhaupt gefragt hatte. Marthe verabschiedete sich wieder, hinterließ aber ihre Karte mit der Telefonnummer. Als sie das Haus verließ, lugte die Katze Lilli zwischen den Sträuchern hervor. Marthe winkte dem Kätzchen zu. „Tschüss, du Süße. Bis zum nächsten Mal. Dann bring ich dir auch ein paar Leckerlis mit. Versprochen.“

31

Marthe entschloss sich, nach Marschacht zu fahren. Andreas Cornelsen wollte mit seinem Team den Fundort des iPhones absuchen. Vielleicht traf sie ihn noch an. Sie fuhr die kleine Straße entlang, in der das Handy gefunden worden war, bis in die Feldmark hinein. Von Weitem erkannte sie bereits, dass ein paar Fahrzeuge vor den Gebäuden des Bauernhofes standen. Der Weg war abgesperrt, sodass sie ihr Auto kurz davor parkte. Als sie die Absperrung hochhob, um unten hindurchzuschlüpfen, befahl ein Beamter: „Zurück! Was wollen Sie hier? Sie sehen doch, dass abgesperrt ist.“

Marthe drehte sich um. „Mensch Marco, was ist das denn für eine nette Begrüßung“, sagte sie erfreut, als sie einen ehemaligen Kollegen erblickte. „Ich bin es nur.“

„Was machst du in dieser Einöde? Schön dich mal wieder zu treffen.“ Er grinste. „Aber hier ist für Besucher abgesperrt.“

„Ordentliche Arbeit.“ Marthe zog ihren Ausweis und hielt ihn Marco vor die Nase. „Ist Andreas auch da?“, fragte sie, ohne auf seinen vorherigen Einwand einzugehen.

„Da hinten.“ Er wies in Richtung der Wirtschaftsgebäude und tippte sich entschuldigend an die Mütze.

„Habt ihr schon irgendwas gefunden?“, wollte Marthe wissen.

„Komm mit. War wohl ein Volltreffer.“ Marthe stapfte neben Marco her.

„Wieso?“

„Wirst du gleich erfahren.“ Marthe hatte Mühe, mit Marco Schritt zu halten, der mindestens zwei Köpfe größer als sie war. ‚Ich muss mich unbedingt mehr bewegen‘, dachte sie, als ihr langsam der Atem ausging, während sie an abgedeckten Heuballen vorbei über einen Feldweg entlangliefen. Vor einem Entwässerungsgraben machten sie Halt. „Gott sei Dank“, presste Marthe zwischen den Zähnen hervor und japste erbärmlich nach Luft.

Andreas drehte sich um. „Hallo Marthe, welche Überraschung“, sagte er. „Ich glaube, wir sind ein Stück weitergekommen.“ Grinsend holte er aus seinem Dienstfahrzeug einen Plastikbeutel hervor und hielt ihn hoch. Eine zierliche rote Handtasche war zu erkennen.

„Wo lag sie?“ Marthe sah sich die Plastiktüte interessiert von allen Seiten an.

„Direkt neben dem langen Gebäude am Graben im hohen Gras. Die hätte dort niemand so schnell gefunden.“ Er zeigte auf den Kuhstall, in dem die Kühe brüllten. Offenbar hatten die Tiere keine Lust auf Polizeibesuch.

„Gibt es weitere Spuren?“, fragte Marthe, während sie mit Andreas ein Stück an den Ställen vorbeilief. Eine Kuh mit ihrem Kälbchen blickte sie an. „Muh“, machte Marthe und lachte.

„Guck dir mal die Wege an“, erklärte Andreas. „Außer Reifenspuren von Treckern im Matsch und ein paar Kuhhaufen ist hier kaum etwas zu sehen. Da wir genau wissen, dass es am dreißigsten März in Strömen gegossen hat und die nächsten Tage ebenfalls, werden wir wohl in diesem stinkenden Modder kaum etwas finden." Er schüttelte sich.

„Naja, ein Versuch lohnt sich vielleicht", warf Marthe lahm ein.

„Das tun wir gerade. Wir haben den Besitzer des Grundstücks erreicht. Er wird gleich hier sein."

Knapp darauf hörten sie bereits, dass sich ein Auto näherte. Es hielt vor dem Stall. „Ich mach dann mal weiter", sagte Andreas und lief auf den Fahrer zu.

Marthe ging zurück zu Andreas' Wagen. Sie nahm die Plastiktüte zur Hand. Darin befand sich eine zierliche Handtasche. Das feine Leder war vollgesogen mit schmutzigem Wasser, sodass die rote Farbe und die Paillettenstickerei kaum zu erkennen war. Der goldene Bügel wies erhebliche Schmutzspuren auf. Marthe legte den Beutel zurück. Sie sah, wie sich Andreas mit dem Fahrer unterhielt, anschließend gingen sie einige Schritte. Der Mann, dem offensichtlich das Gehöft gehörte, zeigte hektisch mal nach rechts und nach links.

Viel konnte Marthe im Augenblick nicht ausrichten. Andreas Cornelsen würde sie später bestimmt anrufen und über neue Erkenntnisse informieren.

Sie verabschiedete sich von Marco. „Schön, dich mal wieder gesehen zu haben", sagte sie. „Aber es musste nicht gerade wegen eines Mordes sein. Bei Kaffee und Keksen wäre mir ein Wiedersehen lieber gewesen."

„Morde scheinen dich zu verfolgen." Marco grinste. „Warum legst du dir eine persönliche Leiche auf deinem Grundstück zu?"

„Anders wäre es mir lieber gewesen, das kannst du mir glauben." Marthe marschierte zu ihrem Auto zurück und fuhr auf direktem Weg nach Bütlingen.

32

Beim Abendessen fragte Karl-Ludwig: „Bist du nun endlich weitergekommen und hast den Mörder geschnappt?“

„Heute habe ich noch keinen Mörder gefangen“, sagte Marthe mit einem ironischen Unterton. „Vielleicht klappt es morgen.“

Karl-Ludwig beschmierte eine Scheibe Brot dick mit Butter und schnitt sich ein ebenso dickes Stück Käse ab. „Schmeckt gut“, meinte er kauend. „Der mit Pfeffer ist besonders würzig.“

„Hat Pfeffer so an sich“, meinte Marthe. „Sonst wäre es ja nicht würziger Pfefferkäse.“ Sie öffnete einen Becher mit Quark. „Die Spurensicherung hat heute die vermisste rote Handtasche gefunden. Jetzt bleibt abzuwarten, ob sie uns weitere Hinweise gibt.“

„Nach so einer langen Zeit im Schlamm?“, staunte Karl-Ludwig. „Da werden wohl keine Fingerabdrücke drauf sein.“

„Sie lag nicht komplett im Matsch. Offenbar war sie hängengeblieben und vom meisten Regen verschont worden.“ Marthe bevorzugte den Quark mit Kräutern aus der Käserei. Sie löffelte den Rest aus und stellte den Plastikbecher beiseite.

„Was ist mit Elenas Freundinnen von damals?“, wollte Karl-Ludwig wissen.

„Ramona ist eine nette Frau“, erklärte Marthe. „Sie ist bodenständig, lebt zurückgezogen und widmet sich ihrer Töpferei und der Anpflanzung von Kräutern. Sie ist nicht verbittert, sondern scheint mit ihrem Leben zufrieden.“ Marthe öffnete nun den Camembert. „Den muss ich auch mal probieren“, sagte sie und zerlegte ihn in viele kleine Dreiecke. „Willst du ein Stück?“ Karl-Ludwig griff zu.

„Die Norwegerin, Frieda Heinecke, habe ich heute

erreicht. Sie ist gerade aus ihrem Urlaub zurückgekommen. Sie war bei ihrer Tochter und den Enkelkindern in Norwegen."

„Aha, dann kennst du ja bald ganz Tespe", amüsierte sich Karl-Ludwig.

„Du musst ständig deine Bemerkungen hinterlassen", meinte Marthe bissig. „Wir reden hier gerade ganz sachlich."

„Was soll ich sonst dazu sagen? Du bist seit einigen Tagen kaum zu Hause und kümmerst dich um irgendeine tote Elena und ihre Gott sei Dank noch lebenden Freundinnen."

„Es ist nicht irgendeine tote Elena, sondern die arme Frau lag tot in unserem Graben."

„Jetzt nicht mehr." Karl-Ludwig kaute weiter. „Damit ist für uns das Thema beendet."

„Frieda Heinecke ist im Gegensatz zu Ramona eine alte Frau", sprach Marthe unbeirrt weiter. „Sie kann schlecht laufen und wohnt zurückgezogen. Ihr Sohn Hakon lebt in Hamburg mit seiner Lebensgefährtin, kümmert sich einmal die Woche um seine Mutter. Also Einkauf, Botengänge und Ähnliches."

„Warum zieht sie nicht nach Norwegen? Was will sie in diesem Dorf, wenn sie sich kaum bewegen kann? Man kommt hier ohne Auto nicht weg. Weiß doch jeder hier."

Marthe stöhnte. Das war die typisch pragmatische Art von Karl-Ludwig. „Ach ne. Wieso jetzt das? Ich möchte dich daran erinnern, dass du mir dieses Kaff eingeredet hast. Du kannst mir glauben, ich finde es hier auch nicht besonders lustig." Marthe holte tief Luft. „Wahrscheinlich geht es Frieda Heinecke wie mir. Sie verwahrt lediglich das Haus in der Elbmarsch für ihren Sohn. Ihre Tochter ist in Norwegen gut versorgt."

„Eben. So kann die Tochter auch mal ihre Mutter gut versorgen. Wofür setzt man denn sonst Kinder in die Welt."

„Das Thema Generationen hatten wir schon mal", sagte Marthe und sah Karl-Ludwig böse an. „Es hat sich alles geändert."

„Sehr zum Nachteil. Früher war es gang und gäbe, dass sich die Kinder später um ihre Eltern kümmerten. Heutzutage werden die lästigen Eltern in ein Altersheim abgeschoben. Und nach ihnen die Sintflut."

„Bist du heute schon wieder auf Krawall gebürstet?", fragte Marthe vorsichtig.

„Nein, natürlich nicht." Karl-Ludwig hangelte nach einem weiteren Dreieck des Camemberts. „Übrigens fahre ich am Samstag mit meiner alten Skatgruppe einen Tag nach Ratzeburg. Ich übernachte bei Cornelia in Mölln, weil ich am Abend nicht zurückfahren will. Ich habe mit ihr schon telefoniert."

„Okay. Das ist doch mal eine positive Mitteilung und wird dir guttun. Cornelia wird sich bestimmt freuen, ihren Papa zu bewirten. Aber das ist ja schon übermorgen", stellte Marthe erschrocken fest.

„Wir haben uns kurzfristig wegen des schönen Wetters so entschieden. Als Rentner können wir uns das leisten." Karl-Ludwig verschlang das letzte Stückchen Käse, ohne Marthe zu fragen, ob sie es vielleicht wollte.

„Ich finde es sehr gut, dass du etwas unternimmst. Also", redete Marthe weiter, „Frieda Heinecke hat überhaupt nicht mitbekommen, dass Elena getötet wurde. Sie hat es erst gestern von einer Nachbarin erfahren. Außerdem hatte sie seit Jahren keinen Kontakt zu ihr, obwohl beide in der Elbmarsch wohnen."

„Wenn die Dame nicht mobil ist, verständlich. Wahrscheinlich hat sie auch kein Facebook." Karl-Ludwig kaute weiter.

„Du bist auch nicht bei Facebook", erwiderte Marthe.

„Eben. Deshalb bekomme ich hier auch nichts mit. Ich

will auch gar nicht wissen, ob der Wellensittich in Rönne weggeflogen ist, in Eichholz die Laternen flackern oder sich in Marschacht ein verglühendes, rotes, qualmendes Objekt am Himmel befindet und in das Carport des Nachbarn gekracht ist."

„Margret aus Bütlingen hätte Frieda Heinecke mal besuchen können. Die scheint ein Auto zu besitzen. Allerdings konnte ich Friedas Tonfall entnehmen, dass sie diese Margret nicht besonders mochte. Sie sprach sehr abwertend über sie."

„Der übliche Neidstreit unter Frauen." Karl-Ludwig blieb weiterhin ungerührt. „Oder sie hatte keine Lust, über rote qualmende Objekte am Himmel informiert zu werden."

Marthe stöhnte. „Bleib doch mal sachlich", griff sie Karl-Ludwig an. „Ich fahre jedenfalls morgen noch einmal in die Bergstraße. Vielleicht erreiche ich die Schottin. Aber Frieda wusste auch nicht, wo sie sich aufhält, wenn sie nicht zu Hause ist."

„Vielleicht genießt sie ein reges Liebesleben." Karl-Ludwig grinste Marthe unverschämt an.

„Mit fast siebzig Jahren?" Marthe tippte sich an die Stirn.

„Willst du damit sagen, dass ich alt bin?" Karl-Ludwig schien tatsächlich heute auf Krawall gebürstet zu sein. „Immerhin bin ich knapp vor fünfundsiebzig und darf deiner Ansicht nach den gesamten Garten allein beackern, einschließlich der Verarbeitung dieses riesigen Häckselberges. Wieso dann nicht auch einem regen Liebesleben nachgehen?"

‚Daher weht der Wind', dachte Marthe. „Du kannst dir aber auch ein vernünftiges, ruhiges Hobby suchen", sagte Marthe stattdessen laut.

„Mulch auf Beete aufbringen. Natürlich ist das auch

sehr interessant. Insbesondere, wenn Nachbars Katze in dem geharkten Beet ein Loch buddelt und ein Häufchen hineinsetzt."

Marthe lachte laut. „Das wird sich bald ändern", sagte sie sanfter. „Verspreche ich dir. Dann verjage ich eigenhändig Nachbars Kater." Sie räumte den Tisch ab, währenddessen Karl-Ludwig das Geschirr in die Spülmaschine stellte. Gemütliche Einigkeit, jahrelang geübt und gewachsen.

„Ich füttere jetzt die Kätzchen." Marthe holte saubere Futternäpfe aus dem Schrank und öffnete die Dosen.

„Unsere Katzen sind auch schon total traurig", äußerte sich Karl-Ludwig. „Sie vermissen dich, wenn du den ganzen Tag unterwegs bist. Sie verstehen die Welt nicht mehr."

„Ich weiß", gab Marthe kleinlaut zu. Kater Max kam angelaufen, als er das Geräusch des Dosenöffnens hörte. „Ich werde mich bessern", sagte Marthe zu ihm und streichelte seinen Kopf. Er schmiegte sich schnurrend an Marthes Beine.

Marthe liebte ihre Katzen abgöttisch. Für sie waren sie wie Kinder. Max und Marie lebten bereits länger bei ihr. Tom und Jerry rettete sie als Winzlinge von einem Schrottplatz. Sie waren unterernährt und in einem erbärmlichen Zustand. So päppelte Marthe die Kleinen auf. Inzwischen waren sie zu stattlichen Katern herangewachsen und zutraulich.

Marthe hatte damals extra für die wildgeborenen Kitten ein Katzenspielzimmer eingerichtet, um sie so behutsam an eine häusliche Umgebung zu gewöhnen. Nun liefen sie unbeschwert durchs Haus und vertrugen sich mit Max und Marie vorbildlich.

Seit Kurzem zierte ein gesichertes Katzengehege den Garten, in das die Tiere nach Lust und Laune spazieren durften. Nur zum Abend verschloss Marthe sämtliche Türen sorgfältig, damit keiner der Tiger ausreißen konnte. Ihre

Katzen waren reine Hauskatzen. Marthe hätte es nicht ertragen, wenn eine von ihnen womöglich auf der Straße überfahren würde.

Sie sah den Vieren zu, wie sie mit Appetit ihr Futter fraßen. Danach gab es noch ein Leckerli. Das war Ritual. Sobald sie „Ab ins Bett“ sagte, marschierten die Kätzchen anstandslos zu ihren Katzenkissen, die im Schlafzimmer vor dem Ehebett standen. Erst, wenn alles seine Ordnung hatte, schlief Marthe ein.

33

Am Freitagmorgen fuhr Marthe gemütlich in die Bergstraße. In einer Seitenstraße stellte sie den Wagen ab. Da sie inzwischen genau wusste, wo Margret Ahrens wohnte, konnte sie den Weg mit einem kleinen Spaziergang verbinden. Langsam wurden die Temperaturen angenehmer und es hatte seit dem letzten Unwetter nicht mehr geregnet. Inzwischen standen die Frühlingsblumen und Sträucher in den Gärten in voller Blüte. Selbst der Nachbar von Margret Ahrens schnitt dieses Mal nicht Sträucher, sondern pflanzte frische Blumen in Kübeln.

„Guten Morgen!“, rief Marthe zu ihm hinüber, als sie an seinem Haus vorbeikam.

Er schaute kurz auf. Ohne eine Antwort zu geben, widmete er sich wieder der Bepflanzung.

„Können Sie sich noch an mich erinnern?“, fragte Marthe und kam näher zu seinem Gartenzaun.

Er stutzte und richtete sich auf. „Sind Sie nicht die Dame, die vorige Woche hier war?“, wollte er wissen.

„Richtig.“

„Sie interessierten sich für das Anwesen neben meinem Grundstück. Haben Sie es jetzt gekauft?“

Marthe blickte den Mann irritiert an. Hatte sie erwähnt,

dass sie das Haus kaufen wollte? Er musste etwas durcheinanderbringen. „Nein“, erwiderte sie deshalb wahrheitsgetreu. „Ich wollte die Besitzerin besuchen. Doch sie war offensichtlich verreist.“

„Ach so. Ja. Jetzt kann ich mich erinnern.“ Er kam an den Gartenzaun. „Aber ich glaube, die da drüben“, er wies auf das Grundstück, „will alles verkaufen“, sagte er. „Kürzlich waren zwei Männer da, maßen das Gelände aus und inspizierten Garten und Haus.“

„Dann war Frau Ahrens in der Zwischenzeit wieder zuhause?“, fragte Marthe.

„Als die Herren zum Besichtigen hier waren, war sie kurz anwesend“, erwiderte er. „Ich sprach sie gleich wegen des Unkrauts in ihrem Vorgarten an. Die Hecken überschreiten ebenfalls bei Weitem die Höchstgrenze für Abgrenzungen. Ständig habe ich nicht nur ihre Blätter im Garten, sondern der Wildwuchs zerstört meinen Zaun und nimmt Tageslicht weg.“

„Wenn das Grundstück verkauft ist, wird sich der neue Besitzer bestimmt darum kümmern“, beschwichtigte sie den alten Herrn.

„Hoffentlich.“ Er drehte sich mürrisch um.

Marthe ging die Einfahrt bis zur Eingangstür entlang. Vielleicht war Frau Ahrens ja zu Hause. Sie klingelte. Nochmals. Wie beim letzten Mal öffnete niemand. „Die Scheiben könnten auch mal dringend geputzt werden“, murmelte sie, als sie durch eines der Fenster blicken wollte. Sie waren mit einer dicken Schmutzschicht belegt, die keinen Blick ins Innere hineinließen. Die Vorhänge waren ebenfalls dicht und mehr als grau. Sie schienen schon seit Jahren kein Wasser mehr gesehen zu haben.

Marthe wandte sich ab. Sie lief ein paar Schritte über vergammelte, mit riesigem Gras bewachsene Betonplatten, die an vielen Stellen gesprungen waren. ‚Das alles wieder in Ordnung zu bringen, kostet ein Vermögen‘, dachte sie. Am Ende der Auffahrt, die gleichwohl seit Jahren offenbar nicht gepflegt worden war, befand sich eine Garage. Das alte unansehnliche Tor war noch so ein Modell, das man eigenhändig beidseitig öffnen musste, um hineinzukommen. Marthe rüttelte an den eisernen Griffen. Sie waren fest verschlossen und der enge Spalt bot keine Gelegenheit, einen Blick ins Innere zu werfen.

Sie ging an der Garage vorbei in den hinteren Teil des Gartens. Jedenfalls schien das ehemals ein Garten gewesen zu sein. Jetzt wuchsen hier unzählige Sträucher, die dringend einen Schnitt benötigten. Wilder Ahorn hatte sich überall verbreitet. Ein wahres Paradies für jegliche Art von Tieren. Ein wenig erinnerte sie der Garten an einen Urwald.

Direkt am Haus hatte sich wohl früher mal eine mit Feldsteinen umrandete Terrasse befunden. Nun bröckelte das Mauerwerk, der Schotter lag auf den Fliesen und die Feldsteine waren herausgebrochen. Marthe überschritt die Steine, um durch die Terrassentür eventuell mal einen Blick ins Hausinnere werfen zu können. Aber auch dieses Fenster war mit einer undurchdringbaren Staubschicht bedeckt. Zusätzlich verhinderte ein dicker Vorhang den Einblick.

‚Ein richtiges Gruselhaus‘, dachte Marthe und erschauderte. Sie ging wieder zur Vorderfront des Gebäudes.

„Was machen Sie da? Sie betreten unbefugt mein Grundstück.“ Erschrocken drehte sich Marthe um. Eine kleine dicke Frau stand einige Meter hinter ihr.

„Ich ... ich ...“, stotterte Marthe.

„Wollen Sie das Anwesen besichtigen? Hat die Agentur Sie geschickt?“

Marthe suchte nach einer Antwort.

„Ich hatte denen gesagt, dass es hier nichts zu begucken gibt. Zeichnungen und Grundrisse liegen denen vor. Also gehen Sie wieder“, brummte die Frau mürrisch.

„Ich wollte kein Haus kaufen“, erklärte Marthe eingeschüchtert. „Ich suche Frau Ahrens.“

„Warum?“

Marthe druckste herum. Sie wusste nicht, wie sie ihr Anliegen der Frau verkaufen sollte. „Nun“, begann sie, „es geht um Elena Bartsch.“ So, jetzt war es raus. Schnell sprach Marthe weiter. „Ich hörte, dass Frau Ahrens einmal mit ihr befreundet war.“

Margret Ahrens stutzte. „Elena Bartsch“, sagte sie langgezogen. „Ist das die Frau, die am Bütlinger Runzelgraben ermordet wurde? Ich habe davon gelesen.“

„Sie wurde dort nicht ermordet, sondern nur gefunden. Wo genau sie zu Tode kam, wird gerade recherchiert“, antwortete Marthe wahrheitsgemäß.

„Und was haben Sie damit zu tun?“ Margrets zusammengekniffenen Augen erinnerten an eine Katze auf der Jagd.

„Ich ermittle in der Angelegenheit.“ Marthe zog ihren Ausweis und hielt ihn Margret hin.

„Ich erinnere mich nur schwach an die Frau. Ist bereits geraume Zeit her. Wir waren nicht befreundet, sondern nur flüchtige Bekannte“, gab sie knapp Auskunft. „Warum fragen Sie? Und wie kommen Sie gerade auf mich?“

„Eins nach dem anderen“, erklärte Marthe und lachte. Sie musste Zeit gewinnen. „Elena Bartsch wurde auf meinem Grundstück aufgefunden“, erläuterte Marthe. „Für diesen Fall wurde ich als pensionierte Kripobeamtin wieder offiziell eingesetzt. Recherchen ergaben, dass Sie eine von Elenas wenigen Bekannten waren und wir hoffen deshalb, dass Sie uns weiterhelfen können.“

„Ach, Sie kommen aus Bütlingen? Ich kenne Sie gar nicht. Wohnen Sie schon lange hier?“

„Ich bin erst vor drei Jahren hierhergezogen“, gab Marthe Auskunft.

„Aha, dann sind Sie in das Haus der Familie Jungheinrich eingezogen? Mein Mann und ich waren früher öfters dort zu Gast."

„Das Haus haben wir gekauft. Ich verbringe in Bütlingen meinen Ruhestand." Marthe biss sich auf die Lippen. Im selben Moment ärgerte sie sich, dass sie Frau Ahrens über ihre persönlichen Wohnverhältnisse informierte, obwohl sie gar nicht danach gefragt hatte.

„So, so." Frau Ahrens schien zu überlegen. „Ich bin selten in Bütlingen und bekomme kaum etwas mit", sagte sie nachdenklich.

„Verkaufen Sie deshalb Ihr Grundstück?", erkundigte sich Marthe.

„Was soll ich hier?" Margret Ahrens zuckte mit den Schultern. „Die meiste Zeit bin ich in Norderstedt. Da wohnt die Schwester meines verstorbenen Mannes. Sie ist über achtzig und dement. Ich pflege sie."

„Verstehe", erklärte Marthe. „Sie sind Engländerin?", wollte Marthe weiter wissen.

„Schottin, nicht Engländerin", erläuterte Frau Ahrens pikiert. „Das ist ein großer Unterschied. Jetzt muss ich wieder fahren, Trude wartet auf mich. Ich kann sie nicht lange allein lassen", fügte sie hinzu. „Ich wollte nur mal schauen, ob hier alles in Ordnung ist." Margret Ahrens drehte sich ohne einen Gruß um und ging die Einfahrt hinunter.

„Na dann," murmelte Marthe und sah hinter ihr her, wie sie einen dunkelgrauen SUV aufschloss, einstieg und davonfuhr. Routinemäßig merkte sich Marthe das Kennzeichen.

„Die war aber nicht lange da", sagte der Nachbar verächtlich und lugte zwischen den Heckensträuchern hervor. „Keine zehn Minuten. Warum war sie denn überhaupt hier. Eine merkwürdige Person ist das."

Marthe bestätigte seine Bemerkung mit einem

Kopfnicken. Sie entschloss, noch ein kurzes Stück in Richtung vermeintliche ehemalige Burg von Bütlingen zu laufen. Die letzten Sonnentage hatten viele Pflanzen zum Blühen gebracht. Es roch nach Natur. Marthe atmete tief durch und nahm sich vor, zukünftig mehr Spaziergänge zu unternehmen. Vielleicht sollte sie es so halten, wie das ältere Ehepaar Buchlechner es tat. Fahrradtouren durch die Elbmarsch.

34

Am späten Nachmittag rief Andreas an und störte Marthe bei der Gartenarbeit. „Wir haben die Handtasche untersucht. Tatsächlich gab es auf dem Metallbügel neben der DNA von Elena Bartsch eine weitere. Wir haben sie mit den Abdrücken von Theo Bartsch verglichen und mit denen von der Zugehfrau der Familie. Negativ. Also gibt es eine zusätzliche Person, die die Tasche in letzter Zeit in der Hand gehabt haben muss."

„Habt ihr mal mit der Datenbank abgeglichen?", fragte Marthe.

„Natürlich. Ebenfalls kein Ergebnis."

„Tja, dann sind wir nicht viel weitergekommen", meinte Marthe enttäuscht. „Kommt die Gegend um den Bauernhof als Tatort in Frage?", wollte Marthe wissen.

„Hier haben wir das gleiche Problem wie mit dem Feldweg bei dir um die Ecke. Der Starkregen hat sämtliche Spuren verwischt. Wir können dazu keine haltbaren Aussagen treffen."

„Ich war heute noch einmal in der Bergstraße und traf tatsächlich die dritte Freundin von Elena an", sagte Marthe. „Margret Ahrens verkauft gerade ihr Haus und war kurz anwesend."

„Und?"

„Eine unangenehme Frau.“ Marthe erzählte von dem Gespräch. „Ehrlich gesagt, wird sie uns keine Hinweise liefern. Sie hat genauso, wie Ramona und Frieda, Elena seit Jahren nicht mehr gesehen. Zudem ist sie offenbar die meiste Zeit in Norderstedt. Dort soll die Schwester ihres verstorbenen Mannes wohnen, die hochgradig pflegebedürftig ist.“

„Ich habe das Gefühl, wir können den Fall bald zu den unerledigten Akten legen.“ Andreas seufzte.

„Ich weiß nicht. Ich muss mal darüber in Ruhe nachdenken. Die Lösung liegt meiner Ansicht nach in Elenas Vergangenheit.“

„Vielleicht liegt es doch an der Mentalität der Elbmarscher“, wandte Andreas ein. „Sie war in deren Augen eine Ausländerin.“

„Das kann ich mir einfach nicht vorstellen. Aus welchem Grund sollte man sie umbringen? Besonders in der heutigen Zeit? Eventuell vor vierzig Jahren, doch in der jetzigen Multi-Kulti-Gesellschaft eine Frau töten, nur weil sie Ausländerin ist? Elena lebte bescheiden in ihrem Haus. Sie tat niemandem etwas.“

„Die Menschen lehnten sie schlichtweg ab, ließen sie nicht in ihre Gemeinschaft,“ äußerte Andreas lahm.

„Aber sie hat nicht provoziert. Sie lebte still und zurückgezogen, als wenn sie gar nicht da wäre“, widersprach Marthe.

„Übermorgen findet die Einäscherung von Elena statt“, teilte Andreas mit. „Nur Theo und Maria Magdalena nehmen daran teil. Theo hat inzwischen organisiert, dass die Urne nach St. Petersburg überführt wird. Schon recht bald.“

„Ja, damit ist der Fall der Elena Bartsch wohl abgeschlossen. Sehr traurig. Sie wohnte fast ihr ganzes Leben lang in dieser Region und verschwindet völlig unbekannt auf diese Art und Weise, letztendlich in einer kleinen

Urne.“ Marthe schwieg nachdenklich.

„Ich melde mich, wenn wir neue Erkenntnisse haben“, sagte Andreas und legte auf.

Marthe sah auf die Uhr. Es war Zeit, um das Abendessen vorzubereiten und die Reisetasche für Karl-Ludwig zu packen.

35

Gleich am Samstagmorgen ging Marthe in den Garten. Karl-Ludwig war zeitig abgereist. Der Häckselhaufen hatte sich bereits in ein Häufchen verwandelt. Sie begann, die überall verstreuten Holzspäne mit einem Straßenbesen zusammenzufegen. Am Wochenende befuhren nur wenige Autos die Straße am Metzensee. Meist handelte es sich um Anwohner, die schnell etwas besorgen mussten oder ihren Wocheneinkauf machten. Es war gang und gäbe, dass man die Leute kurz per Kopfnicken begrüßte. Viele kannte man, da sich nur wenige Häuser in der kleinen Wohngegend befanden.

Marthe bückte sich, um mit Schaufel und Feger die restlichen Holzhäcksel direkt am Rande der Einfahrt zum Grundstück aufzusammeln. In diesem Moment preschte ein Fahrzeug an ihr vorbei. Vor lauter Schreck verlor sie das Gleichgewicht und landete auf dem Hinterteil. „Arschloch“, fluchte sie, rappelte sich auf und schaute dem dunklen Wagen hinterher, den sie nur noch in der Ferne erkennen konnte.

Normalerweise fuhren die Anwohner langsam, da sich ein Schlagloch nach dem anderen aneinanderreihte und der Unterboden beschädigt werden konnte. Manche Paketwagen rasten allerdings so schnell, als wenn der Teufel hinter ihnen her wäre. Aus dem Grunde hatte Marthe selbstgemachte Katzenskulpturen an ihren Gartenzaun befestigt.

Sie wollte damit darauf aufmerksam machen, dass es in der Gegend neben idiotischen Rasern auch freilaufende Tiere gab. Auch wenn sie ihre Katzen nicht hinausließ, so stromerten hier doch etliche andere Freigänger herum.

Marthe bückte sich und startete den zweiten Anlauf, die Späne einzusammeln. Von Weitem hörte sie erneut ein Auto kommen. Dieses Mal aus der entgegengesetzten Richtung. Vorsichtshalber lagerte sie ihr Gewicht so, dass sie nicht noch einmal auf ihrem Hinterteil landete. Und wieder. Mit überhöhter Geschwindigkeit raste ein Wagen an der Auffahrt vorbei. Jetzt war sie schneller und schaute hinterdrein. ‚Natürlich', dachte sie erbost, ‚ein SUV-Fahrer'. Marthe konnte das Kennzeichen des dunklen SUV nur teilweise erkennen, da der Wagen bereits hinter der nächsten Biegung verschwand. „Idiot", schimpfte sie hinter dem Wagen her und ballte die Hände zu Fäusten.

Trotz dieses ärgerlichen Vorfalls schaffte Marthe an diesem Morgen ein ganzes Stück in ihrem Garten und war am Ende stolz auf sich.

Um die Mittagszeit zog sich Marthe sorgfältig an. Sie wollte an der familiären Trauerfeier teilnehmen. Sie fühlte sich Elena verbunden. Nicht nur, weil sie in ihrem Graben gefunden worden war, sondern weil sie sich seit geraumer Zeit mit ihr und ihrem Leben beschäftigte. So fuhr Marthe nach Marschacht.

Theo Bartsch und seine Tochter Maria Magdalena hatten den Sarg prächtig schmücken lassen. Viele gelbe Sonnenblumen und blaue Hortensien waren darüber verstreut. „Wunderschön", wisperte Marthe, als sie näher trat.

Theo schaute sich um. „Elenas Lieblingsblumen", flüsterte er. Maria Magdalenas Kleidung war diesen Farben angepasst. Sie trug nicht Schwarz. Ihr Kleid war aus dem gleichen Blau wie die Farbe der Blumen auf dem Sarg. Verziert mit gelber Bordüre am Halsausschnitt und an den langen Ärmeln. „Ein Modell aus der Feder meiner Mutter“, sagte sie. „Sie hätte nicht gewollt, dass wir in schwarzer Garderobe vor sie treten.“

Theo hatte einen orthodoxen Redner aufgetrieben, der in Russisch sprach. Marthe verstand kein Wort. Bei der russisch-orthodoxen Bestattungszeremonie wurden kleine Kerzen an die Hinterbliebenen verteilt. Während der gesamten Feier hielten sie diese in der linken Hand. Bei der Aussegnung verwendete der Priester Weihrauch und beräucherte den Sarg von allen Seiten.

Anschließend verließen sie den Raum. Elena würde nach der Trauerfeier im Hintergrund des Beerdigungsinstitutes verbrannt werden.

„Ich danke Ihnen, dass sie an der Trauerfeier teilgenommen haben“, flüsterte Theo, noch immer gerührt. „So war Elena nicht ganz allein.“ Er sah zu Boden. „Elenas Urne wird in ein paar Tagen nach St. Petersburg gebracht“, erklärte er. „Ich habe dort unsere Gruft erweitern lassen. Wer weiß, vielleicht sind wir bald alle wieder zusammen: Slava, Elena und ich.“

Maria Magdalena legte ihre Hand auf Theos Arm. „Ich brauch dich aber noch“, murmelte sie, „und ich hoffe, dass du mich einmal in New York besuchen kommst.“

Theo lächelte schwach. „Das mache ich.“ Er strich ihr über den Arm.

Theo und Maria Magdalena gingen gemeinsam zu Theos Wagen. Ein dunkelgrauer SUV. Marthes Auto parkte auf der anderen Straßenseite. Sie stutzte. Einige Meter hinter Theos SUV stand ebenfalls ein dunkler SUV.

Nachdenklich stieg Marthe in ihr Auto. Im Schritttempo fuhr sie an dem dunklen Wagen vorbei. Im Inneren befand sich keine Person, auch nicht in der Nähe. Marthe schaute, wie sie es gelernt hatte, auf das Kennzeichen. Es kam ihr bekannt vor. „Margret Ahrens Auto“, sagte sie laut zu sich selbst. Was machte Margret in Marschacht? War es Zufall und sie wollte hier etwas erledigen oder hatte sie womöglich mitbekommen, dass heute Elena verabschiedet wurde? Vollkommen in Gedanken versunken fuhr Marthe nach Hause.

Sie kochte sich einen Kaffee. Ununterbrochen dachte Marthe nach. Was wollte Margret in Marschacht, wenn sie doch in Norderstedt die schwerkranke Schwägerin pflegen musste? Und der Wagen heute Vormittag, der an ihrem Grundstück vorbeigerast war? Der sah genauso aus und Teile des Kennzeichens stimmten ebenfalls überein.

Marthe nahm den Hörer vom Telefon auf und rief Andreas Cornelsen an. Kurz berichtete sie von ihren Beobachtungen am Haus und vorhin in Marschacht. „Tu mir bitte den Gefallen und lass überprüfen, ob der SUV auf Margarete Ahrens in Bütlingen zugelassen ist“, erklärte sie. „Ich weiß, er hat gar nichts mit dem gesuchten weißen Kastenwagen zu tun und es klingt alles absurd.“

„Mach ich sofort“, meinte Andreas. „So eine Information dauert nur wenige Minuten. Sogar an einem Samstag. Ich bin mir sicher, dass du noch nichts von deiner Spürnase verloren hast.“ Marthe konnte fast sehen, wie Andreas auf der anderen Seite grinste. „Ich ruf dich nachher zurück“, grummelte er und legte auf.

Marthe blieb beim Telefon sitzen und schlürfte ihren Kaffee.

Erst nach einer viertel Stunde rief Andreas wieder an. „Merkwürdig“, erklärte er. „Der Wagen ist nicht auf Margret Ahrens zugelassen, sondern auf einen Herrn Ottokar Petereit, wohnhaft in Norderstedt, Harksheide.“

„Deshalb ein Kennzeichen mit SE“, staunte Marthe. „Ich hatte mich gestern in der Bergstraße schon gewundert, aber dem keine Bedeutung zugemessen. Doch dann fuhr heute Vormittag dieser Wagen an mir vorbei und am Nachmittag stand er in der Nähe der Trauerhalle."

„Nun, es ist nichts Ungewöhnliches", meinte Andreas. „Du kannst deine Nummer mitnehmen, wenn du umziehst."

„Margret Ahrens ist aber noch nicht umgezogen, sie will erst jetzt ihr Haus verkaufen. Außerdem versicherte sie mir gestern, dass sie keine Zeit hätte, weil sie ihre schwerkranke Schwägerin nicht lange allein lassen kann. Und nun treibt sich die Dame schon den ganzen Tag in der Elbmarsch rum."

„Warte mal, bevor du mich ständig unterbrichst", pöbelte Andreas. „Dieser Ottokar Petereit ist vor fünf Jahren verstorben."

„Noch merkwürdiger", erklärte Marthe kleinlaut.

„Ottokar Petereit war verheiratet. Seine Ehefrau Katharina Renate lebt noch. Sie ist in Norderstedt Harksheide gemeldet."

„Wieso fährt denn Margret Ahrens ihr Auto?"

„Das versuchen wir gerade rauszubekommen", sprach Andreas weiter. „Beim Einwohnermeldeamt ist am Montag erst wieder jemand da. Ich melde mich, wenn ich mehr über die Frau weiß."

Marthe trank ihren Kaffee aus. Wahrscheinlich war sie auf dem falschen Weg. Es wird wohl so ein, wie Margret Ahrens ihr gesagt hatte. Sie betreute die Schwägerin in Norderstedt. Und heute hatte sie eben viele Besorgungen in der Elbmarsch wegen des Hausverkaufs zu erledigen.

36

Eine halbe Stunde später rief Ramona an. „Haben Sie Zeit, noch einmal zu mir zu kommen?", fragte sie. „Ich dachte über Elena nach. Mir ist noch etwas eingefallen. Wir könnten uns darüber unterhalten."

„Ja gern", sagte Marthe. „Mein Mann macht einen Ausflug und bleibt über Nacht bei unserer Tochter."

„Was halten Sie davon, wenn Sie mich am frühen Abend besuchen? Ich koche uns etwas Italienisches und Sie sind heute Abend nicht so allein."

„Gute Idee. Ich bin gegen achtzehn Uhr bei Ihnen." Marthe legte auf. Sie war gespannt, was Ramona eingefallen war. Und die Tatsache, dass sie den Resttag nicht einsam zu Hause verbringen musste, fand sie ebenfalls angenehm. Marthe freute sich auf den Abend mit Ramona.

Beschwingt duschte sie und zog sich um. Wieder klingelte das Telefon.

„So." Andreas war am Apparat uns betonte das „So", als ob er eine große Tat vollendet hätte. „Hat etwas länger gedauert. Wir haben Informationen über Frau Katharina Renate Petereit. Die Dame ist eine geborene Ahrens."

„Woher hast du diese Auskunft auf einem Samstag bekommen?" Marthe war überrascht.

„Durch meinen Kumpel Benno. Er wohnt zufällig in der Nähe der angegebenen Adresse in Norderstedt."

„Du hast aber auch überall deine Informanten." Marthe lachte.

„Es war gar nicht so spektakulär. Benno kannte die Familie. Er ist in der Nachbarschaft aufgewachsen. Sein Vater arbeitete als Prokurist in der Firma Petereit."

„Tatsächlich?" Marthe staunte.

„Der alte Petereit ist vor fünf Jahren gestorben. Allerdings wohnt seine Frau Katharina geborene Ahrens seit drei Jahren nicht mehr in der Villa in Norderstedt."

„Villa?"

„Sehr noble Gegend. Ich kenne die Ecke noch von früher. Benno berichtete, dass Frau Petereit auf Drängen ihrer Schwägerin Margret Ahrens in ein Pflegeheim eingewiesen worden war. Frau Petereit ist inzwischen hochgradig demenzkrank."

„Hm. Was ist mit der Villa?"

„Die wird wohl nach dem Ableben der Frau Petereit ihre Schwägerin Margret erben", sagte Andreas. „Die Villa wird seit zirka drei Jahren von der Schwägerin bewohnt, die nach dem Rechten schaut."

„Margret Ahrens", platze Marthe heraus.

„Wie gut du folgern kannst." Andreas lachte erneut.

„Und sie fährt das Auto ihres verstorbenen Schwagers Ottokar Petereit", fügte Marthe hinzu.

„Auch richtig, da du diesen Wagen in Bütlingen und Marschacht gesehen hast."

„Das hat allerdings jetzt wenig mit unserem Fall Elena Bartsch zu tun", stellte Marthe enttäuscht fest.

„Wohl nicht. Offensichtlich geht es Margret Ahrens nur um die Erbschaft. Die Villa ist schätzungsweise drei Millionen Euro wert."

„Wow", rutschte es Marthe raus. „Die hätte ich auch gerne."

„Laut Auskunft der Pflegeheimverwaltung lief ein Vormundschaftsverfahren. Das Ehepaar Petereit hatte keine Kinder. Das Verfahren ist inzwischen abgeschlossen, Margret Ahrens verfügt als Vormund über das Vermögen von Frau Petereit."

„Nun gut", sagte Marthe lahm, „dann ist die Angelegenheit bezüglich Margret Ahrens auch geklärt. Darum müssen wir uns wohl nicht mehr kümmern." Sie legte auf.

Marthe sah auf die Uhr. Es wurde Zeit, dass sie nach Ramona Kuhr fuhr. Rasch fütterte sie ihre Katzen, die erstaunt aufsahen. Denn es war eine Stunde vor der normalen Fütterungszeit. Anschließend ging Marthe durch das Haus, verriegelte alle Fenster und prüfte, ob die großen Flügeltüren im Wintergarten, die zum Garten führten, sowie die Tür zum Katzenaußengehege fest verschlossen waren. Die Türen zum Schlafzimmer und zu ihrem Arbeitszimmer schloss sie ebenfalls. Ihre Lieblingsmonster besaßen die Angewohnheit, entweder im Bett zu schlafen oder sich mit ihrem Computer auf dem Schreibtisch zu beschäftigen. Das musste Marthe unter allen Umständen verhindern.

Dann machte sie sich auf den Weg zu Ramona. Sie parkte ihren Wagen auf der Auffahrt. Ramonas Tür stand offen, wie meistens. Marthe klopfte einmal laut. Ramona kam im Flur zum Vorschein. Sie hatte eine Schürze umgebunden und hielt einen Holzlöffel in der Hand. Aus der Küche kam ein herrlicher Duft.

„Hm“, raunte Marthe. „Das riecht aber toll.“

„Ich bin gleich fertig“, erklärte Ramona. Ihr Kopf war hochrot. „Setzen Sie sich schon mal.“

„Sollten wir uns nicht duzen?“, fragte Marthe.

„Gerne. Ich bin Ramona.“

„Und ich bin Marthe.“ Beide Frauen lachten, da sie ihre Vornamen bereits gut kannten.

Der Tisch war geschmackvoll gedeckt. „Willst du ein Glas Rotwein?“ Ohne eine Antwort abzuwarten, goss Ramona ein.

„Aber nur eins. Ich bin mit dem Auto unterwegs,“ warf Marthe ein.

„Das ist wirklich ein extremer Nachteil da oben bei dir in Bütlingen“, erläuterte Ramona. „Am Abend fährt kein Bus in die Richtung. Entweder man läuft die Strecke, oder geht nie aus oder muss zwangsläufig mit dem Auto fahren.“

„Das stellte ich auch ziemlich rasch fest. Ständig ist man auf das Auto angewiesen. Sogar dann, wenn man nur ein Brot zu besorgen hat. Es gibt keine Bäckerei in Bütlingen.“

„Aber ein hervorragendes Fischgeschäft“, meinte Ramona.

„Ich kann nicht jeden Tag Fisch essen.“ Marthe rümpfte

die Nase.

„Deshalb bin ich froh, dass ich hier unten in Tespe wohne. Da tobt zwar auch nicht gerade das tolle Party-Leben, doch man kommt zumindest zu Fuß irgendwohin."

„Was hast du denn Leckeres gekocht?", fragte Marthe und schnupperte laut.

„Saltimbocca a la Romana", sagte Ramona stolz. „Mit frischem Salbei aus meinem Kräutergarten."

„Das habe ich schon lange nicht mehr gegessen. Ich glaube, das letzte Mal vor acht Jahren, als wir in Italien waren."

Ramona drapierte das Fleisch auf eine Platte und stellte alles auf den Tisch. „Dazu gibt es Nudeln aus eigener Herstellung. Ich mache die Teigwaren noch immer selbst", erläuterte sie. „Das erinnert mich sehr an meine Heimat und Teig kneten tröstet mich, wenn ich traurig bin. Greif zu."

Marthe nahm sich ein Stück Saltimbocca und eine Schöpfkelle Spaghetti. „Das ist aber zart", lobte sie, als sie den ersten Bissen genommen hatte.

„Ich kaufe das Fleisch hier in der Elbmarsch von einem Hof. Das Supermarktfleisch kannst du vergessen. Daraus würde ich niemals etwas Vernünftiges hinbekommen."

Nachdem die beiden Frauen gegessen hatten, räumte Ramona ab.

„Soll ich dir beim Abwaschen helfen?", fragte Marthe.

„Wofür haben wir Frau Spülmaschine?" Wieder lachte Ramona. Sie schien es sichtlich zu genießen, Besuch zu haben. Sie drückte den Einschaltknopf der Maschine, setzte sich hin und goss sich einen Schluck Rotwein nach.

Marthe nippte an ihrem Glas. Die Sonne ging gerade unter und verbreitete ein angenehmes Licht. „Karl-Ludwig ist heute nicht da", begann Marthe. „Er trifft sich mit seiner ehemaligen Skatgruppe und übernachtet bei unserer Tochter, weil die in der Nähe wohnt. Karl-Ludwig fährt nicht mehr gerne in Dunkelheit mit dem Auto."

„Ein Treffen mit Kumpels tut ihm bestimmt auch mal gut", versicherte Ramona. „Fühlst du dich da hinten in Bütlingen nicht ein bisschen einsam?", wollte sie wissen. „Du bist doch viel zu jung für diese Abgeschiedenheit. In dem Dorf ist überhaupt nichts los. Es sei denn, es streiten sich gerade zwei Fische im Metzensee oder der Kater von nebenan scharwenzelt um die Katze, die bereits einen Freund in der Parallelstraße hat."

„Normalerweise halte ich es ganz gut aus", erklärte Marthe und lachte über Ramonas Vergleiche. „Ich bin meist gut beschäftigt und Karl-Ludwig sowie die Katzen sind im Haus, sodass immer in irgendeinem Raum Leben stattfindet. Man gewöhnt sich dran." Marthe sann nach. Sie hatte sich erst in letzter Zeit darüber Gedanken gemacht.

„Ich habe hier wenigsten rechts und links unmittelbare Anrainer", meinte Ramona. „Wir haben alle ein gutes nachbarschaftliches Verhältnis. Wären die nicht da, würde ich mich schon ein wenig fürchten."

„Was war dir eigentlich eingefallen?", kam Marthe direkt auf das Thema zu sprechen, weshalb sie überhaupt bei Ramona zu Gast war.

„Du fragtest vor ein paar Tagen, ob ich wüsste, warum wir vier Frauen uns nicht mehr trafen. Es war genau nach dem Tag, als ich bei Elena Bartsch im Haus war."

„Ja und?"

„Mit Elena hatte ich nach meinem Besuch keinen Kontakt mehr", erläuterte Ramona. „Aber Margret Ahrens kontaktierte mich eine Woche danach."

„Hatte sie einen bestimmten Grund?"

„Es gab keinen erkennbaren Anlass", erklärte Ramona. „Sie versuchte lediglich herauszubekommen, was ich bei Elena im Haus gemacht habe und über was wir geredet hätten."

„Hat Margret sich geäußert, warum sie das interessierte?“, fragte Marthe weiter nach.

„Nein. Sie schwatzte – und ich meine damit wortwörtlich schwatzte – darüber, dass Elena im ehemaligen Russland eine Prostituierte gewesen sei. Elena wäre deshalb Abschaum. Und hier in unserer Elbmarsch würde sie die feine Dame spielen. Ob ich das gewusst hätte. Blöde Kuh.“ Ramonas Blick funkelte. Sie sah plötzlich jung und unternehmungslustig aus, fand Marthe.

„Hat Margret denn etwas Näheres gewusst?“

„Sie erzählte zum Beispiel, dass die Tochter Maria Magdalena nicht Theos Kind sei, sondern von einem der vielen Freier aus Russland stammen würde. Das falsche Weib hätte ihrem Mann ein Kuckucksei ins Nest gelegt.“

„Nahm Margret ihre Weisheit nur an oder wusste sie es genau?“, wollte Marthe wissen und beugte sich vor.

„Ich hatte den Eindruck, sie wusste es. Woher auch immer. Denn ich kann mir nicht vorstellen, dass Elena mit ihr über ihre intimsten Geheimnisse geredet hat.“ Ramona schwieg einen Moment. „Jedenfalls, als ich Margret unmissverständlich klar machte, dass sie mir keine Neuigkeit erzählen und es mich nicht interessieren würde, schwieg sie.“ Ramona dachte wieder nach. „Ne, nicht ganz. Sie fragte mich, ob ich wüsste, wer der leibliche Vater des Kindes sei. Das wusste ich natürlich nicht. Ich sagte Margret allerdings, dass ich darüber nicht sprechen möchte, da es einzig Elenas Angelegenheit und ich nicht die Bildzeitung der Elbmarsch sei.“ Ramona blickte Marthe mit funkelnden Augen an. „Hätte ich gewusst, dass es einmal wichtig werden würde, hätte ich Margret ausgefragt.“

„Das kann man nicht ahnen“, erwiderte Marthe, „und was passierte dann?“ Marthe beugte sich Ramona interessiert zu.

„Im Grunde genommen wollte sie Elena nur schlecht

machen, so war mein Eindruck. Ich ließ mich bezüglich dieses Themas auf nichts mehr ein. Margret ist einfach nur eine dumme, neidische, hinterlistige und blöde Pute."

„Weiß du, wie die Ehe von Margret war? Kanntest du ihren Mann?"

„Die beiden Ahrens sah ich nur selten zusammen, manchmal traf ich sie auf irgendwelchen Dorffesten oder zu sonstigen Anlässen. Kontakt zu ihr hatten wir keinen. Ihren Mann sah ich wenig. Meistens war er beruflich im Ausland. Ich weiß nur, dass sie keine Kinder hatten, so wie wir selbst. Sie spielte oftmals die große Dame, besaß aber einen schauerlichen Geschmack." Ramona verzog ihr Gesicht. „Wenn einer behauptet, Elena wäre wie eine Schlampe rumgelaufen, dann hätte man sich Margret mal angucken müssen. Dabei ist Margret potthässlich. Unförmig, dick, ohne Proportionen mit strähnigen, ungepflegten Haaren. Manieren hat sie wie eine wiederkäuende Kuh."

„Beleidige die Kühe nicht." Marthe lachte über Ramonas bildlicher Beschreibung. „Ich nehme an, so wirklich mögen tust du Margret Ahrens wohl nicht." Marthe amüsierte sich. Doch sie konnte Ramona verstehen. Ihr war Margret Ahrens ebenfalls höchst unsympathisch. Doch sie hatte lernen müssen, dass man sich niemals auf den ersten Eindruck verlassen durfte.

„Diese Frau ist nicht mein Fall." Ramona machte eine wegwerfende Handbewegung. „Sie prahlte nur herum. Sie versuchte, allen einzureden, eine „von" zu sein und einem alten schottischen Adelsgeschlecht zu entstammen. Außerdem würde sie ein vornehmes Castle in Schottland besitzen." Ramona tippte sich mit dem Zeigefinger auf die Stirn. „Damals fuhr sie immer den Wagen ihres Mannes, einen protzigen Mercedes. Kaum einer hier besaß so ein Auto, außer die reichen Bauern. Ich frage mich, warum sie dann nicht in ihrem Castle in Schottland wohnte."

„Vielleicht aus Liebe zu ihrem verstorbenen Mann", warf Marthe ein.

„Papperlapapp." Ramona lachte. „Die stritten nur. Wahrscheinlich war er deshalb ständig im Ausland. Wer will schon so einen hässlichen, giftigen Vogel zum Weibe. Es wird sogar erzählt, dass sie ihren Mann und seine Schwester entzweit hat. Die haben sich über dreißig Jahre nicht gesehen. Erst wieder auf der Beerdigung von Margrets Mann."

„Interessant", meinte Marthe. „Und wie war das Verhältnis zu Margrets Schwager?"

„Den mochte sie überhaupt nicht. Sie bezeichnete ihn als Neureichen. Völlig unter ihrer Würde. Er besaß eine Villa im Norden von Hamburg und war Fabrikant."

Inzwischen war es dunkel geworden. Ramona zündete einige Teelichter in Duftschälchen an. Der Zitronen- und Pfefferminzgeruch verbreitete eine heimelige Atmosphäre. „Zitronen- und Pfefferminze aus meinem Garten", erklärte Ramona. „Aus manchen Kräutern mache ich Öle. Die sind gut für die Haut. Ich gebe dir nachher mal ein paar Proben mit." Ramona setzte sich wieder. „Jetzt fährt Margret einen SUV", sprach sie weiter. „Auch so einen protzigen Wagen. Ich frage mich, wie sie sich den leisten kann. Ihr Haus lässt sie völlig verkommen, kann nicht mal den Rasen mähen und die Sträucher schneiden. Die ganze Bergstraße beschwert sich darüber."

„Der SUV gehört ihrer Schwägerin", gab Marthe Auskunft.

„Ach, woher weißt du das?" Ramona sah Marthe neugierig an.

Marthe lachte. „Du vergisst, dass ich Kripobeamtin und für diesen Fall zuständig bin. Wir haben Erkundigungen eingeholt", erläuterte sie.

„Wird Margret verdächtigt? Wegen Elena?" Ramona

staunte Marthe an. „Ich etwa auch?“

„Nein, nein. Das hat sich erledigt.“ Marthe nippte an ihrem Rotwein. „Wir müssen nur ihr direktes Umfeld durchleuchten, um eventuell Anhaltspunkte zu finden, wer der Mörder sein könnte.“

„Verdammt noch mal, was ist das denn?“ Ramona blickte durch das Küchenfenster. „Dauernd geht der Bewegungsmelder an.“ Sie sprang auf, ging zur Wohnungstür und schaute hinaus. „Nichts“, sagte sie, als sie wieder hineinkam. „Dabei ist der Kasten gar nicht so sensibel eingerichtet. Jetzt habe ich ihn einen Tick unempfindlicher gestellt. Das ständige an und aus macht mich nervös.“ Sie setzte sich erneut zu Marthe. „Erzähl mal weiter. Was habt ihr rausgefunden?“

„Alles ganz harmlos“, meinte Marthe. „Aber es passt zu dem, was du mir über Margret erzählt hast. Kurz nach dem Tod ihres Mannes starb ihr Schwager ebenfalls. Offiziell gab Margret an, dass sie sich um dessen Ehefrau kümmern würde, die schwer krank sei und nicht allein leben könnte. Margret Ahrens stellte sich als sozial und Familienmensch dar. In Wirklichkeit war es anders. Seit einigen Jahren lebt die Schwägerin in einem Pflegeheim, da sie vollkommen dement ist. Margret riss sich zuerst den SUV unter den Nagel und inzwischen auch die Villa in Norderstedt, denn sie hat die Vormundschaft erhalten. Da es keine Nachkommen gibt, ist sie Alleinerbin.“

„Boa, das ist ja ein Ding.“ Ramona schlug mit der flachen Hand auf den Tisch. „Aber genau das passt zu diesem Weib.“ Auf den Schreck goss sie sich noch einen Schluck Rotwein ein. Wieder ging der Bewegungsmelder an. „Also, ich stelle jetzt den störrischen Warnmelder ab“, schimpfte sie und stand erneut auf. „Morgen schicke ich ihn in Corona-Quarantäne.“

Nach einer Weile kam sie zurück. „Erledigt“, sagte sie.

„Wahrscheinlich schleichen Nachbars Katzen ums Haus“, erklärte Ramona. „Wir haben hier viele Freigänger und es ist gerade Paarungszeit. Da haben diese dummen Kater nichts anderes im Sinn, als den Katzen hinterherzusteigen. Und am Ende findet man sie überfahren auf der Straße. Ich habe hier auf der Elbuferstraße im vorigen Jahr drei Stück eingesammelt. Es bricht mir jedes Mal das Herz, wenn ich die kleinen toten Körper sehe.“

„Da hast du Recht“, sagte Marthe. „Meine Katzen sind zwar alle kastriert, aber wegen des Verkehrs lasse ich sie nicht aus dem Haus.“

„Nun sind wir ganz aus dem Thema gekommen“, sagte Ramona bedauernd.

„Es gibt auch nicht mehr viel zu berichten. Margrets Grundstück in Bütlingen steht zum Verkauf“, erläuterte Marthe. „Ich war gestern da. Der Nachbar erzählte es mir und im gleichen Moment erschien auch Margret Ahrens. Sie war aber schnell wieder weg, keine zehn Minuten war sie da. Eine unangenehme Person, da muss ich dir Recht geben.“

„Dann hast du bestimmt gesehen, wie verkommen dort alles ist“, meinte Ramona. „Richtig gruselig. Dabei war das früher einmal eine tolle Villa. Ihr Mann hat sich immer um den Garten gekümmert, wenn er mal zu Hause war.“

„Die Verwahrlosung kann ich bestätigen. Seit Jahren sind offenbar keine Fenster geputzt worden und der Garten gleicht einem Urwald. Es fehlen nur noch Affen und Elefanten. Da neuen Grund reinzubringen, dauert Jahre.“ Marthe schaute auf die Uhr. Fast zehn. „Ich muss langsam Richtung Heimat“, sagte sie bedauernd. „Meine Katzen warten bestimmt schon auf mich. Die sind es nicht gewohnt, allein zu sein.“

„Ganz schön verwöhnt, deine wilden Kätzchen. Es hört sich an, als ob du kleine Kinder zu Hause hättest und versorgen müsstest.“ Ramona lachte laut. „Wir können uns gerne noch einmal treffen. Es hat mir riesigen Spaß gemacht, mal wieder für Gäste zu kochen. Und sich mit dir zu unterhalten ist sehr anregend.“

„Vielen Dank für das Kompliment.“ Marthe neigte leicht ihren Kopf. „Aber du kannst auch mal zu mir kommen. Meine Leidenschaft ist Backen. Und Kräuter würde ich ebenfalls gerne anpflanzen. Da wäre dein Rat Gold wert.“ Marthe zog ihre Jacke an und griff ihre Tasche. „Du hast wunderbar gekocht“, lobte sie und reichte Ramona die Hand zum Abschied. „Außerdem saß ich nicht den ganzen Abend allein zu Hause.“

Ramona begleitete Marthe zur Haustür und schaltete die Außenbeleuchtung ein.

„Wieso stinkt es denn hier so penetrant nach Benzin?“, bemerkte Marthe und schnupperte ein paar Mal vernehmlich.

„Wahrscheinlich ist so ein Idiot mit einem kaputten Auspuff die Elbuferstraße entlang gebrettert“, meinte Ramona. „Oder ein Trecker?“ Auch sie rümpfte die Nase. „Der Gestank wird sich schon wieder verziehen.“ Sie zuckte die Achseln. „Direkt an der Elbe gibt es viel frische Luft und der Wind tut sein Übriges dazu.“

Marthe ging zu ihrem Wagen und stieg ein. Sie sah, wie Ramona die Tür verschloss, die Außenbeleuchtung aus-, dafür die Innenbeleuchtung einschaltete. Vorsichtig fuhr Marthe die Auffahrt rückwärts hinunter bis zur Straße und schlug Richtung Bütlingen ein. Um diese Uhrzeit begegnete ihr in Tespe so gut wie kein Auto, geschweige denn in Bütlingen. Da waren bereits sämtliche Bürgersteige hochgeklappt. In nur wenigen Fenstern brannte Licht. Marthe fuhr auf die Einfahrt zu ihrem Grundstück. Es war stockfinster. Sie überlegte, ob sie das Auto in die Garage fahren sollte, entschloss sich aber, es davor stehen zu lassen. Sie war jetzt zu faul, das Garagentor hochzufahren, aus dem Auto auszusteigen, und dann das Tor wieder runterzufahren.

37

Marthe stieg aus und verriegelte den Wagen. Es war so dunkel, dass sie kaum den Fußweg zu ihrem Haus erkennen konnte. ‚Merkwürdig', dachte sie. ‚Warum funktioniert der Bewegungsmelder nicht?' Ihr war gar nicht aufgefallen, dass er defekt war. Oder hatte Karl-Ludwig ihn ausgeschaltet? Morgen früh würde sie sich sofort darum kümmern.

Im Stockfinstern schlich Marthe zur Haustür. Den Haustürschlüssel hatte sie in der Hand. Das automatische Licht über der Eingangstür, das normalerweise viele Schritte vorher anging, reagierte ebenfalls nicht. Vorsichtig tapste Marthe die zwei Stufen hinauf. Doch was war das? Sie erschrak. Ihr blieb fast das Herz stehen. Die Eingangstür stand sperrangelweit auf. Vorsichtig ging sie Schritt für Schritt hinein. Wo waren ihre Katzen, die sie sonst sofort begrüßten, wenn sie nach Hause kam? Sie knipste das Flurlicht an, verharrte aber vorsichtshalber im Türrahmen.

„Max, Marie, Tom, Jerry!", rief sie panisch. Nichts rührte sich. Langsam schlich Marthe noch ein Stück vorwärts. Wenn sie eine Waffe gehabt hätte, würde sie die in diesem Moment ziehen. Hier stimmte eindeutig etwas nicht. Gott sei Dank gab eine Wolke in diesem Moment den Vollmond frei, der nun ein schemenhaftes, unheimliches Licht verbreitete. Rechts, direkt hinter dem Eingang, befand sich die Küche. Marthe fixierte den Küchenblock mit den asiatischen Messern, die im Mondlicht funkelten. Sie ließ dabei den langen Korridor nicht aus den Augen. Blitzschnell zog sie das Filetiermesser. Mit Entsetzen sah sie jetzt, dass ebenfalls die Tür zum Arbeitszimmer weit offen stand. Hatte sie vergessen, diese zu schließen? Garantiert nicht. Sie knipste rasch die Beleuchtung an. Totenstille. Marthe huschte, eng mit dem Rücken an der Wand, durch den Korridor. Gleichwohl waren die Türen zum Esszimmer und zum Bad weit geöffnet. So auch die zum Schlafzimmer, die grundsätzlich verschlossen war. Marthe drückte den Schalter für die Deckenbeleuchtung. Niemand befand sich in dem Raum, wie sie mit einem raschen Blick feststellte. Jetzt war Marthe überzeugt, dass in ihrem Haus eingebrochen worden war. Noch vorsichtiger, immer ein Auge nach hinten gerichtet, ging sie in Richtung Wohnzimmer und dem dahinterliegenden Wintergarten. Bevor sie den Raum betrat, lugte sie rechts und links um die Ecke. Blitzschnell betätigte sie den Dimmer, das Messer hielt sie einsatzbereit fest vor sich. Das Zimmer war leer, ebenfalls der Wintergarten, der vom Wohnraum nur durch einen riesigen bogenförmigen Durchgang optisch getrennt war. Dafür standen die Flügeltüren zum Garten und zum gesicherten Katzenfreilauf, die normalerweise durch ein Sicherheitsschloss von innen fest verriegelt waren, weit offen. Eine frische Brise kam ihr entgegen. Die Vorhänge flatterten im Wind. Marthe schaltete die Strahler der Außenbeleuchtung ein, die nun den gesamten Garten mit Licht durchfluteten. Anschließend prüfte sie den Schalter des Bewegungsmelders neben der Terrassentür. Ausgeschaltet. Nie stellte sie den aus. Auch Karl-Ludwig nicht. Sie schaltete die Melder scharf. Rings ums Haus herum gingen sofort alle Lampen an. Nun war es fast taghell.

Aber wo waren ihre Katzen? Marthe rief laut nach ihnen. Alles blieb totenstill. Fieberhaft rannte sie den langen Flur zurück zur Eingangstür, den Fußweg entlang bis zur Straße. Immer mit dem scharfen Messer in der Hand. Sie fingerte an ihrem Handy herum, bis sie endlich mit zitternden Fingern die Notrufnummer der Polizei traf. Im gleichen Augenblick hörte sie die Sirenen in den naheliegenden Dörfern heulen. Feuer? Auch das noch. Nach endloser Zeit meldete sich die Einsatzzentrale. Rasch schilderte sie die Situation und dass in ihrem Haus eingebrochen worden war. Sie gab die Adresse durch.

„Wir schicken jemanden", bekam sie kurz zur Antwort. Im selben Moment sah Marthe, wie sich ein Pkw eilig näherte. Sie sprang auf den Rasen, da der einspurige Teerweg keinen Bürgersteig besaß. Das Auto raste an ihr vorbei. ‚Wohl einer der freiwilligen Feuerwehrmänner', dachte Marthe. Sie wusste, dass weiter hinten in ihrer Straße ein Feuerwehrmann wohnte.

Mit zitternden Beinen blieb Marthe auf dem Rasen stehen, um auf die Polizei zu warten. Ins Haus traute sie sich nicht. Sie war sich nicht sicher, ob sich tatsächlich dort niemand mehr versteckt hielt.

Nach zehn Minuten kam immer noch niemand von der Polizei. Marthe hatte eiskalte Füße. Sie schaute zu ihrem Haus hinüber. Die Lampen in den Räumen waren alle an und der Garten wurde von den Scheinwerfern hell erleuchtet. Marthe überlegte, schaute hektisch nach rechts und links, ob sie nicht wenigstens eine ihrer Katzen erblickte. Es rührte sich nichts. Inzwischen war es fast elf. Sollte sie Karl-Ludwig anrufen? Sie verwarf den Gedanken. Karl-Ludwig würde über zwei Stunden brauchen, ehe er in Bütlingen war. Außerdem fuhr er äußerst ungern bei Dunkelheit und war sehr unsicher. Sein Leben wollte sie nun doch nicht riskieren. Inzwischen waren ihre Füße starr vor Kälte. Die Nässe des Rasens kroch ihre Beine hinauf. Mit klammen Fingern wählte sie die private Handy-Nummer von Andreas Cornelsen.

„Wieso weckst du mich mitten in der Nacht?", fragte er verschlafen.

Hastig und in kurzen Worten erzählte Marthe von ihrem

Erlebnis. „Ich stehe hier auf dem Seitenstreifen vor unserem Haus, mutterseelenallein und warte auf die örtliche Polizei, die einfach nicht kommt“, beklagte sie sich mit schriller Stimme. „Ich muss meine Katzen suchen“, warf sie hysterisch ein. „Sie müssen sich hier irgendwo versteckt halten. Womöglich sind sie verletzt!“

„Bleib mal ganz ruhig“, antwortete Andreas, hellwach geworden. „Du gehst nicht zurück in die Wohnung, solange nicht, bis die Polizei da ist. Hast du einen Nachbarn, bei dem du unterschlüpfen kannst?“

„Die schlafen alle. Hier ist kein einziges Fenster beleuchtet.“

„Dann klingele jemand raus“, meinte Andreas. „So spät ist es noch nicht. Heute ist Samstag. Da gucken sie irgendeine Show.“

„Ich muss jetzt meine Katzen suchen!“, wiederholte Marthe. Ihre Stimme überschlug sich.

„Verdammt. Du klingelst jetzt bei einem Nachbarn. Sofort und auf der Stelle. Ich mache mich mit ein paar Beamten auf den Weg.“

„Das dauert ewig“, maulte Marthe.

„Ich bin schon unterwegs. Lüneburg ist gleich um die Ecke.“ Andreas legte auf.

Marthe stampfte wütend und ohnmächtig mit dem Fuß auf. Aber auf der Straße in der Dunkelheit fühlte sie sich auch nicht wohl. Lediglich ihr Grundstück erstrahlte in heller Beleuchtung. Sie ging einige Schritte zum Nebenhaus und klingelte. Nichts. Sie klingelte nochmals. Im Flur wurde das Licht eingeschaltet, ein Schlüssel im Schloss gedreht und die Tür einen Spalt geöffnet.

„Was machst du denn hier?“, fragte die Nachbarin und starrte auf das Messer, das Marthe noch immer in der Hand hielt.

„Bei mir wurde eingebrochen“, erklärte Marthe lahm

und zeigte auf ihr hellerleuchtetes Haus. „Kann ich bei dir bleiben, bis die Polizei da ist?“

Susanne öffnete die Tür. „Komm rein“, sagte sie entsetzt. „Wann ist das passiert? Ich habe nichts gehört. Wer ist eingebrochen?“

„Keine Ahnung. Ich kam vorhin nach Hause, da waren alle Türen sperrangelweit offen. Vorne und hinten. Die Bewegungsmelder waren alle ausgeschaltet. Meine Katzen sind weg,“ schluchzte Marthe auf. „Sie können nicht draußen bleiben. Ich muss sie suchen.“

„Komm.“ Susanne führte Marthe in die Küche. „Ich mach einen Tee. Du siehst einfach schrecklich aus. Wie ein Nachtgespenst aus dem Totenreich.“ Jetzt erst bemerkte Marthe, dass sich ihre Haare gelöst hatten und ihr wirr über die Schultern fielen.

„Die örtliche Polizei kommt einfach nicht“, erklärte Marthe. „Ich warte bereits mehr als eine viertel Stunde. Dieses Scheißkaff bringt mich langsam um. Hier kümmert sich tatsächlich niemand um den anderen.“

„Beruhige dich“, sagte Susanne in einem behutsamen Ton. „Setzt dich hin und ruf noch mal an. Hast du denn vorhin die richtige Adresse angegeben?“

„Ich bin doch nicht blöd.“ Marthe stützte ihren Kopf auf.

„Aber ziemlich durcheinander.“ Susanne schüttete heißes Wasser über einen Teebeutel. „Trink mal. Das beruhigt und wärmt. Willst du einen Cognac dazu?“

„Ne, ich habe schon ein Glas Rotwein getrunken.“ Marthe nahm ein paar Schlucke. „Da, ich hör ein Auto.“ Sie sprang auf. „Ein Polizeiwagen. Gott sei Dank.“ Sie stürmte zur Tür hinaus direkt auf die Beamten zu.

„Wieso kommen Sie so spät? Ich warte schon über eine halbe Stunde!“, schrie sie erbost den Polizisten an.

„Beruhigen Sie sich“, murrte der Beamte. „Hier ist

gerade der Teufel los. In Tespe brennt ein Haus. Die Elbuferstraße ist komplett abgesperrt. Und eben haben wir über Funk gehört, dass ein weiteres Gebäude in Drennhausen brennt. Wir mussten erst mal alle Feuerwehren mobil machen. Heute ist Samstag."

„Was?" Marthe sah den Beamten entsetzt an. „Wo brennt es auf der Elbuferstraße?"

„Nun mal ruhig. Zeigen Sie uns mal Ihre Wohnung", mischte sich ein anderer Beamter ein. Marthe wies auf ihr hell beleuchtetes Grundstück. „Alle Türen standen sperrangelweit offen. Als ich kam, waren meine Bewegungsmelder ausgeschaltet, sodass ich es nicht sofort bemerkte, nur mich wunderte."

Während Marthe noch die Situation erklärte, fuhren zwei Wagen um die Ecke. Mit quietschenden Reifen bremste Andreas in der Auffahrt vor Marthes Haus und stieg aus.

„Gott sei Dank, da bist du ja. Und wie ich sehe, sehr lebendig." Er grinste unverschämt. „Du benimmst dich wie eine Dilettantin", tadelte er.

„Wer ist das?", wollte einer der Beamten wissen.

Andreas zückte seinen Ausweis. „Kripo Lüneburg", sagte er. „Frau Marthe Walther ist eine ehemalige Kollegin." Er zeigte mit dem Daumen auf Marthe.

„Wie bist du denn so schnell hierhergekommen?", fragte Marthe staunend.

„Wozu gibt es Blaulicht?"

Der andere Wagen parkte direkt hinter Andreas. Ein weiteres Auto fuhr in die Straße rein. „Tolles Aufgebot", meinte der örtliche Beamte ehrfürchtig. „Wir können wieder fahren? Ich glaube, wir haben eine lange Nacht. In der Elbmarsch ist gerade der Teufel los. Kümmern Sie sich um die Dame und den Einbruch?"

Andreas wechselte mit den Beamten ein paar Worte und

tauschte offenbar Namen und Telefonnummern aus. „Ich brachte die Spurensicherung gleich mit. Wir ermitteln gerade im Fall Elena Bartsch, die hier auf dem Grundstück gefunden wurde“, fügte er erläuternd hinzu.

Der Beamte tippte an seine Mütze. „Alles klar. Dann ist sie ja in den besten Händen.“ Er zeigte respektlos auf Marthe. Die beiden Polizisten stiegen in den Dienstwagen und fuhren los.

„Nun mal alles ganz in Ruhe und der Reihe nach“, sagte Andreas und ging mit Marthe in Richtung Haustür. Zwei Beamte folgten ihnen.

Marthe erklärte Andreas, dass sie kurz nach zehn zu Hause war, die Bewegungsmelder nicht reagierten und ihre Wohnungstür offenstand.

„Also bist du rein“, stellte er fest. „War dir nicht bewusst, dass das allein gefährlich ist? Hast du sämtliche Sicherheitsanweisungen für einen solchen Fall vergessen?“

„Natürlich nicht. Aber stell dir mal vor, du wärest in meiner Situation gewesen.“

„War ich aber nicht. Und anschließend?“

„Ich schnappte mir ein Küchenmesser, ging von Raum zu Raum. Nichts. Totenstille. Ich stellte fest, dass auch die Flügeltüren im Wintergarten weit offenstanden. Der Wind weht durchs Haus.“

„Selbstverständlich untersuchtest du anschließend alles lehrbuchmäßig“, griente Andreas.

„Ne. Ich bin rausgerannt und rief sofort die Polizei“, verteidigte sich Marthe.

„Wenigsten eine vernünftige Idee in dem ganzen Dilemma. Da hätte sonst was passieren können.“ Wieder grinste er unverschämt. „Kannst du jetzt endlich mal dieses Messer weglegen.“ Er wies auf Marthes Hand.

„Oh“, sagte sie und kam sich inzwischen selbst dilettantisch vor. Sie legte es auf den Wohnzimmertisch.

Andreas sah sich um. „Ist das dein Blut?“, fragte er und zeigte auf den hellen Teppich.

„Ne.“ Marthe starrte hinunter, bückte sich und tupfte hinein. „Fast frisch“, konstatierte sie.

Andreas winkte mit einem Kopfnicken die Spurensicherung herbei und deutete auf den Fleck. Sofort nahmen sie davon Proben.

„Hier ist noch mehr“, stellte Andreas fest. „Im Wintergarten auch und ebenso auf der Treppe zum Garten. Der oder die Täterin muss verletzt sein.“ Andreas prüfte die Türsicherung der Wintergartentüren. „Die sind nicht beschädigt“, meinte er. „Wohl von innen geöffnet. Peter, kannst du mal die Eingangstür prüfen? Fingerabdrücke und so weiter.“

Kurze Zeit später kam Peter zurück. „Keine Einbruchspuren“, erklärte er.

Andreas ging in den Garten. „Die Drahttür deines Katzengeheges ist ebenfalls offen“, sagte er zu Marthe. „Hast du das schon festgestellt?“

„So weit bin ich gar nicht gekommen. Ich bin sofort wieder vorne raus, als ich gesehen hatte, dass die Türen im Wintergarten offenstanden. Da war mir klar, dass hier eingebrochen worden war.“

Andreas winkte abermals den Beamten herbei und zeigte auf die Tür, die vom Wintergarten ins Katzengehege führte.

„Aufgebrochen“, meinte Peter. „Ist eine simpele Verriegelung, die jedes Kind knacken kann“, fügte er hinzu. Der Einbrecher hat offenbar die Gittertür des Katzengeheges aufgebrochen und anschließen die Tür, die in den Wintergarten führt.“

„Ich dachte, bei dir würde alles den Sicherheitsvorschriften entsprechen,“ wandte sich Andreas an Marthe und schüttelte den Kopf.

„Wir haben letztens das große Fenster zu einer Tür umbauen lassen“, erklärte Marthe und besah sich nun selbst den Zugang. „Eine einfache Fensterverriegelung“, stellte sie bedrückt fest.

„Ziemlich leicht aufzuhebeln“, bestätigte Andreas. Er sah sich um. „Hier in der Ecke wird niemand gesehen“, meinte er, „weder von der Straße noch von den angrenzenden Grundstücken. Perfekt für jeden Einbrecher. Was habt ihr euch denn dabei gedacht, mit dieser Konstruktion gerade die Diebe einzuladen? Du warst doch mal bei der Polizei.“ Andreas griente.

„Karl-Ludwig hat sich um den Umbau allein gekümmert“, brummte Marthe.

„Standen die Raumtüren alle offen, als du die Wohnung verlassen hast?“, fragte Andreas unbeeindruckt weiter.

„Arbeitszimmer- und Schlafzimmertüren habe ich geschlossen. Das mache ich immer, wenn ich aus dem Haus gehe. Wegen der Katzen.“

„Georg“, wandte sich Andreas an seinen Kollegen. „Nehmt Fingerabdrücke von den Klinken.“

„Wo ist Karl-Ludwig überhaupt?“, wollte Andreas wissen.

„Bei unserer Tochter in Mölln“, erwiderte Marthe. „Er ist heute früh gefahren. Altherrentreffen. Er übernachtet bei Cornelia und kommt morgen zurück.“

„Wusste jemand davon, dass du heute allein im Haus bist?“

Marthe schüttelte den Kopf. „Nicht, dass ich mich erinnere“, sagte sie. „Außer Ramona. Bei der war ich am Abend zum Essen.“

„Ramona, ist das eine dieser Freundinnen von Elena Bartsch?“, fragte Andreas überrascht.

„Ja. Ihr Name steht bereits in den Akten. Sie rief mich an, um mir noch etwas zu erzählen und hat für uns italienisch gekocht. Bis zu dem Zeitpunkt war es noch ein netter und gemütlicher Abend“, fügte Marthe sarkastisch hinzu.

„Wo genau wohnt Ramona?“

„Tespe, Elbuferstraße. Kaum zehn Minuten von hier.“

„Da, wo gerade der Großbrand ist?“ Andreas kniff die Augen zusammen.

„Wo ist denn überhaupt genau dieser Brand ausgebrochen?“ Marthe sah Andreas fragend an. „Ich hörte nur Sirenen und erfuhr, dass es irgendwo brennt. Als ich von Ramona nach Hause fuhr, habe ich keinen Brand wahrgenommen. Alles war ruhig.“

„Tespe, Elbuferstraße“, murmelte Andreas, zog sein Handy aus der Tasche und drückte eine Kurzwahl. „Mark, kannst du mir die exakte Adresse geben, wo es gegen zehn Uhr heute Abend in Tespe gebrannt hat oder noch brennt? Danke.“

„Er ruft sofort zurück“, erklärte Andreas sachlich, als bereits das iPhone klingelte. Andreas hörte geraume Zeit zu. „Danke.“

Er nannte Marthe die Anschrift und sah sie ernst an. „Das ist die Adresse von Ramona Kuhr!“

Entsetzt schlug Marthe die Hand vor dem Mund. „Dann muss das Feuer ausgebrochen sein kurz nachdem ich losgefahren bin.“

„Hmm. Du hast damit aber nichts zu tun?“ Andreas sah Marthe von unten herauf an.

„Nun ist aber langsam gut“, schimpfte Marthe. „Ich lade weder Einbrecher in mein Haus ein noch zünde ich mutwillig Häuser von Bekannten an.“ Marthe holte tief Luft. „Was ist mit Ramona Kuhr?“

„Sie hat Glück gehabt. Sie liegt mit einer Rauchvergiftung im Krankenhaus“, erklärte Andreas sachlich.

„Mein Gott.“ Marthe setzte sich in einen Sessel.

„Es gibt noch einen weiteren Brand“, sprach Andreas ungerührt weiter. „Etwa eine halbe Stunde später in Drennhausen.“ Er nannte die Adresse. „Sie löschen gerade.“

„Das Haus von Elena Bartsch!“, presste Marthe durch zusammengekniffene Lippen hervor.

Andreas nickte und sah Marthe eindringlich an. „Wer wusste genau, außer Ramona Kuhr und Theo Bartsch, dass du in diesem Fall recherchierst?“

„Karl-Ludwig, Frieda Heinecke“, erwiderte Marthe. „Mit ihr hatte ich ein längeres Gespräch.“

„Und Margret Ahrens?“

„Die habe ich nicht mal zehn Minuten gesehen“, sagte Marthe. „Sie hat mich sofort von ihrem Grundstück gejagt. Aber ich meine, es ihr gesagt zu haben, als ich mich auswies, weil sie meinte, ich wäre eine Interessentin für ihr Haus.“

„Noch wer?“

Marthe überlegte. „Die Buchlechners aus Bayern. Das ältere Ehepaar aus Drennhausen, also Martin mit dem Trecker, als ich beinahe mit meinem Auto steckengeblieben war.“

„Namen?“

„Wie hießen sie gleich? Martin und Frieda?“

„Hast du keine Nachnamen? Eine Adresse?“

„Ist das ein Verhör? Es steht in den Akten“, grummelte Marthe wütend. „Ich weiß aber genau, wo sie wohnen. Dann noch Hanna Jensen aus Drennhausen, diese gehässige Quasselstrippe. Ach ja, und Petra Bachmann, die Tesper Bildzeitung.“

Die Beamten nahmen währenddessen weitere Spuren und untersuchten auch Marthes Kellerräume.

Gegen halb drei in der Nacht verabschiedeten sie sich. „Wir melden uns, sobald wir Ergebnisse haben.“

„Du kannst in der Wohnung nicht alleine bleiben“, sagte

Andreas. „Hast du eine Freundin in der Nähe, bei der du schlafen kannst?“

„Ne. Ich kenne in Tespe kaum jemand.“

Andreas überlegte und sah auf die Uhr. „Ich schlaf für die paar Stunden hier“, erklärte er kurzentschlossen. „Gibt es Platz auf dem Sofa für mich?“ Er wies auf das Möbelstück.

„Natürlich.“ Marthe nickte. „Die ist sogar ausklappbar. Da könnten gut zwei Leute drauf nächtigen. Frisches Bettzeug liegt im Fach darunter.“

Marthe ging ins Arbeitszimmer und kramte eine Katzentransportbox hervor. Anschließend legte sie das Behältnis mit einem Katzenkissen aus und stellte es in den Flur. Eine weitere Box holte sie aus dem Esszimmer. Die gleiche Prozedur. Sie tappte in den Keller hinunter. Dort befanden sich noch zwei weitere Boxen. Als sie diese herunterholen wollte, purzelten ihr gestapelte Kisten und Kästen um die Ohren und machten einen Höllenlärm. Sofort stand Andreas in der Tür.

„Was treibst du hier? Spinnst du?“, fluchte er.

„Ich muss meine Katzen fangen“, äußerte sich Marthe ungerührt. „Die irren irgendwo mutterseelenalleine umher.“

„Jetzt? Im Keller?“ Er tippte sich an die Stirn. „Bist du vollends verrückt geworden.“

„Nein, nun werde ich langsam wieder klar.“ Flüchtig räumte sie die Kartons beiseite, schnappte sich die Boxen und ging wieder nach oben. Andreas folgte ihr kopfschüttelnd.

Auch in diese Boxen drapierte sie gebrauchte Katzendecken, die auf Sesseln in der Wohnstube lagen.

„So“, sagte sie mehr zu sich selbst, griff nach zwei Boxen und den Haustürschlüssel.

„Wo willst du hin?“, brüllte Andreas.

„Natürlich nach draußen“, brüllte Marthe zurück. „Die Katzen müssen hier irgendwo in der Nähe sein. Wahrscheinlich völlig verängstigt bei dem ganzen Rummel. Und wenn du weiterhin hier so rumschreist, kommen sie garantiert auch nicht freiwillig wieder in dieses Haus.“

Marthe stellte die Körbe auf das Grundstück an der Vorderfront des Hauses, die anderen beiden in den Garten auf die Terrasse und in das Freigehege, dessen Gittertür sperrangelweit offenstand. Anschießend befüllte sie Futternäpfchen und wiederholte ihr Vorgehen von gerade, zwei Näpfchen nach vorne und zwei nach hinten.

„Bist du nun endlich fertig?“, fragte Andreas mürrisch. Inzwischen war es halb vier. „Ich hau mich jetzt mal hin“, fügte er grimmig hinzu.

„Würde es dich stören, wenn wir die aufgebrochene Terrassentür zum Katzengehege einen Spalt auflassen“, wisperte Marthe kleinlaut. „Vielleicht kommen die Katzen durch die Tür wieder zurück. Den Weg kennen sie.“

Andreas stöhnte.

„Es ist nicht mehr so kalt“, schnurrte Marthe kleinlaut.

„Mach, was du willst. Ich nehme jetzt ne Mütze Schlaf.“ Andreas machte es sich bequem und zog sich die Bettdecke über den Kopf. Vorsichtshalber ließ er das kleine Tischlämpchen an.

Marthe ging ins Schlafzimmer. Sie schaltete die Deckenbeleuchtung aus, dafür ebenfalls das Nachttischlämpchen an. Schlafen konnte sie nicht. Sie war überzeugt davon, dass ihr Blutdruck mindestens zweihundertzwanzig betrug. Es hämmerte in ihrem Kopf.

Marthe zog sich nicht aus, sondern legte sich angekleidet aufs Bett und starrte an die nur leicht beleuchtete Decke. Kurz nach sechs würde die Sonne wieder aufgehen.

Sie horchte in die Dunkelheit. Es war totenstill. Karl-Ludwig fehlte ihr, der normalerweise neben ihr schnarchte.

Jetzt vermisste sie das Geräusch, obwohl es sie sonst aggressiv machte. Aber heute hätten ihr die gleichmäßigen Töne gezeigt, dass alles in bester Ordnung war. Aber nichts war in Ordnung. Still blieb Marthe auf dem Rücken liegen. Plötzlich meinte sie, ein kaum vernehmbares Gurren zu hören. Nein, sie hatte sich wohl verhört. Doch wieder dieses Gurren. Tom und Jerry gurrten wie Täubchen, wenn sie Leckerlis oder auf sich aufmerksam machen wollten. Meist gurrten sie leise und verhalten, beinahe zärtlich.

Marthe stand leise auf. Sie war sich sicher, dass das Gurren unmittelbar aus dem Schlafzimmer kam. Geräuschlos schloss sie die nur angelehnte Schlafzimmertür. Sie fixierte jeden Winkel, jede Ecke, schaute auf den Kleiderschrank, in den Kleiderschrank, hinter die Gardinen und den Wäschekorb. Dann bückte sie sich, legte sich flach auf den Bauch und blickte unters Bett. Dort befanden sich nur zwei verschließbare Unterbettkommoden, in denen sie die Woll- und Sommerdecken verwahrte. Marthe zog eine hervor und stellte sie hochkant an den Nachttisch. Anschließend ging sie auf die andere Seite des Bettes und zog die weitere Schutzhülle heraus.

Zwei ängstliche Augen blinkten ihr entgegen. Völlig zusammengekauert erkannte sie Jerry. „Jerrylein“, flüsterte Marthe und streckte einen Arm aus. „Hier hast du dich versteckt?“ Vorsichtig schob sie ihre Hand vor seine Nase, sodass der Kater an ihren Fingern schnuppern konnte. Jerry wich zurück und kauerte sich noch mehr zusammen. Marthe überlegte, wie sie ihn hervorlocken könnte. Dann unterließ sie es. Er musste erst einmal wieder Zutrauen fassen. Wer weiß, was er erlebt hatte.

Tom und Jerry waren ihre beiden Wildis, die sie ab der zwölften Woche aufgepäppelt hatte. Sie waren im Laufe des letzten Jahres zutraulich ihr gegenüber geworden, jedoch bei Fremden versteckten und verkrochen sie sich sofort. Marthe durfte sie streicheln, sie kamen freiwillig zu ihr, wenn sie nach ihnen rief, und nahmen Leckerlis aus ihrer Hand. Aber sie ließen sich nicht auf den Arm nehmen. Sie hatten schon früh auf der Straße von ihrer Mutter gelernt, sich bei Gefahr ganz klein und unsichtbar zu machen.

Marthe ließ die Schlafzimmertür geschlossen, damit ihr Jerry nicht wieder entschlüpfen konnte. Vielleicht hatte sich auch Tom im Haus irgendwo versteckt.

Sie schaute auf die Uhr. Inzwischen war es halb sechs. Sie stand leise auf, zog sich eine Jacke über und verließ das Schlafzimmer. Hinter sich schloss sie die Tür sorgfältig. Jerry blieb somit in Sicherheit. Marthe lugte ins Wohnzimmer. Andreas schien tatsächlich zu schlafen. Sie ging in die Küche und holte sich eine Schachtel Zigaretten und das Feuerzeug. Anschließend schlich sie hinaus und setzte sich auf die Bank, die sich im Windschatten neben der Eingangstür befand. Der Mond erhellte die Dunkelheit. Schemenhaft erkannte sie die Bäume und Sträucher. Marthe erhob sich und prüfte die Boxen vor dem Haus. Leider lag keine Katze darin. Aber aus einem Futternapf hatte sich jemand bedient. Ob es eine der fehlenden Katzen war? Oder ein Igel? Zu sehen war nichts.

Sie ging zurück zur Gartenbank und zündete sich eine weitere Zigarette an. Gegen sieben wollte sie Karl-Ludwig anrufen. Sie zog kräftig an dem Glimmstängel und blies den Rauch mit einem tiefen Seufzer aus.

Marthe wollte sich nicht wieder hinlegen. Sie war hellwach. Sie griff erneut nach der Zigarettenpackung, als sie plötzlich eine Bewegung an ihrer Wade spürte. Ein leises Miauen erklang. Marthe lächelte verhalten. „Mäxchen“, flüsterte sie in die Dunkelheit. Sie beugte sich hinunter. Die weiße Blesse des Katers war zu erkennen. Er sah ängstlich zu ihr hoch. Marthe streckte beide Hände aus und fasste unter seinem Bauch. Vorsichtig nahm sie das Tier hoch und auf den Arm. Er kuschelte sich eng an sie. Sie wickelte ihre Jacke um den kleinen, zitternden Körper und drückte ihn fest an ihre Brust. „Nun bist du in Sicherheit“, flüsterte sie und legte ihren Kopf auf seine warmen Öhrchen.

Langsam stand sie auf, Max fest an sich gedrückt, und ging zurück in die Wohnung. Sie brachte den Kater ebenfalls ins Schlafzimmer und verschloss wiederum sorgfältig die Tür. Die Anwesenheit von Max würde bestimmt auch Jerry beruhigen.

Anschließend schlich Marthe wieder hinaus. Wenn Max draußen war, vielleicht konnte sie Tom und Marie gleichwohl hier finden. Ihre Augen gewöhnten sich an die Dunkelheit. Sie ärgerte sich, dass sie keine Taschenlampe mitgenommen hatte. Damit hätte sie die reflektierenden Augen ihrer Katzen im Gebüsch erkennen können.

Marthe huschte ums Haus herum, bis hinten zum großen Garten. Sie suchte das Gebüsch ab. Auf dem neubepflanzten Beet war keine Katze zu erblicken, im Gestrüpp bewegte sich nichts. Die Tür des Katzengeheges stand weit offen, beide Futternäpfe waren unberührt.

„Was schleichst du hier rum?“ Marthe erblickte Andreas im Türrahmen.

„Pst“, flüsterte Marthe. „Ich habe schon zwei Katzen gefunden und im Schlafzimmer eingesperrt. Es fehlen nur noch Marie und Tom.“

„Du mit deinen Katzen“, knurrte Andreas und marschierte wieder hinein. Marthe folgte ihm.

„Sag mal, kann ich bei dir duschen?“, fragte Andreas.

„Du weißt doch, wo das Bad ist. Dusch so viel du willst, wenn dir danach ist. Gel, Cremes, Kämme und Bürsten stehen auf der Ablage.“

Marthe ging in die Küche und kochte Kaffee. Sie schaute auf die Uhr. Halb sieben. Es dämmerte bereits. Gleich würde sie Karl-Ludwig anrufen. Sie hörte, wie

Andreas im Bad fertig war. „Kaffee steht da.“ Sie zeigte auf die Ablage, als er, nur mit einer Unterhose bekleidet, im Türrahmen erschien. „Stark und schwarz“, sagte Marthe. Wenn die Angelegenheit nicht so ernst gewesen wäre, würde sie über diese kuriose Situation wahrscheinlich einen Lachanfall bekommen. Aber ihr war überhaupt nicht nach Lachen zumute.

„Den kann ich gut gebrauchen“, murmelte Andreas und ging zurück ins Wohnzimmer, um sich anzukleiden. Marthe stellte Becher und Zucker neben die Kanne. Schweigend tranken sie die heiße Flüssigkeit, nachdem Andreas frisch gewaschen und angezogen zurück in die Küche kam.

„Nun müssen wir warten“, murmelte Marthe, um die Stille zu durchbrechen.

„Vor zehn werden wir keine Ergebnisse bekommen“, sagte Andreas. „Wir können nur hoffen, dass in den Datenbanken die DNA vorhanden ist und uns zum Täter führt. Ansonsten plädiere ich dafür, dass du für einige Zeit mit Karl-Ludwig woanders unterschlüpfst.“

„Du meinst, dass wir hier nicht sicher sind?“

Andreas wiegte zweifelnd den Kopf hin und her. „Wir kennen nicht einmal das Motiv. Es wurde in deinem Haus nichts gestohlen. Das war kein einfacher Diebstahl.“

„Siehst du eine Verbindung zwischen den Bränden und den Einbruch bei mir?“ Marthe strich sich die Haare aus der Stirn. Ein Blatt, das sich offenbar bei der Suche nach den Katzen darin verfangen hatte, fiel dabei in ihren Kaffeebecher.

„Wir müssen die Untersuchungen abwarten.“ Andreas goss seinen Becher nochmals voll. Der Kaffee dampfte und verbreitete seinen Duft. „Ich denke, die zuständigen Spurensicherungen werden nun auch die beiden Brände vergleichen. Es kann alles ein Zufall sein, aber ich glaube einfach nicht daran.“

Marthe ging ins Arbeitszimmer und rief ihre Tochter Cornelia an. Sie erklärte, was in der Nacht vorgefallen war und dass Andreas Cornelsen bei ihr wäre. „Sag Papa, es ist soweit alles in Ordnung", fügte Marthe hinzu. „Du weißt, wie schnell er sich aufregt."

„Ich komme mit, wenn Papa nach Hause fährt", sagte Cornelia. Marthe war das klar. Cornelia würde sich Sorgen machen. Mama allein zu Hause.

Als Marthe über den Flur zurück ins Wohnzimmer ging, hörte sie ein ungeheures Gepolter von der Kellertreppe her. Andreas sprang sofort auf, zückte die Waffe und wies Marthe an, hinter ihm zu bleiben. Er lugte durch die immer noch offene Kellertür. Dann drückte er auf den Lichtschalter. Mit vorgehaltener Waffe schlich Andreas die Treppe hinunter. Blitzschnell stupste er die Tür zum Kellerraum auf und schwenke die Waffe genauso schnell hin und her. Dann senkte er sie betont langsam hinunter. Marthe versuchte vergebens, neben und über ihn etwas zu erkennen. Ein aussichtsloses Unterfangen bei Andreas seinem breiten Rücken.

Ein empörtes, lautes Miauen kam ihr entgegen. Das Weinregal war umgefallen. Etliche Flaschen lagen zerbrochen auf dem Boden. Es stank entsetzlich nach Alkohol. Mitten im Raum in der stinkenden Weinlache stand Marie und blickte Marthe vorwurfsvoll an.

Marthe bückte sich. Streichelte dem Kätzchen über den Kopf. „Hier hattest du dich also versteckt", meinte sie. Marie schmiegte sich an Marthe. Sie nahm das Tier auf den Arm und ging mit ihr in die Wohnung, stellte sie auf den Küchentisch und holte einige Leckerlis hervor. Marie fraß mit Appetit, guckte erwartungsvoll auf das Päckchen und wechselte ungeduldig von einem Pfötchen auf das andere. Marthe gab ihr weitere Knuspertaschen. Heute war eine Ausnahme.

„Du bist schmutzig und stinkst nach Alkohol“, murmelte Marthe und strich Marie ein paar Staubwolken aus dem Fell.

Andreas schaute Marthe zu. „Fehlt nur noch der Kater“, konstatierte er sachlich.

„Ja“, bestätigte Marthe. „Nur Tom. Schade, dass die Katzen nicht sprechen können. Sie wissen was passiert ist und könnten den Täter genau beschreiben.“

Marthe brachte Marie ebenfalls ins Schlafzimmer. Max und Jerry lagen einträchtig auf dem Bett und dösten. Nur mit einem blinzelnden Auge sahen sie Marthe an. Sie setzte Marie auf ein Kissen und ging wieder ins Wohnzimmer.

Andreas hockte gebückt im Wintergarten. „Es gibt hier zwei Blutspuren“, murmelte er. „Eine führt direkt von hier zur großen Terrassentür und dann in den Garten, eine weitere zur kleinen Tür und dann ins Katzengehege.“

„Mehrere Täter?“, fragte Marthe.

Andreas öffnete die Flügeltüren. Auf den Steinplatten und im Rasen erkannte Marthe einige Tropfen Blut. Eine Spur von niedergetretenem Gras führte bis zum Runzelgraben. Zusätzlich war das hohe Schilfgras an einigen Stellen heruntergetreten. Andreas kam zurück. Er ging den Blutspuren nach, die sich auf den Stufen zum Katzengehege befanden. Auf der Schwelle war eine Tatze zu erkennen, so, als ob eine blutende Pfote über die Platten gegangen war. „Guck mal“, murmelte Andreas. „Das ist eindeutig der Fußabdruck einer Katze.“

„Etwa Tommys? Jerry, Max und Marie sind unverletzt“, sagte Marthe und bückte sich ebenfalls. Von der Türschwelle führten zwei Tritte direkt in den Freilauf. Hier war nichts zu erblicken. In gebückter Haltung kroch Marthe die Treppe hinunter und suchte die Steinplatten des Geheges ab. War da nicht noch ein Tropfen? Ganz in der Nähe des Kratzbaumes, den sie an der Hauswand befestigt hatte.

Dahinter war ein Hohlraum im Mauerwerk, zwischen unterer Schlafhöhle und der darüberhängenden Katzenschaukel. Marthe rückte die Schlafhöhle ein Stück zur Seite. Und da saß er im Hohlraum des Mauerwerkes, völlig zusammengekauert und wie ein Häufchen Elend – Tom. Er schaute ängstlich hoch, machte keinerlei Anstalten, wegzulaufen. Und was noch schlimmer war – er fauchte nicht einmal.

„Was ist denn mit dir?“, fragte Marthe sanft und strich ihm über das Fell. Er rührte sich nicht. Marthe sah, dass vor ihm eine kleine Blutlache war, in der sein Pfötchen lag. Sie drehte sich um. „Andreas, kannst du mir bitte die Transportbox von dort hinten holen?“ Sie zeigte in den Garten, wo sie in der Nacht die Box hingestellt hatte. Er reichte sie Marthe zu. Sie drückte die Schlafhöhle noch ein Stück beiseite, sodass der Korb dazwischen passte. Vorsichtig griff sie nach Tom, der sich nicht wehrte, obwohl er sich niemals auf den Arm nehmen ließ. Marthe hob ihn vorsichtig an und setzte ihn sanft in die Box auf das Kissen. Sie schloss die Metalltür, trug die Box behutsam in die Wohnung und stellte sie auf dem Küchentisch ab. Sie entfernte das Oberteil der Katzenbox. „So ein armes Häufchen Elend“, murmelte sie und streichelte sein Fell. Eine Pfote lag schlapp neben dem Kater. Sie sah irgendwie verdreht aus. Marthe erkannte, dass zwei Krallen herausgerissen und die Wunde offen war. Daher kam wohl das Blut. Sie holte ein Näpfchen mit Futter und eines mit Wasser und stellte beides in die Box. Tom rührte sich nicht. Marthe verschloss den Transportkorb.

„Ich muss sofort in die Tierklinik“, erklärte sie „Tom geht es nicht gut. Er scheint schwer verletzt zu sein.“

„Das auch noch.“ Andreas stöhnte und fasste sich an den Kopf.

Marthe machte sich rasch etwas frisch, schnappte die

Katzenbox und startete in Richtung Lüneburger Tierklinik. „Du machst das hier schon! Ich rufe euch an! Und lass die Schlafzimmertür geschlossen! Nicht aufmachen!“, rief sie Andreas zu und brauste davon.

38

Als Marthe um kurz vor zehn wieder auf die Auffahrt fuhr, sah sie, dass sowohl Karl-Ludwig als auch ihre Tochter bereits eingetroffen waren. Mit vier Autos war der Vorhof nun endgültig voll.

Andreas war gerade dabei, ihrer Familie zu erklären, was in der Nacht vorgefallen war. Karl-Ludwig stand sofort auf und drückte Marthe liebevoll einen Kuss auf die Stirn. „Es tut mir so leid. Wäre ich nur zu Hause geblieben. Ich mache mir große Vorwürfe.“

„Wer weiß, was dann passiert wäre“, meinte Marthe lahm. „Es ist noch einmal gut ausgegangen.“

„Es kommt nachher jemand, der Sicherheitsschlösser und Alarmanlagen anbringt“, mischte sich Cornelia ein. „Was ist mit Tommy?“, wollte sie besorgt wissen, da Marthe ohne Katzenbox nach Hause gekommen war.

„Er ist in der Klinik und schläft seinen Rausch aus“, sagte Marthe. „Heute Nachmittag kann ich ihn wieder abholen, wenn alles gut geht.“

„Was ist mit ihm geschehen?“ Karl-Ludwig sah Marthe besorgt an. Er wusste, wie sehr sie an ihren Katzen hing.

„Keine Ahnung. Zwei Krallen sind rausgerissen. Die Wunde war offen und musste genäht werden. Der rechte Vorderlauf ist gebrochen. Sein Pfötchen wurde gerichtet und geschient. Er darf nicht springen und muss ruhiggestellt werden. Er hat noch einige Prellungen auf dem Rücken, als ob er mit einem harten Gegenstand geschlagen worden wäre. Gott sei Dank keine ernsthaften inneren

Verletzungen. Ein Reißzahn ist rausgebrochen. Das ist aber nicht so schlimm.“ Marthe stütze den Kopf in die Hände. „Es sieht fast so aus, als ob unser Tommy heute Nacht hart gekämpft hätte.“

„Der arme kleine Kerl“, sagte Cornelia. „Wie gut, dass du die anderen drei so schnell gefunden hast. Ich habe sie vorhin gefüttert, aber erst einmal im Schlafzimmer gelassen, damit sie zur Ruhe kommen.“

„Danke.“

Andreas lief unruhig hin und her. Er wartete offenbar auf den Anruf aus der Dienststelle. Kurz vor elf klingelte sein Handy. Marthe, Karl-Ludwig und Cornelia blickten ihn erwartungsvoll an. Bis auf „ja“, „interessant“, „machen wir“ und „schickt mir Beamte vorbei“ vernahmen sie nichts.

Andreas legte auf und lehnte sich an die Küchenablage.

„Und?“ Marthes Augen waren weit aufgerissen.

„Ich glaube, wir haben heute noch eine Menge zu tun“, erklärte Andreas ernst. „Ihr könnt jedenfalls nicht im Haus bleiben“, wandte er sich an Marthe und Karl-Ludwig.

„Warum?“, fragte Karl-Ludwig und sah Andreas ungläubig an.

„Die Blutspuren“, begann Andreas langsam und rieb sich seine Stirn. Man sah ihm an, dass er kaum geschlafen hatte. „Also die DNA der Blutspuren und die Fingerabdrücke hier im Haus sind identisch. Neben diesen Blutspuren fand die Spurensicherung auch eine zweite Blutspur. Die Untersuchung ergab, dass es sich hierbei um eine Katze handeln müsste.“ Jetzt grinste Andreas.

„Das wissen wir bereits“, giftete Marthe ihn an und dachte an ihren Tommy, der arg zugerichtet worden war und nun in der Klinik lag. „Befand sich die DNA in der Datenbank?“ Marthes Ton nahm einen scharfen Klang an.

„Nein“, sagte Andreas knapp. „Aber die DNA war

bekannt. Es ist dieselbe DNA wie die auf dem Bügel der roten Handtasche von Elena Bartsch, die wir gefunden hatten."

„Dann war Elenas Mörder bei mir im Haus?" Marthe riss die Augen auf. Auch Karl-Ludwig und Cornelia stierten Andreas entsetzt an.

„Tja", erklärte Andreas langgezogen. „Das ist zwar nicht erwiesen, aber stark anzunehmen. Deshalb seid ihr hier nicht sicher, solange wir nicht die Identität der Person kennen, oder besser, sie gefasst haben."

„Das kann ewig dauern", stöhnte Marthe und stützte ihren Kopf in die Hände.

„Sie untersuchen noch, ob es sich um eine weibliche oder männliche DNA handelt. Dazu war die Zeit zu kurz."

„Warum hast du weitere Beamte angefordert?" Erneut sah Marthe Andreas fragend an. „Vermutest du etwas?"

„Otto meint, dass es sich bei den Bränden in Tespe und Drennhausen um Brandstiftung handelt. Das wird gerade untersucht. Ich würde mich da gerne einklinken, weil wir inzwischen über die DNAs verfügen. Vielleicht finden wir einen Zusammenhang und vor allem Spuren."

„Damit könntest du Recht haben. Das Haus von Elena und das Haus von Ramona. Der Einbruch bei mir. Jemand hatte also Kenntnis davon, dass ich in der Sache involviert bin. Was will der Mörder vertuschen?"

Andreas nickte. „Wir sollten die Häuser von Frieda Heinecke und Margret Ahrens ebenfalls nach Spuren untersuchen. Auch die beiden Frauen wären folglich in Gefahr."

„Was machen wir jetzt?" Marthe sah Andreas erwartungsvoll an.

Er schaute auf die Uhr. „Die Spurensicherung müsste spätestens in einer halben Stunde hier sein."

Marthe ging ins Schlafzimmer und tauschte ihre Garderobe gegen eine Jeans und Pullover. Sie trug immer noch das Kleid, dass sie am Abend zuvor bei Ramona getragen hatte.

Es dauerte keine zwanzig Minuten, als die Beamten auf dem Hof eintrafen. Flugs schnappte Marthe ihr iPhone und die Handtasche. Eine Kamera befand sich ebenfalls darin.

„Könnt ihr bitte am Nachmittag Tommy abholen?“, fragte sie Cornelia und Karl-Ludwig. „Die Tierklinik meldet sich. Ich weiß nicht, wann ich wieder zurück bin.“

Andreas stand bereits wartend an der Haustür. „Dann mal los“, sagte er unternehmungslustig. Seine Müdigkeit schien verflogen zu sein. Marthe stieg bei Andreas in den Wagen. Die Beamten fuhren hinter ihnen her.

Als sie in die Elbuferstraße einbogen, witterte Marthe den Brandgeruch. Ein kleines Stück weiter sah sie Ramonas Haus. Es war rußgeschwärzt, sah aber von der Straßenseite noch intakt aus. Es war also nicht komplett abgebrannt. Die buntbemalten hölzernen Ostereier baumelten an den Sträuchern. Ein kurioser Anblick, wie Marthe empfand.

Sie und Andreas verließen das Auto und gingen die Auffahrt hinauf. Andreas wies sich aus. Er fragte nach dem Beamten, der die Aufsicht hatte. Dieser befand sich auf dem hinteren Teil des Grundstückes. Marthe erschrak, als sie um die Ecke bog. Der Schuppen und Ramonas Werkstatt waren total zerstört. Überall lagen die Scherben ihrer Töpferarbeiten, zerbrochene Gläser sowie verkohlte Kräuter. Auch der Garten war in Mitleidenschaft gezogen. Die sorgfältig gepflegten Beete glichen einer schwarzen, matschigen Moorlandschaft.

„Das Feuer ist hier ausgebrochen“, sagte der Beamte und zeigte auf den verkohlten Boden.

„Also direkt am Holzschuppen?“, wollte Marthe wissen.

„Genau. Erst nahmen wir an, dass es von dem Ton-

Brennofen stammt. Dann stellten wir fest, dass eine Benzinspur gelegt und angezündet worden war."

„Benzin?" Marthes Stimme nahm einen schrillen Ton an. Sofort beruhigte sie sich wieder. Sie wandte sich an Andreas. „Als ich gestern Abend zurückfuhr, bemerkte ich, dass es hier nach Benzin roch. Ramona wehrte ab und meinte, dass es von einem schadhaften Auspuff oder einem alten Trecker kommen würde. Aber", Marthe machte eine Pause, „während wir drinnen saßen und uns unterhielten, ging ständig der Bewegungsmelder an und aus. Ramona schaltete ihn ab, weil sie das ständige Geflacker nervös machte. Sie war der Ansicht, dass die läufigen Freigängerkatzen ihn auslösen würden."

„Ihr Weiber seid mir schon ein paar Herzchen." Andreas schüttelte den Kopf. „Da schleicht der Brandstifter und wohl auch Mörder von Elena Bartsch ums Haus herum, bereitet alles vor und ihr sitzt seelenruhig in der Stube, trinkt Wein und tratscht. Zusätzlich legt ihr die Anlage lahm, damit er ungestört weitermachen kann. Und zu allem Überfluss denkt ihr an läufige Kater." Er tippte sich an die Stirn. „Blöder kann man doch gar nicht mehr sein."

„Es reicht", fauchte Marthe und wandte sich ab.

„Was?" Nun wurde auch der Diensthabende aufmerksam. „Der Mörder von Elena Bartsch war das?"

„Gibt es, außer den Benzinspuren, irgendwelche andere Spuren, die auf die Identität des Täters hinweisen könnten?", fragte Marthe ungerührt und vollkommen sachlich, ohne auf seine Frage einzugehen.

„Bis jetzt sind wir noch nicht soweit", sagte er ehrfürchtig. „Wir haben die Nachbarn befragt. Frau Kuhr kann froh sein, dass neben ihr der alte Brandmeister der Freiwilligen Feuerwehr wohnt. Er hat den Braten sofort gerochen und blitzschnell reagiert. Innerhalb kürzester Zeit war die Feuerwehr hier, während die Nachbarn bereits unter seiner

Anleitung professionell mit Wassereimern und Gartenschläuchen das Haus sicherten und den Brand auf diese Weise in Schach hielten."

„Sind noch weitere Personen zu Schaden gekommen?"

„Nur Frau Kuhr selbst. Sie wollte wohl ihr Atelier retten. Sie liegt mit einer Rauchvergiftung im Winsener Krankenhaus, ist aber inzwischen außer Lebensgefahr."

„Haben die Anwohner etwas beobachtet?", fragte Andreas und sah Marthe schuldbewusst von der Seite an.

„Die saßen alle um diese Uhrzeit vorm Fernseher und schauten sich die Show an. Wir nehmen an, dass der Brandstifter nicht von der Hauptstraße kam, sondern vom Deich über den Garten. Da vorne", er wies nach rechts, „von da kann man fast unbemerkt mit dem Auto bis zum Deich fahren, dann nur noch ein kurzer Fußweg. Genauso der Rückweg."

„Das gucken wir uns gleich an", meinte Andreas. „Haben Sie Fußspuren im Gras gefunden?"

„Schauen Sie sich das an", sagte der Diensthabende. „Alles verbrannt und den Rest hat das Löschwasser erledigt."

„Hm". Andreas sah sich um. „Kommst du mit, altes Mädchen?", fragte er Marthe und marschierte los.

Sie sputete sich, um ihm zu folgen. „Was hast du vor?", wollte sie wissen.

„Deichspaziergang im Frühling", erwiderte er grinsend. „War vorhin nicht so gemeint", fügte er hinzu. „Ich habe mir nur Sorgen um dich gemacht."

„Okay. Ich habe es auch nicht so aufgefasst. Aber ein paar Minuspunkte wegen Unverschämtheit sollten wir schon in deine Personalakte eintragen lassen."

Er sah Marthe verschmitzt von der Seite an. „Erinnerst du dich, dass dein Superkater Tommy eventuell dafür gesorgt hat, dass unser Mörder oder Brandstifter verletzt sein muss? Vielleicht finden wir hier einen Tropfen Blut."

„Hier? Wie soll denn die Person gleichzeitig bei mir und bei Ramona gewesen sein?"

„Ist sie nicht", meinte Andreas lakonisch. „Wann bist du nach Hause gefahren?"

„Ich war gegen halb zehn zurück, Fahrzeit bis Bütlingen etwa fünf Minuten."

„Wann habt ihr den Bewegungsmelder abgeschaltet?", fragte Andreas geduldig weiter.

„Gerade, als es Dunkel wurde, ab halb neun etwa." Marthe schloss die Augen und ließ den Zeitablauf Revue passieren.

„Ich vermute, dass der Täter vorher bei dir war, also in der Dämmerung. Er oder sie ist vom Katzengehege aus eingedrungen, völlig unbeobachtet und geräuschlos, weil nicht einsehbar und zusätzlich schlecht abgesichert. Dann hat er oder sie in aller Seelenruhe die Bewegungsmelder ausgeschaltet. Du kannst von Glück sagen, dass du zu diesem Zeitpunkt nicht zu Hause warst." Andreas strich sich die Haare aus der Stirn, die der Wind von der Elbe her ihm ins Gesicht blies.

„Du meinst, sonst hätte er mich umgebracht?", fragte Marthe ungläubig.

„Das nehme ich mal stark an. Ich gehe auch davon aus, dass er wusste, dass du genau zu diesem Zeitpunkt alleine warst. Nun traf er dich aber nicht an. Deshalb die aufgerissenen Türen zum Beispiel zum Schlaf-, Arbeits- und Badezimmer. Wütend hat er sich anschließend an den Katzen ausgelassen und sie aus dem Haus gejagt. Oder er wollte Tommy greifen und die anderen Katzen sind ängstlich geflüchtet. Das wissen wir nicht. Jedenfalls spielt der Kater eine wesentliche Rolle in dem Drama, wenn man seine erheblichen Verletzungen berücksichtigt. Schade, dass er uns nichts erzählen kann."

„Aber warum ich? Was macht das für einen Sinn?“

„Er oder sie hatte offenbar noch mehr vor. Vielleicht bis du ihm in die Quere gekommen. Er muss dich beobachtet haben.“

„Und danach ist er zu Ramona gefahren, als er mich nicht antraf?“ Marthe, die sonst immer die Logische war, schüttelte verständnislos den Kopf.

„Für mich ist das schlüssig.“ Andreas blieb stehen und sah Marthe an. „Bei Ramona sah er deinen Wagen stehen und wusste, dass du mit ihr zusammen warst. Damit hatte er die Möglichkeit, euch beide gleichzeitig zu erledigen.“

„Und ich habe mich zu früh von meiner Gastgeberin verabschiedet?“ Marthe steckte die Hände in die Anoraktaschen, da die Fingerspitzen kalt wurden.

„So könnte es gewesen sein. Ihr habt ihm durch das Ausschalten der Bewegungsmelder freie Hand gegeben, um alles vorzubereiten. Ihr habt drinnen gesessen und gequatscht, während er ganz in Ruhe seine Benzinspur legte. Er musste nur noch das Streichholz zünden. Doch just in dem Moment kamst du auf die Idee, nach Hause zu fahren.“

„Ja, das könnte hinkommen“, sagte Marthe leise und schloss erneut die Augen. „Kurz nachdem ich aus meiner Wohnung geflohen war, das war gegen Viertel vor zehn, heulten die Sirenen im Ort.“

Andreas lief weiter den Deich entlang, immer die Augen auf den Boden gerichtet. Kurz vor Ramonas Grundstück hielt er inne. „Da.“ Er zeigte auf einen dunklen Fleck, über den offenbar bereits ein Fahrrad gefahren war. Er rief seine Spurensicherung herbei. „Nehmt mal eine Probe!“, befahl er. Andreas ging ein paar Schritte weiter. Im hohen Gras meinte er, einen weiteren Fleck auf einem Halm zu sehen. Erneut winkte er. „Prüft das auch.“

Marthe staunte. Sie war überzeugt davon, dass Andreas einen scharfen Verstand besaß und hielt ihn für den besten

Nachfolger für ihren Posten, den man sich nur vorstellen konnte, aber seine Augen waren offenbar noch besser.

„Ich glaube, wir können zurückgehen“, stellte er aufgeräumt fest. „Also, auf zum anderen Brandherd in Drennhausen!“, rief er unternehmungslustig.

Marthe und Andreas stiegen wieder in den Wagen und fuhren los. Hier sah es übel aus. Kein einziges Türmchen des Hauses war zu erkennen. Sie waren eingebrochen. Das ehemals weiße Haus, oder was davon noch übrig war, hatte eine schwarze Farbe angenommen. Beamten waren dabei, nach Spuren zu suchen. Die große Koniferenhecke war zur Elbseite hin fast gänzlich abgebrannt. Marthe erstarrte bei dem Anblick. Dieses wunderschöne Märchenschloss von Elena Bartsch mit all seinen wertvollen Innereien gab es nicht mehr, genauso wenig wie es Elena Bartsch selbst nicht mehr gab.

„Da hat die Familie Bartsch noch mal Glück gehabt“, sagte einer der Beamten. „Es war niemand zu Hause.“

„Habt ihr schon erste Erkenntnisse?“, fragte Andreas und besah sich die Ruine.

„So, wie es bisher aussieht, hat der Brandstifter eine engmaschige Benzinspur genau um das Haus gelegt. Wir haben die Reste von vier Metallkanistern von jeweils dreißig Litern gefunden. Sie müssen vom Deich aus hierher transportiert worden sein. Der Brand wurde offenbar sorgfältig geplant. Einen weiteren Kanister muss er dafür verwendet haben, eventuelle Reifenspuren seines Fahrzeugs unkenntlich zu machen. Deshalb ist hier die gesamte Hecke verbrannt.“

„Habt ihr das Grundstück schon untersucht?“, fragte Marthe.“

„Natürlich. Kein Benzin auf dem Rasen. Wegen der langen Regenperiode war die Wiese ziemlich nass und hat das Feuer Gott sei Dank abgehalten. Aber dieses einzigartige

Haus ist völlig abgebrannt. Hier ist nichts mehr zu retten!"

„Gab es sonst irgendwelche Funde?", fragte Marthe weiter, die immer noch nicht glauben konnte, dass das Haus der Elena Bartsch nicht mehr existierte.

„Nur die verschmolzenen Reste der Kanister. Deshalb wissen wir das auch. Die Nachbarn haben schnell reagiert und die Feuerwehr alarmiert. Doch durch das viele Benzin sowie der alten Lehmsubstanz und der Holzbalken des Hauses brannte es sofort lichterloh." Der Beamte gesellte sich zu Marthe und Andreas.

„Theo Bartsch ist mit seiner Tochter heute nach St. Petersburg geflogen", sagte Marthe. „Welch ein Glück. Wenn er das hier sehen würde …"

Andreas suchte den Grund oberhalb des Grundstücks am Deich ab. Allerdings fand er dieses Mal keine Blutspuren, lediglich heruntergedrücktes Gras, das von Fußabdrücken stammte.

„Und nun?", fragte Marthe.

Andreas überlegte. „Was will der Täter verbergen?", grübelte er. „Es macht wenig Sinn, Elenas Haus abzubrennen, denn sie ist ja bereits tot. Warum Ramona? Und warum solltest auch du ein Opfer werden?"

„Vielleicht meint er, dass ich etwas weiß, wovon auch Ramona Kenntnis hat. Eventuell hat er mich die ganze Zeit heimlich beobachtet. Ich war hier bei Theo Bartsch und Maria Magdalena, ich war bei Ramona und ich war bei Frieda Heinecke und auch bei Margret Ahrens. Alles ehemalige Freundinnen von Elena. Es muss was geben, auf das wir überhaupt noch nicht gekommen sind. Etwas Wichtiges, von dem der Mörder meint, dass ich das herausgefunden hätte und von dem die anderen Frauen ebenfalls wissen könnten."

„Jetzt fahren wir zuerst zum Haus von Frieda Heinecke und danach zu Margret Ahrens. Vielleicht finden wir dort weitere Hinweise."

Marthe und Andreas fuhren zurück über Rönne, anschließend die Elbuferstraße entlang in Richtung Tespe. Aus dem Augenwinkel sahen sie, dass die Beamten und ein paar Feuerwehrleute noch mit Ramonas Grundstück beschäftigt waren.

Marthe zeigte Andreas die Straße, in der Frieda Heinecke wohnte. „Ganz bis hinten durch", erklärte sie. „Stopp, hier wohnt sie."

Beide stiegen aus und gingen zur Eingangstür. Marthe klingelte. Niemand öffnete. Sie schaute durch die Glastür und klingelte ein weiteres Mal, da sie wusste, dass Frieda Heinecke nur sehr langsam laufen konnte.

„Macht keiner auf", sagte Andreas und lief ums Gebäude.

„Frau Heinecke ist nicht zu Hause." Die Nachbarin mit ihrer Katze kam zwischen den Sträuchern hervor.

„Wo ist sie?" Marthe drehte sich um und lächelte die Dame freundlich an.

„Sie musste gestern Morgen zum Arzt, weil ihre Beine stark angeschwollen waren. Danach hat ihr Sohn Hakon sie abgeholt und direkt ins UKE gefahren. Sie muss neu eingestellt werden. Sie hatte wieder zu viel Wasser in den Beinen."

„Ach", meinte Marthe. „Dann war sie seit gestern Morgen gar nicht mehr zu Hause?"

„Nein. Hakon hat sie vom Arzt direkt ins UKE nach Hamburg gebracht."

Andreas kam von der anderen Seite des Grundstücks zurück. „Sieht alles unauffällig aus." Er gesellte sich zu Marthe.

„Das ist Frau Hauser, die Nachbarin von Frau Heinecke", stellte Marthe die ältere Dame vor. „Sie nimmt die Post entgegen und passt ein bisschen auf, wenn Frau

Heinecke nicht zu Hause ist.“

Andreas grüßte freundlich, zog den Ausweis aus der Jacke und wies sich aus. „Haben Sie gestern Nachmittag oder am Abend etwas Auffälliges bemerkt?“, fragte er.

Frau Hauser schüttelte den Kopf. „Nur Hakon war am frühen Abend noch einmal hier. Er hat für seine Mutter ein paar Sachen eingepackt und mir den Schlüssel gebracht. Frieda muss einige Tage im Krankenhaus bleiben“, erklärte die Nachbarin beflissen.

„Wann war das ungefähr?“, wollte Andreas wissen.

„So gegen acht oder halb neun. Er arbeitet immer lange. Ungefähr um neun oder halb zehn ist er wieder gefahren“, sagte sie. „Die Abendshow war noch nicht zu Ende. Ich sprach nur kurz mit ihm und habe ihm versichert, dass ich die Post aus den Kasten hole.“

„Sonst haben Sie nichts beobachtet?“

Frau Hauser überlegte. „Nein. Es war alles ruhig. Ich hörte nur etwas später die Feuerwehrsirenen. Die arme Frau Kuhr. Ich erfuhr heute Morgen, dass ihr Haus abgebrannt ist. Da hat sie noch einmal Glück gehabt, dass nicht mehr passiert ist.“

„Ja, das hat sie“, bestätigte Marthe.

„Frau Kuhr und Frau Heinecke waren früher befreundet“, plapperte die Nachbarin an Andreas gerichtet weiter. „Aber seit einigen Jahren sah ich sie nicht mehr. Frau Heinecke empfing kaum Besuch. Sie lebte sehr zurückgezogen.“

Andreas winkte die inzwischen ebenfalls eingetroffene Spurensicherung herbei. „Schaut euch mal um, ob ihr etwas Auffälliges findet“, sagte er.

„Frau Hauser“, wandte sich Marthe wieder an die Nachbarin. „Wenn Sie irgendwas Sonderbares sehen oder hören, verständigen Sie mich sofort.“

„Das mache ich“, erwiderte die alte Dame eilfertig und

nickte.

„Meine Karte haben Sie noch?“

„Ich habe sie gut verwahrt. Sie liegt auf der Kommode beim Telefon.“

Marthe und Andreas verabschiedeten sich. „Dann auf zu Margret Ahrens“, sagte Andreas und stieg ein.

Die Fahrt von Frau Heineckes Haus bis nach Margret Ahrens dauerte knapp fünf Minuten. Wie immer arbeitete der ältere Nachbar im Garten. Er sah kurz auf. So häufig kam es wohl nicht vor, dass in der kleinen Straße unbekannte Fahrzeuge anhielten.

„Ah, Sie schon wieder“, begrüßte er Marthe aufgeräumt. „Es ist niemand da.“ Er zeigte auf das Grundstück von Margret Ahrens.

„Das habe ich mir fast gedacht.“ Marthe lachte. „Wir schauen trotzdem mal.“

„Und wenn Sie die Dame antreffen“, wetterte er und ballte eine Hand zur Faust, „dann sagen Sie ihr, dass ich sie bei der Gemeinde angezeigt habe.“ Er wies auf die Bäume, die inzwischen grün geworden waren. „Viel zu hoch als Grenzbepflanzung. Es gibt Gesetze, die alles exakt vorschreiben.“

„Ist der immer so?“, fragte Andreas leise, als er hinzukam.

Marthe nickte. „Aber sehr aufmerksam. Er weiß akribisch genau Bescheid, wer kommt und geht.“

„So ein Unikum als Nachbar würde mir noch fehlen.“ Andreas grinste unverschämt.

„Wegen deiner Damenbesuche?“ Marthe stieß ihrem ehemaligen Kollegen in die Seite.

„Ich und Damenbesuche? Ich bin froh, wenn ich mal pünktlich zum Schlafen komme.“ Er lachte unbeschwert. „Wenn das so weiter geht, krieg ich noch einen Burnout.“

„Wird Zeit, dass du heiratest“, meinte Marthe. „Sonst ist

der Zug bald abgefahren. Eine Frau bringt Ruhe in dein Leben."

Beide gingen die Auffahrt entlang bis zu Margret Ahrens Haustür. „Hier müsste tatsächlich mal generalrenoviert werden", rügte Andreas, insbesondere als er über einen dicken Grasbüschel stolperte, der in den Fugen der Pflastersteine auf der Einfahrt wuchs.

„Guck dir mal das alte Garagentor an." Andreas wies auf das graue, zweiflügelige Eisentor, das von vier riesigen Stahltürbändern gehalten wurde. „Ein Gefängnis auf Lebenszeit." Er schüttelte sich. „Graf Dracula lässt grüßen. Ich würde mich nicht wundern, wenn darin die Särge der Untoten aus Bütlingen gelagert werden. So schnell bricht da niemand ein."

„So sieht es rundherum auch aus", folgerte Marthe. „Offenbar ist seit vielen Jahre nichts gemacht worden. Margret Ahrens kommt nur selten und immer nur kurz, wie der Nachbar berichtet hat." Sie ging zur Rückseite des Hauses. Andreas folgte ihr. „Die Fenster sind nicht nur völlig blind und verdreckt, sondern zusätzlich mit dicken, dunklen Vorhängen verrammelt. Wie in einem Gruselschloss."

„Es muss früher alles sehr schön gewesen sein", meinte Andreas und sah sich um. „Die Terrasse ist mit italienischen Kacheln gefliest. Nun sind sie größtenteils zerbrochen und das Unkraut hat sich mit Macht einen Weg gesucht. Sehr schade."

Langsam ging Andreas am Gebäude entlang, stets mit dem Versuch, einen Blick durch irgendeines der Fenster zu werfen. Ohne Erfolg.

„Hier hinten scheint lange niemand mehr gewesen zu sein", konstatierte er und suchte den Boden nach Fußspuren oder Abdrücken ab.

Inzwischen kamen Marthe und Andreas wieder zur Vorderfront. Der Nachbar von nebenan hielt einen Besen in der

Hand, um seinen Hauseingang zu reinigen. Er sah auf. „Keiner da, sagte ich doch“, wiederholte er.

„Wann haben sie Frau Ahrens denn das letzte Mal gesehen?“, fragte Marthe.

„Einmal gestern Vormittag und dann am späteren Nachmittag. Ich frage mich sowieso, was sie im Haus treibt, wenn sie nur zehn Minuten bleibt.“

„Vielleicht will sie nur nachgucken, ob ihr Haus noch steht“, erklärte Marthe sarkastisch, als sie an den Brand bei Ramona dachte. Vielleicht wünschte sie sich sogar, dass ihr Gebäude abbrennt. So könnte sie zusätzlich zu ihrer Erbschaft in Norderstedt die Versicherungssumme für dieses vergammelte Gemäuer abkassieren.

„Wo parkt sie ihren Wagen, wenn sie mal hier ist?“, wollte Andreas wissen.

„Meistens auf der Auffahrt, direkt vor der Eingangstür“, sagte der Nachbar. „Das ist von der Straße aus nicht gut zu sehen.“

Andreas sah zurück. „Das kann stimmen“, gab er zu, denn einige Grasbüschel waren niedergedrückt.

„Was ist mit der Garage?“, fragte Andreas weiter.

„Sie wurde seit Jahren nicht mehr geöffnet. Früher stand darin das Auto des alten Herrn Ahrens, aber seitdem er tot ist, fährt Frau Ahrens diesen protzigen SUV. Den Mercedes hat sie anscheinend verkauft.“

„Die sogenannte Garage sieht allerdings wenig vertrauenserweckend aus“, meinte Andreas und zog die Stirn kraus. „Bemerkten Sie gestern sonst noch etwas auf dem Grundstück? Eventuell fremde Personen, ein unbekanntes Auto?“

Der Nachbar schüttelte den Kopf. „Ich war bis zum Abend draußen“, erklärte er. „Ich habe so viel Arbeit, weil das Ahrens-Anwesen so verkommen ist. Ich muss täglich Unkraut rupfen, da der Samen ständig zu mir fliegt.“

Marthe wandte sich an Andreas. „Also hier scheint niemand gewesen zu sein. Dann hat sich der vermeintliche Mörder wohl eher auf die Häuser von Ramona, Elena und meines konzentriert.“

„Oder dein Kater Tommy hat ihn so sehr verletzt, dass er ärztlich versorgt werden musste. Nach der Blutmenge zu urteilen ist das absolut möglich.“ Er ging zum Auto. „Fahren wir zurück. Ich warte auf die Auswertungen der Blutuntersuchungen, danach wissen wir hoffentlich mehr.“

39

„Was ist mit Tommy?“, fragte Marthe, als sie wieder zu Hause war und die Katzenbox im Flur erblickte.

„Er ist beleidigt“, sagte Cornelia und ging zum Wohnzimmer vor. „Schau, dort ist das kleine Häufchen Elend.“ Sie zeigte auf das Sofa. Auf einer flauschigen Decke lag der Kater. Tommy blickte leidend mit großen Augen zu Marthe hoch. Die rechte Vorderpfote steckte in einem bunten mit Tatzen bedruckten Verband. Das sonst seidige Fell sah struppig aus. Müde senkte er den Kopf, legte ihn auf das gesunde Pfötchen und seufzte abgrundtief. „Er muss erst noch richtig wach werden“, erklärte Cornelia. „Tommy bekommt Schmerzmittel. Den geschienten Vorderlauf muss er in der nächsten Zeit schonen. Die andere Pfote wurde an den Zehen genäht sowie die Reste vom Reißzahn entfernt. Die Prellungen heilen wieder. Sonst ist er in Ordnung“, berichtete Cornelia kurz. „Was habt ihr rausgefunden? Hoffentlich den Einbrecher geschnappt und ihn wegen gewalttätiger Körperverletzung an einem wehrlosen Kater angeklagt.“

„Ne, haben wir nicht. Andreas wartet auf die Blutauswertungen. Wir haben Blutspuren auf Ramonas Grundstück gefunden.“

Marthe setzte sich auf das Sofa neben Tommy. Der Kater machte keinerlei Anstalten zu flüchten, was er gewöhnlich tat. Anstandslos ließ er sich über den Kopf streicheln und hinterm Öhrchen kraulen. „Tapferer kleiner Kerl“, flüsterte Marthe. Sie holte die Packung mit den Knusperkissen hervor, die sie immer noch in der Tasche hatte, und hielt ihm eines hin. Er nahm es zaghaft auf. Mühsam versuchte er, es zu zerbeißen. Schließlich schaffte er es doch. Wahrscheinlich hatte er noch Zahnschmerzen oder ein taubes Gefühl im Mäulchen. Marthe verstand das kleine Kerlchen nur zu gut.

Sofort waren Jerry, Max und Marie bei Marthe und sahen sie erwartungsvoll an. „Ihr bekommt natürlich auch eins“, flüsterte sie und gab jeder Katze einige Knusperkissen. Ja, ihre Tiere mussten erst einmal zur Ruhe kommen und alles verarbeiten, so, wie sie selbst auch.

Marthe hörte, wie Andreas im Nebenraum telefonierte. Es dauerte ungewöhnlich lange. Normalerweise war Andreas immer kurz, knapp und sachlich. Anschließend kam er ins Wohnzimmer. „Unser Ausflug hat sich gelohnt.“ Er räusperte sich. „Bei der DNA des Blutes hier aus dem Haus handelt es sich um eine weibliche Person.“

„Zweifelsfrei?“ Staunte Marthe.

„Zweifelsfrei“, sprach Andreas weiter. „Dasselbe Blut wurde im Gras beim Haus von Ramona Kuhr gefunden. Zweifelsfrei“, fügte er betont hinzu, bevor Marthe erneut nachfragen konnte. „Somit sind laut DNA auch die Fingerabdrücke hier im Haus und auf der Handtasche von Elena Bartsch derselben Person zuzuordnen. Zweifelsfrei“, fügte er hinzu und sah Marthe fest an.

„Eine Frau“, stellte Marthe langgedehnt fest. „Ich ging immer von einem Mann aus.“

„Ich habe eine Fahndung ausschreiben lassen.“

„Wir haben doch gar kein Bild, keinen Namen und auch

sonst nichts“, unterbrach Marthe.

„Brauchen wir in diesem Fall nicht. Wir fahnden nach einer Frau mit Beiß- und Kratzspuren, die von einer Katze stammen. Sämtliche Arztpraxen und Krankenhäuser in der näheren Umgebung werden informiert. Gleichzeitig soll überprüft werden, ob Frieda Heinecke im UKE liegt und unversehrt ist. Ebenfalls wird recherchiert, ob Margret Ahrens in Norderstedt gesichtet wurde oder ob sie sich in der Villa dort aufhält. Möglich, dass beide Frauen in Gefahr sind.“ Andreas machte eine Pause. „Ich habe auch eine Fahndung nach dem SUV von Margret Ahrens rausgegeben“, erklärte er leiser. „Man weiß ja nie.“

„Genau. Man weiß nie, wie sich etwas entwickelt. Völlig richtig“, bestätigte Marthe und beugte sich zu Tommy hinunter. „Ach du Süßer“, raunte sie und strich ihm über den Kopf. „Du bist ein richtiger Held. Ohne dich hätten wir nicht so ein schnelles Ergebnis bekommen.“ Tommy hob müde das Haupt. Er war immer noch in Trance. „Morgen geht es dir besser“, sagte Marthe.

„So langsam fühle ich mich auch ziemlich erledigt“, stöhnte Andreas. „Am liebsten würde ich mich in die Falle hauen. Kann mir mal einer einen Kaffee kochen?“, rief er durch den Flur.

„Jawoll, Chef!“, antworte Cornelia und Karl-Ludwig wie aus einem Munde, die neugierig Andreas Ausführungen gelauscht hatten.

„Gott sei Dank funktioniert das hier noch.“ Wieder grinste Andreas verschmitzt.

40

Marthe und Andreas diskutierten noch eine Weile und versuchten, die Ereignisse zusammenzufassen. Dann standen sie auf und gingen in die Küche, aus der ein köstlicher

Kaffeeduft kam. „Warten wir mal ab, ob unsere Informanten Neuigkeiten von Frieda Heinecke und Margret Ahrens für uns haben."

„Jedenfalls steht offensichtlich fest, dass die Brandstifterin wusste, dass ich bei Ramona, also nicht zu Hause war. Oder aber, dass ich allein zu Hause den Abend verbrachte, ohne Karl-Ludwig. Eventuell wollte sie mich gar nicht umbringen, sondern mich durch den Einbruch und das Rausjagen meiner Katzen von ihrer Person ablenken. Denn mit der Suche nach meinen Katzen wäre ich über Nacht beschäftigt gewesen und sie hätte freies Feld gehabt, um ihre diversen Brände zu legen. Angefangen bei Ramona in Tespe, weiter das Bartsch-Haus in Drennhausen ..." Marthe stockte.

„Wieso hat sie den ersten Brand nicht in Bütlingen bei Margret Ahrens gelegt? Sie war doch schon hier bei mir?", überlegte Marthe. „Warum Tespe, dann Drennhausen ...?"

„Vielleicht hatte sie das ursprünglich geplant", meinte Andreas. „Aber Margret Ahrens war nicht zu Hause und Frieda Heinecke ebenfalls nicht. Womöglich hat sie ihren Sohn Hakon beobachtet, wie er Kleidung für seine Mutter zusammenpackte. Denn das Anzünden der leeren Häuser ohne ihre Bewohnerinnen hätte wenig Sinn gemacht. Meiner Meinung nach hat sie etwas zu verbergen, von dem sie meint, dass es die Frauen, einschließlich deiner Person, wissen."

„Jetzt ist sie verletzt", sinnierte Marthe. „Katzenbisse sind gefährlich", erklärte sie. „Es muss sie richtig erwischt haben, wenn sie zwanzig Minuten nach dem Biss noch viel Blut verliert. Abgesehen davon, dass sich eine Blutvergiftung innerhalb weniger Stunden bilden kann. Eine sofortige Behandlung ist unumgänglich. Das wissen alle Katzenbesitzer."

„So", Andreas stellte energisch den Kaffeebecher auf

den Tisch und stand auf. „Ich fahre jetzt noch einmal zum Ahrens-Haus.“

„Ich komme mit.“ Marthe zog sich rasch eine Jacke über und folgte Andreas zu seinem Wagen.

41

Erneut fuhren sie in die Bergstraße. Obwohl es inzwischen später Nachmittag war, werkelte der Nachbar wie immer im Garten. Erstaunt blickte er hoch. „Sind Sie schon wieder hier?“, fragte er. „Sie könnten doch gleich da drüben einziehen. Dann sparen Sie sich ein paar Wege und Benzinkosten.“ Er wies auf das Haus von Margret Ahrens.

„Das wird wohl jemand anderes kaufen, steht ja zum Verkauf an. Ich wohne bereits in Bütlingen und habe nicht vor, jetzt schon wieder auszuziehen“, sagte Marthe. „Wir haben nur eine kurze Frage, die Sie uns sicherlich beantworten können“, wurde sie sachlich.

„Dann schießen Sie mal los.“ Der Nachbar stützte sich auf den Stiel der Harke.

„Bestimmt kennen Sie noch das alte Auto von Herrn Ahrens“, begann Marthe die Befragung.

„Natürlich.“ Der Nachbar richtete sich stolz auf. „Das war ein Mercedes.“

„Schade“, bedauerte Marthe. „Ich hatte gedacht, es wäre eventuell ein Kastenwagen gewesen.“

„Ich weiß es deshalb so genau, weil ich den Wagen nach dem Tod von Herrn Ahrens nie mehr gesehen habe und mich darüber wunderte. Sie“, er wies mit dem Daumen auf das Ahrens-Haus, „brettert hingegen mit diesem dicken SUV durch die Gegend. Sogar hier in der Bergstraße.“

In diesem Moment ging Andreas Handy. „Hm, verstanden“, sagte er nach einer Weile. „Frieda Heinecke liegt im UKE. Besucher, bis auf ihren Sohn Hakon, gab es keine.“

„Und was ist mit Norderstedt?“, wollte Marthe wissen.

„Tja“, Andreas machte eine vielsagende Pause. „Frau Petereit ist vorgestern Abend verstorben. Gestern Vormittag war Frau Ahrens kurz in der Pflegeeinrichtung und hat dort alles Nötige veranlasst und die Dokumente unterschrieben.“

„Na, dann ist sie ja jetzt steinreich“, folgerte Marthe.

„Hat Frau Ahrens was ausgefressen?“, fragte der Nachbar und sah Marthe und Andreas interessiert an. „Zutrauen würde ich es dieser Person.“

„Nein, nein“, beschwichtigte Andreas ausweichend. „Wir ermitteln in einer anderen Angelegenheit.“

„Etwa im Zusammenhang mit der toten Frau Bartsch aus Drennhausen?“ Der Nachbar machte große Augen und sabberte wie eine Katze, wenn sie ein Leckerli erwartete. Marthe überlegte, wie sie den nun neugierig gewordenen Nachbarn wieder loswerden könnte.

Erneut klingelte das Handy von Andreas. Zum Glück. Er ging einige Schritte auf das Haus von Frau Ahrens zu, damit der Nachbar nicht erneut lauschte, während Marthe bei dem wissbegierigen Herrn stehen blieb. Um das Gespräch fortzusetzen, fragte Marthe: „Kannten Sie Frau Bartsch aus Drennhausen?“

„Nein“, wich er aus. „Früher mal, als sie in die Elbmarsch gezogen war. Manchmal besuchte sie Dorf- oder Schützenfeste, später auch nicht mehr. Die Frauen hier hassten sie, weil ihre Männer dem Weib auf den Hintern sahen oder hinter ihr herliefen.“

„Sie war eine sehr attraktive Frau“, sagte Marthe.

„Ja, das war sie wohl“, bestätigte der Nachbar und nickte. „Ganz anders als unsere Frauen.“

„Frau Ahrens kannte Frau Bartsch. Sie waren mal vor ein paar Jahren befreundet.“ Marthe sah hinter Andreas her, der eifrig telefonierte, während sie versuchte, den

Nachbarn bei der Stange zu halten.

„Aber erst in der letzten Zeit und gar nicht so lange. Vor ungefähr fünf Jahren war diese sogenannte Freundschaft beendet“, meinte er. „Meine Frau hat es mir erzählt. Wissen Sie, sie malt und ist in einem Kunstverein im Ort. Dort hat sie davon erfahren. Das war wohl eine Zeitlang Dorfgespräch.“ Er machte eine Pause. Seine Brust schwoll vor stolz an. Er berichtete weiter: „Früher mochte Frau Ahrens die Frau Bartsch überhaupt nicht. Deshalb wunderten wir uns auch.“

„Warum hat sich ihre Meinung über Frau Bartsch später geändert.“

„Das weiß ich doch nicht“, erklärte der Nachbar. „Weiberkram. Die Zeit kann einiges verändern. Auch unsere Elbmarsch ist anders geworden, ist wie umgewandelt. Richtig Multi-Kulti. Inzwischen gibt es viele Fremde hier, sogar Flüchtlinge aus Afrika. Heute kräht kein Hahn danach. Früher wurden die Zugezogenen gemieden. Was wollten sie hier, in unserer Elbmarsch? Man hat es ihnen sehr schwer gemacht, in eine alteingesessene Gemeinschaft aufgenommen zu werden.“

Andreas kam zurück und beugte sich Marthe zu. „Komm mal mit“, sagte er leise. Marthe nickte dem Nachbarn freundlich zu und schlenderte neben Andreas die Auffahrt des Ahrens-Hauses entlang. „Das ist mir vorhin beim Telefonieren aufgefallen.“ Er wies auf den Riegel der Stahltür an der Garage, der mit einem riesigen Vorhängeschloss verschlossen war. „Alles ist extrem verstaubt und voller Spinnweben. Aber schau dir mal das Schloss an.“

Marthe beugte sich vor. „Das muss vor Kurzem benutzt worden sein“, stutzte sie. „Allerdings habe ich vor einigen Tagen auch daran gerüttelt.“ Vorsichtshalber zog sie ein paar dünne Latexhandschuhe aus ihrer Jackentasche, zog sie an und drehte das Schloss um. „Ja, die Spuren sind relativ frisch. Ganz klar sind Fingerabdrücke zu erkennen. Und dann noch so schöne." Sie lachte über sich selbst. Fingerabdrücke hatten sie fast ihr ganzes Berufsleben über begleitet. „Vielleicht sind sie bei der Besichtigung und Begutachtung des Anwesens entstanden. Das Grundstück soll ja verkauft werden."

„Weiß du, wann eine Besichtigung stattgefunden hatte? Die Spuren sehen ziemlich frisch aus."

„Da könnten wir mal wieder den aufmerksamen Nachbarn fragen", erwiderte Marthe und wies auf den älteren Herrn, der sich wieder dem Garten widmete. „Der weiß gut darüber Bescheid, wer hier kommt und geht."

„Und wir sollten uns noch einmal in Drennhausen umhören. Zum Beispiel bei der Familie des Obstbauern, in dessen Haus die Familie Bartsch gezogen ist. Vielleicht finden wir da einen Grund, denn die waren über den Verkauf ihres Elternhauses an die Russen, wie sie die Familie nannten, nicht so recht glücklich." Marthe ging zurück zum Nachbarn, während Andreas das Garagentor begutachtete.

„Wissen Sie, wann das Haus wegen des Verkaufs besichtigt und taxiert worden war?", fragte sie den alten Herrn.

„Hm, so vor vierzehn Tagen bis drei Wochen. Auf den Tag genau weiß ich es nicht mehr. Ich kann nicht jeden Tag die Gegend beobachten. Ich habe schließlich noch etwas anderes zu tun."

„Marthe, komm mal rüber!", rief Andreas und bückte sich.

Marthe lief zurück. „Schau mal." In einer Ecke der Hauseingangstreppe war ein dunkler Fleck zu sehen. „Könnte Blut sein, was meinst du?"

„Oder Farbe?", zweifelte Marthe.

Andreas zog nun seinerseits ein paar Latexhandschuhe über. Er holte eine Plastiktüte aus der Jackentasche und nahm mit einem Stück Holz, das wie eine Schaufel geformt war, die Erde mit dem Fleck auf. Er steckte alles in die Tüte. „War keine Farbe“, meinte er. „Lies sich leicht entfernen.“

Andreas stand auf. „Im Augenblick können wir hier nichts machen“, brummte er. „Ich fahr ins Revier. Vielleicht haben die dort Neuigkeiten. Wenn du nach der letzten Stressnacht Lust und Zeit hast, kannst du dir noch einmal Drennhausen vornehmen.“

Er brachte Marthe nach Hause. „Ich denke, du kannst doch in deinem Haus übernachten“, feixte er. „Karl-Ludwig ist da, dein Haus leuchtet wie ein Weihnachtsmarkt und macht einen Lärm wie der Hamburger Dom.“

„Natürlich, die Alarmanlage funktioniert perfekt“, lachte Cornelia und drückte auf einen Knopf.

„Um Gottes willen“, schrie Marthe. „Stell das Ding ab. Die weckt ganz Bütlingen auf.“

„Soll sie auch“, meinte Cornelia stolz. „Extra scharf eingestellt. Übrigens bleibe ich heute Nacht hier.“

42

Am Morgen, gerade als sich Karl-Ludwig, Cornelia und Marthe an den Frühstückstisch gesetzt hatten, klingelte Marthes Handy. Sie hörte zu und nickte ein paar Mal. „Ich komme sofort rüber“, erklärte sie und drückte den Ausschaltknopf. „Tja“, sagte sie, „ich muss leider los.“ Sie schnappte sich das mit Wurst belegte Brötchen, griff zum Autoschlüssel und schulterte die Handtasche. Hurtig eilte sie hinaus.

„Das ist ja schlimmer als zu deinen aktiven Zeiten“, maulte Karl-Ludwig und rannte ihr nach.

„Ich bin gleich wieder da“, versprach Marthe. „Ist ja nur um die Ecke. Dann können wir weiter frühstücken. Haltet mal den Kaffee heiß.“

Marthe fuhr auf die Bütlinger Straße, bog in die Neue Straße ein, um zur Bergstraße zu gelangen. Den Weg kannte sie inzwischen auswendig. Von Weitem sah sie, dass Andreas bereits vor Ort war. Ein weiterer Pkw war ihr gefolgt und parkte direkt hinter ihr.

Marthe stieg aus. „Das ist ja ein Ding“, staunte sie. „Dann hattest du Recht. Die vermeintliche Farbe war also Blut und zusätzlich auch noch das unserer gesuchten Verdächtigen. Dann wollte sie hier auch ein Feuerchen legen?“

„Abwarten. Ich habe einen Durchsuchungsbefehl besorgt. Die Beamten sind gerade eingetroffen.“ Er wies auf den anderen Wagen. Zwei Personen verließen das Auto. „Auch die Spurensicherung wird jeden Moment kommen.“ Andreas blieb vor der Haustür stehen und wartete auf die Beamten. „Ohne Zweifel ist die Mörderin hier gewesen“, sprach Andreas weiter. „Ich hoffe nicht, dass wir im Inneren des Hauses eine Überraschung erleben und die nächste Frauenleiche finden. Womöglich Margret Ahrens?“

„Mir wäre es lieber, wir fänden darin die Mörderin“, erklärte Marthe. „Ich brauche dringend meine Ruhe und eine ordentliche Mütze Schlaf.“

Andreas klingelte an der Haustür. Ein weiteres Mal. Es rührte sich nichts. Totenstille. Er winkte mit dem Kopf die beiden Polizisten herbei. Geschickt öffneten sie die Eingangstür. Sie zückten die Waffen, versteckten sich jeweils rechts und links neben dem Eingang und stießen langsam die Tür auf. Kein Geräusch war zu hören. Im Flur war es dämmerig. Vorsichtig gingen sie vorwärts, lugten nach allen Seiten. Andreas schob sich hinterdrein. Marthe folgte. Eine Tür nach der anderen drückten sie auf. In den Zimmern befand sich niemand. Anschließend gelangten sie ins Wohnzimmer. Auch hier befand sich keine Person. Alles blieb ruhig. Die Beamten steckten die Waffen wieder in die

Halfter. Andreas zog die schweren Vorhänge zurück. Eine Staubwolke kam ihm entgegen.

Er hustete laut und schüttelte sich. „Puh." Der Raum wurde in Sonnenlicht gehüllt.

„Wie sieht das denn hier aus?" Marthe schaute sich entsetzt um. Überall lagen Papiere, alte Zeitungen, Wäsche und Kleidungsstücke. Umgeworfene Sitzmöbel rundeten das Bild ab. Alles war mit einer dicken Staubschicht bedeckt und es stank schlimmer als faule Eier. „Das mutet tatsächlich wie eine Spukvilla an. Und das nicht in Schottland, sondern in der soliden deutschen Elbmarsch."

Marthe ging ins Schlafzimmer. Die Betten waren aufgeschlagen und muffelten unangenehm nach altem Schweiß. In dem Raum schien seit Jahren niemand mehr geschlafen zu haben. Sie ging ins Badezimmer. „Andreas, komm mal her!", rief sie. Sie zeigte auf das Waschbecken. „Das wurde kürzlich benutzt", stellte sie sachlich fest.

Sie wies auf die Badewanne, in der einige Handtücher lagen. Vorsichtig berührte sie eines. „Feucht", stellte sie fest. Ein Schränkchen mit vielen Medikamentenschachteln stand weit offen. Auch daran waren Fingerabdrücke festzustellen. Aufgerissene Verpackungen von Druckverbänden bedeckten den Boden. Jemand musste es verdammt eilig gehabt haben.

Marthe suchte die Bodenfliesen ab. „Schau mal hier", sagte sie und zeigte auf eine Fliese.

Andreas bückte sich. „Eingetrocknetes Blut."

„Jungs, kommt mal her!", rief er der Spurensicherung zu, die inzwischen ebenfalls eingetroffen war. Er zeigte auf den Fleck am Fußboden.

„Ich schätze, die Mörderin war hier. Und das war gar nicht so lange her", sagte Marthe. „Es gibt also zwei Möglichkeiten. Entweder hat Margret Ahrens sie reingelassen oder es war Margret selbst."

„Dann suchen wir die Räume mal gründlich ab, ob wir Margret Ahrens finden.“ Andreas instruierte seine Beamten, während sich die Spurensicherung ans Werk machte.

Marthe ging einen Raum weiter. Offenbar schien es sich um ein früheres Arbeitszimmer zu handeln. In einem Regal standen Ordner, in einem anderen befanden sich Bücher, Romane und Bilddokumentationen über fremde Länder, hauptsächlich aber über Schottland.

Auf einem verstaubten Schreibtisch lagen ebenfalls lose Papiere, Notizzettel sowie zwei offene Aktenordner. Manche Blätter waren mit der Hand beschrieben. „Sieh dir das mal an. Vielleicht finden wir darin die Lösung des Rätsels?“, murmelte Marthe.

„Das packen wir ein“, sagte Andreas. „Da wird jemand im Revier viel Arbeit bekommen.“ Ein Beamter ging zum Auto und holte einige Plastikkisten.

Andreas sah Marthe an. „Jetzt sollten wir uns mal dringend mit dieser Garage beschäftigen“, meinte er. Er rief die Beamten der Spurensicherung herbei. Das Vorhängeschloss musste mit einem Brecheisen geknackt werden. Hätte Marthe jetzt erwartet, dass sich die Türen nur schwer und quietschend öffnen ließen, wurde sie eines Besseren belehrt. Auch hier zogen die Beamten ihre Waffen und öffneten langsam die Flügeltüren, die keinerlei Geräusche machten.

„Ich glaube es nicht!“ Marthe stieß Andreas in die Seite. „Ein weißer Kastenwagen!“

„Merkwürdig, auf Margret Ahrens ist überhaupt kein Auto zugelassen. Dieses hier hat aber ein aktuelles Kennzeichen.“

Andreas holte sein Handy aus der Jackentasche. „Könnt ihr mal feststellen, auf wen der Wagen ...“, er guckte auf das Schild und gab das Kennzeichen durch.

Dann ging er näher an das Auto heran. Mit den

Handschuhen fasste er an den Griff. „Verschlossen", stellte er fest. Er schaute durch das Seitenfenster. „Sieht leer aus. Kümmern wir uns mal um die Ladefläche." In dem Moment klingelte das iPhone. „Hm, hm ..." hörte Marthe nur und sah ihn erwartungsvoll an.

Als Andreas die Austaste drückte und das Gerät wieder in der Jacke verstaute, fragte Marthe: „Und?"

„Das Auto ist auf eine Mietwagenfirma in Lüneburg zugelassen. Er wurde Ende März angemietet von einer Margret Gibson. Gibson ist Margrets Geburtsname. Die Firma hat gar nicht näher überprüft, ob die Daten aktuell waren. Die Dame hat ihn für vier Wochen gemietet und bar bezahlt. Ende dieses Monats läuft der Vertrag aus, also in ein paar Tagen."

„Somit hat sie alles geplant. Aber was steckt dahinter? Und wo ist Margret Ahrens?"

„Jedenfalls war sie vor kurzem hier. Und ich schätze, vorgestern Abend ebenfalls."

„Der Nachbar!", rief Marthe.

„Was?", fragte Andreas.

„Der alte Herr von nebenan. Der bekommt doch viel mit."

Marthe und Andreas gingen zum Nachbargrundstück. Tatsächlich arbeitete der Mann, wie ständig, im Garten. Sie winkten ihn herbei.

„Wir müssen Sie noch etwas fragen", fing Marthe an. „Es geht um vorgestern Abend. Haben Sie zufälligerweise mitbekommen, ob Frau Ahrens oder eine andere Person auf dem Grundstück waren?"

„Welche Uhrzeit soll das gewesen sein?", wollte er wissen.

Marthe überlegte. „So zwischen acht und zwölf Uhr abends?"

Der Nachbar schüttelte den Kopf. „Da habe ich nichts

gesehen und gehört. Meine Frau und ich essen immer gegen sieben Abendbrot. Dann gucke ich die Tagesschau und anschließend schauen wir meistens einen Film. Samstag gab es allerdings „Verstehen Sie Spaß“. Anschließend gingen wir zu Bett.“

„Wo liegt Ihr Schlafzimmer?“

„Nach hinten raus“, sagte er und zeigte auf das Grundstück. „Auch das Wohnzimmer. Gott sei Dank. Da haben wir Ruhe und bekommen höchstens das Vogelzwitschern in der Frühe mit.“ Er blickte zum Haus. „Was ist denn los?“, fragte er wissbegierig. „Ist der Frau Ahrens etwas zugestoßen?“

„Das wissen wir noch nicht.“

Andreas und Marthe gingen wieder zurück. Inzwischen hatten die Polizisten den Kastenwagen aus der Garage geschoben.

„War recht mühselig“, meinte einer. „Die Handbremsen sind angezogen und der Gang eingelegt.“

Andreas guckte noch einmal durchs Seitenfenster ins Innere des Wagens. Er hatte nur einen Vorder- und einen Beifahrersitz. Der hintere Teil war mittels einer Metallplatte, in der sich ein kleines Fenster befand, abgetrennt. „Aufbrechen“, befahl er und zeigte auf die Rückseite des Autos.

Die Beamten machten sich ans Werk. Offensichtlich taten sie das nicht zum ersten Mal, sondern gingen sehr professionell vor. Die Hecktür ließ sich leicht öffnen.

Andreas schaute auf die Ladefläche. „Leer. Das war fast zu erwarten. Aber schau mal hier“, meinte er zu Marthe.

Sie blickte ins Wageninnere. „Verwischte Blutspuren“, stellte sie fest. „Und davon reichlich. Ich wette, sie gehören zu Elena Bartsch.“

Die Spurensicherung nahm einige Proben.

Marthe ging wieder auf die Auffahrt zurück. Sie hasste

den Geruch von altem Blut. Viel zu viel hatte sie in ihren Dienstjahren davon gerochen. Sie zündete sich eine Zigarette an.

„Jetzt fehlt uns nur noch Margret Ahrens“, sagte Andreas und gesellte sich neben sie.

„Und der SUV.“

„Die Villa in Norderstedt wird seit gestern überwacht“, meinte Andreas. „Bislang hat sich dort nichts gerührt. Die Fahndung nach dem SUV war bisher ergebnislos.“

„Sie wird ziemlich verletzt sein“, dachte Marthe laut. „Wenn Tommy so sehr gebissen hat, dass der Reißzahn dadurch abbrach, steckt ein Stück davon eventuell in ihrer Wunde. Einiges an Kratzspuren muss sie ebenfalls abbekommen haben.“

Marthe zog kräftig an ihrer Zigarette. „Jedenfalls können wir ausschließen, dass es sich um die Frau dieses Obstbauern in Drennhausen handelt“, sagte Marthe. „Damit haben wir uns den Weg gespart.“

„Aber wo könnte Margret Ahrens hingefahren sein? Gibt es noch jemand in ihrem Umfeld, den wir übersehen haben und der jetzt in Gefahr ist?“

„Auf jeden Fall war sie vor Ort und hat versucht, ihre Verletzungen zu verbinden.“

Inzwischen war die Spurensicherung fertig, packten alles ein, lud die gefüllten Kartons in den Wagen und fuhr ins Präsidium. „Ich nehme an, dass wir lediglich die Bestätigung erhalten, dass die genommenen Blutproben im Haus der Margret Ahrens zugeordnet werden können, und die im Kastenwagen garantiert Elena Bartsch gehören“, vermutete Andreas.

„Davon gehe ich auch aus.“

„Ich gebe eine Fahndung nach der Frau raus“, sagte Andreas. „Hast du hier irgendwo ein Bild von ihr erblickt?“

„Ne“, meinte Marthe. „Bleibt uns wohl nur übrig, uns

von euren Graphikern ein Phantombild erstellen zu lassen. Allerdings, so genau habe ich mir Margret Ahrens auch nicht angeguckt. Ich sah sie nur zwei Mal, und das nur kurz."

„Der Nachbar. Wir könnten ihn vorladen." Andreas wies auf das andere Grundstück.

„Du bist genial." Marthe dachte nach. „Wir sollten Frieda Heinecke noch einmal befragen. Vielleicht hat sie sogar ein Bild, als die vier sich noch trafen. Und sie kann uns garantiert eine Beschreibung geben. Ramona ist ausgeschaltet. Sie liegt auf der Intensivstation."

„Wollen wir?" Andreas ging zu seinem Wagen. Die Beamten hatten inzwischen das Haus und die Garage versiegelt und das Grundstück abgesperrt. Marthe stieg ebenfalls in ihr Auto.

43

Fast gemütlich fuhr Andreas von Bütlingen ins UKE nach Hamburg Eppendorf, sodass Marthe ohne Probleme folgen konnte, obwohl sie inzwischen ungern durch die Hamburger Innenstadt mit dem Auto unterwegs war. Fahrtechnisch gefiel ihr die Elbmarsch landschaftlich wesentlich besser und sicherer, obwohl dieser Eindruck trog, da gerade auf den Landstraßen viele Raser unterwegs waren und schwere Unfälle verursachten.

Marthe und Andreas wiesen sich aus und wurden sofort zu Frau Heinecke durchgelassen. „Es geht der alten Dame schon viel besser", plapperte die Krankenschwester munter drauflos, während sie über den Flur lief, um beiden das Zimmer zu zeigen. „Sie wird wohl morgen wieder entlassen." Die Krankenschwester öffnete die Tür eines Einzelzimmers. „Frau Heinecke, schauen Sie mal, Sie haben Besuch", flötete sie.

Andreas und Marthe betraten den Raum. Frau Heinecke saß an einem kleinen Tisch und schnitt sich gerade eine Orange. „Oh“, sagte sie zu Marthe. „Ich kenne Sie doch. Sie waren vor ein paar Tagen bei mir. Sind Sie nicht die Polizistin?“

„Ja, das bin ich“, erwiderte Marthe freundlich.

„Wollen Sie mich wirklich besuchen? Das ist aber sehr nett.“

„Ja und nein“, erwiderte Marthe ehrlich. „Wir hätten ein paar wenige Fragen.“ Sie stellte ihren ehemaligen Kollegen Andreas vor. „Polizeihauptkommissar Cornelsen leitet die Ermittlungen im Fall Elena Bartsch“, fügte sie hinzu. „Können Sie sich noch gut an Margret Ahrens erinnern?“, kam Marthe direkt auf ihr Anliegen zu sprechen.

„Ach, und ich dachte, Sie wollten mich wegen Elena Bartsch befragen.“ Frau Heinecke schien enttäuscht.

„Nein, dieses Mal nicht, denn Frau Margret Ahrens ist verschwunden und jetzt suchen wir sie dringend“, erklärte Marthe.

„Ist ihr auch etwas zugestoßen?“, fragte Frieda Heinecke und guckte erschrocken hoch.

„Sie wird lediglich vermisst“, gab Andreas Auskunft. „Haben Sie vielleicht ein Bild von ihr, damit wir eine Fahndungsausschreibung mit Foto herausgeben können.“

„So wichtig ist das?“ Frau Heinecke staunte Andreas an, schüttelte dann aber den Kopf. „Ich kenne sie gar nicht so gut“, erklärte die alte Dame. „Das letzte Mal habe ich sie ungefähr vor fünf Jahren gesehen. Danach nicht mehr. Ich mochte sie nicht besonders. Sie war immer so ordinär.“

„Wissen Sie denn, ob sie irgendwelche Verwandte oder Freunde hat?“, fragte Andreas unbeeindruckt weiter.

Wieder schüttelte Frau Heinecke den Kopf. „Sie hatte keine Kinder“, erläuterte sie. „Mit der Schwester ihres Mannes war sie zerstritten und sonst wüsste ich niemanden.

Kaum jemand in Tespe und Umgebung mochte sie. Mit vielen lag sie im Streit. Schon ganz früher, als sie noch jung war."

„Schade", warf Marthe ein. „Wir hofften, dass Sie uns weiterhelfen könnten."

Marthe und Andreas wollten gerade gehen, als Frau Heinecke hinter ihnen herrief: „Warten Sie mal!" Sie zeigte auf das Krankenhaustischchen, das neben ihrem Bett stand. „Da oben drin ist mein Telefon. Können Sie es mir mal geben?", fragte die alte Dame hektisch.

Marthe stutzte. Wegen Handlangertätigkeiten war sie nicht nach Hamburg ins UKE gefahren. Dann ging sie zurück, holte es heraus und überreichte es Frau Heinecke. Die alte Dame drückte auf eine Taste. „Wenn ich nur wüsste, wie das funktioniert", murmelte sie. „Mein Sohn hat mir das Ding damals geschenkt. Damit kann man sogar Fotos machen", erklärte sie stolz. „Aber ich weiß nicht mehr, wie das funktioniert. Ich nehme lieber meinen alten Fotoapparat."

„Zeigen Sie mal." Marthe nahm das iPhone in die Hand. Sie tippte auf das Zeichen für Fotos. Dann gab sie es zurück. „Hier", erläuterte sie, „sehen Sie? Da sind sogar ein paar Fotos drauf."

„Ja natürlich", sagte Frau Heinecke begeistert. „Die habe ich gemacht, als das Gerät neu war. Da waren wir alle Vier bei einer Ausstellung auf Gut Basthorst. Vicky Leandros wohnte da mal. Sie war mit dem Gutsbesitzer verheiratet. Heute ist sie geschieden. Schade ist das, eine so schöne Frau. Ich höre sie gerne singen. Kennen Sie sie?"

„Natürlich", bestätigte Marthe. „Und dann haben Sie dort Fotos gemacht? Ist da auch Margret Ahrens drauf?", fragte Marthe neugierig weiter.

„Ich denke schon. Ich habe Ramona, Margret und Elena gemeinsam fotografiert. Schauen Sie." Sie reichte Marthe das iPhone zu.

„Tatsächlich“, staunte Marthe. Sie erkannte Ramona und Elena, andeutungsweise sogar Margret, die vor fünf Jahren offenbar gepflegter herumgelaufen war als heute.

„Ich leite die Bilder zu mir über“, sagte Marthe. „Natürlich nur, wenn Sie es erlauben.“

„Natürlich. Ich freue mich doch, wenn ich Ihnen helfen konnte. Ich will die Fotos gar nicht haben.“ Sie winkte mit der Hand ab.

Marthe und Andreas bedankten sich bei Frau Heinecke und verließen das Krankenhaus.

„Kommst du noch mit auf deine alte Dienststelle?“, fragte Andreas.

„Gerne.“ Marthe schaute auf die Uhr. „Oh, schon fast Mittag. Zum Frühstücken ist es jetzt sowieso schon zu spät.“

Frühstücken?“ Andreas sah Marthe wie das siebente Weltwunder an.

„Ja. Ich bin heute Morgen nach deinem Anruf sofort vom Frühstückstisch aufgesprungen und losgefahren. Ich habe meiner Familie gesagt, ich wäre gleich wieder da und wir könnten weiterfrühstücken.“

„Oha, das kling nach Ärger, wenn du zu Hause wieder auftauchst.“ Er schlug ihr kameradschaftlich auf die Schulter.

Beide stiegen wieder in ihre Wagen. Marthe kannte den Weg, sodass sie nicht auf Andreas achten musste.

44

Im Präsidium begrüßte Marthe ihre ehemaligen Kollegen. Otto saß über den Kisten mit den Unterlagen von Margret Ahrens. „Ein interessanter Lebenslauf“, meinte er lakonisch. „Aber so richtige Hinweise habe ich nicht gefunden.

Es scheinen auch einige Papiere entfernt worden zu sein."

„Was genau könnte fehlen?", fragte Marthe.

„Zum Beispiel die Heiratsurkunde", erwiderte Otto. „Aus anderen Dokumenten ist zu ersehen, dass Margret Gibson im Jahre neunzehnhundertneunundsiebzig in Edinburgh Karl Ahrens geehelicht hat. Geboren und aufgewachsen ist sie in Haddington in Schottland. Ihre Eltern schienen zur Zeit der Heirat bereits verstorben zu sein. Geschwister finde ich keine, jedenfalls ist nirgends etwas vermerkt. Wenn wir Information suchen, die zum Fall beitragen sollten, müssten wir in Schottland nachhaken." Otto legte ein Blatt Papier zur Seite, das er die ganze Zeit in der Hand hielt und griff nach einem anderen.

„Wieso haben sie in Edinburgh geheiratet?", fragte Marthe weiter.

„Karl Ahrens arbeitete dort beziehungsweise die Firma, bei der er beschäftigt war, hatte ihren Sitz in Edinburgh", beantwortete Otto die Frage. „Völlig normal."

„Geht aus irgendwelchen Unterlagen hervor, dass Margret Gibson Grundbesitz in ihrem Heimatort besaß?"

Otto schüttelte mit dem Kopf. „Darüber habe ich noch nichts gefunden. Sie arbeitete seinerzeit als Krankenschwester in einem Hospital in Schottland, also bestritt ihren Lebensunterhalt offensichtlich selbst."

„Das ist ja nichts Unehrenhaftes", erwiderte Marthe.

„Karl Ahrens hatte eine Schwester. Die Eltern der Geschwister vermachten ihr Vermögen zu gleichen Teilen an ihre Kinder." Otto schob seine Brille auf die Stirn. „Es gibt eine Kopie des Testaments."

„Ich nehme an, dass Karl Ahrens aus dieser Erbschaft das Haus in Bütlingen gekauft hat?", fragte Marthe.

„Das kommt zeitlich hin. Zusätzlich bezog er ein erhebliches Gehalt und neben den Auslandsauslösungen blieb pro Monat ein gutes Sümmchen zum Leben. Davon können wir armen Staatsdiener nur träumen.“ Otto schnaubte durch die Nase.

„Zu Lebzeiten des Karl Ahrens soll das Haus in Bütlingen sehr gut gepflegt worden sein. Nach dem Tod ließ Margret es verkommen beziehungsweise lebte dort kaum. Es verwahrloste und steht jetzt zum Kauf an.“ Marthe überlegte. „Wie viel Rente erhielt Margret Ahrens nach dem Ableben ihres Mannes? Hast du hierzu etwas gefunden?“

„Das Übliche. Sechzig Prozent. Ich komme auf rund fünftausend Euro. Nette Summe. Sie selbst hatte keine eigene Rente. In den Ehejahren war sie nicht berufstätig.“ Otto legte das gerade gegriffene Blatt Papier auf einen Stapel.

„Nun ja“, sagte Marthe. „Von fünftausend Euro kann man allein immerhin gut leben. Das Haus war auch bezahlt?“

„Es gab keine Belastungen“, bestätigte Otto.

„Dann schau mal, ob du noch etwas findest. Bislang sieht die ganze Angelegenheit relativ normal aus. Ich danke dir für deine Mühe.“ Marthe stand auf und ging zu Andreas Cornelsen hinüber, der gerade ein Telefonat beendete. Sie sah ihn fragend an. „Wir versuchen im Augenblick die Einsatzorte der Ehemänner unserer vier Frauen zu recherchieren. Da alle fast den gleichen Beruf hatten, könnte es sein, dass sie früher einmal aufeinandergetroffen sind.“

„Das ist sehr weit hergeholt“, meinte Marthe. „Du denkst an Spionage? Daran habe ich auch schon gedacht. Aber unmöglich ist nichts.“

Wieder klingelte der Apparat auf dem Schreibtisch von Andreas. „Aha? Wo? Wann? Wir kommen. Gebt meinem Einsatzteam Bescheid.“

„Du wirst es nicht glauben“, rief Andreas aufgeregt, griff nach seiner Jacke und dem Autoschlüssel. „Der SUV von Margret Ahrens wurde gefunden.“

„Wo?“

„Erkläre ich dir unterwegs. Beeil dich.“

Rasch schnappte sich Marthe die Tasche und rannte hinter Andreas her.

„Wir nehmen meinen Wagen“, sagte er und steuerte direkt darauf zu, ohne eine Antwort abzuwarten.

Als Andreas losgefahren war, fragte Marthe: „Wo müssen wir hin? Ich glaube, ich müsste dringend zu Hause Bescheid sagen, dass ich heute nicht mehr zum Frühstück rechtzeitig da sein werde.“ Marthe rollte mit den Augen und schaute anschließend sich dem Schicksal ergebend an die Autodecke.

„Morgen kannst du auch noch frühstücken.“ Andreas grinste sie an. „Du kennst doch unseren Job. Auf nichts kann man sich verlassen, nicht einmal auf ein Frühstück. Karl-Ludwig müsste das doch aus jahrelanger Erfahrung kennen.“

„Eben. Das ist gerade mein Problem“, stöhnte Marthe. „Karl-Ludwig hat nach meiner Pensionierung kein Verständnis für solche Aktionen. Ich nehme es ihm auch nicht übel. Anderes Thema: Wo müssen wir hin?“

„Auf die Vierhundertdreiunddreißig Richtung Norderstedt“, erklärte Andreas. „Kurz vor dem Flughafen in Höhe der Shell-Tankstelle.“

„Und was ist mit Margret Ahrens? Hat man sie auch gefunden?“

„Das Auto war leer. Nicht einmal verschlossen. Es parkte verkehrswidrig auf dem Grünstreifen. Ein Anwohner hatte sich beschwert.“

„Hm“, überlegte Marthe. „Dann war sie offenbar auf dem Weg in Richtung Norderstedt in die Villa ihrer Schwägerin.“

Gleichzeitig mit der Spurensicherung trafen Marthe und Andreas ein. Zwei Beamte waren bereits vor Ort.

„Der Wagen war offen“, erläuterte ein Polizist. Er wies auf den Beifahrersitz und in den Fußraum. „Das scheint Blut zu sein. Nicht gerade wenig“, meinte er.

„Sonst noch etwas?“, fragte Andreas.

„Bislang nicht. Ein Anwohner war heute Morgen mit seinem Hund Gassi, als er den Wagen auf dem Grünstreifen der Bundesstraße bemerkte. Er informierte die Polizei. Wir haben die Personalien des Mannes aufgenommen.“

„Gut, befragt mal die restlichen Einwohner in der Nähe.“ Andreas zeigte auf die Häuser. „Vielleicht haben sie gesehen, wer den Wagen abgestellt hat oder wann er abgestellt wurde.“

Inzwischen hatte sich die Spurensicherung des SUVs angenommen. „Kein Zündschlüssel vorhanden“, stellte ein Beamter fest. „Den muss der Fahrer mitgenommen haben.“

„Sollen wir den Wagen abschleppen lassen?“, fragte der andere.

„Wir zünden ihn kurz. Dann fahren wir ihn ins Präsidium.“ Er hantierte an den Kabeln rum, um sie zu überbrücken. Es tat sich nichts. „Ich schätze, das Ding hat kein Sprit mehr.“ Er lachte. „Vollkommen leergefahren.“

„Deshalb steht er hier“, sagte Marthe. „Dabei ist dort hinten gleich eine Tankstelle.“ Sie zeigte ein Stück weiter auf das Tankstellenschild. „Wie blöd ist denn so etwas.“

„Dann ist sie wahrscheinlich dorthin unterwegs?“ Andreas lief um das Auto herum. „Wir rufen den Abschleppdienst“, entschied er. „Einer von euch fragt bei der Tankstelle nach, ob eine Frau mit einem Benzinkanister da war.“

Andreas telefonierte kurz. „In Norderstedt ist alles ruhig geblieben. Weder eine Frau in einem Taxi noch zu Fuß hat die Villa betreten. Übrigens ist die Fahndung an alle Polizeistationen und Krankenhäuser im Umkreis raus.“

„Wo ist sie nur hin?“, überlegte Marthe. „Verletzt, zu Fuß und mitten in der Nacht? Wir müssen die Umgebung abklappern“, dachte Marthe laut und blickte Andreas an. „Gibt es eine Arztpraxis in der Nähe?“

Andreas griff erneut zu seinem Handy. „Ruft mal bitte alle Arztpraxen in Fuhlsbüttel an und eventuell die Krankenhäuser. Außerdem brauchen wir einige Beamte, die hier die Gegend absuchen. Und erkundigt euch bei sämtlichen Taxizentralen.“

„Was machen wir jetzt?“, fragte Marthe ratlos.

„Wir fahren zurück zum Präsidium“, entschied Andreas. „Dort steht dein Auto. Und du willst doch heute noch unbedingt frühstücken.“

Schweigend fuhren sie zurück. Otto war mit den Unterlagen auch noch nicht sehr viel weitergekommen. Warum wurde Elena Bartsch ermordet?

Marthe holte sich aus dem Automaten einen Kaffee. „Ich mach mich mal auf den Heimweg“, sagte sie und schaute auf die Uhr. „Ich denke, wir haben im Moment nichts weiter zu tun. So hoffen wir, dass Frau Ahrens irgendwo auftaucht, und ich bekomme statt Nachmittagskaffee endlich Frühstück.“

„Tja“, meinte Andreas. „Irgendwie waren wir einen Tick zu langsam. Aber wer konnte ahnen, dass die Dame im Zusammenhang mit dem Mord stand.“

„Mit den Morden“, warf Otto ein. „Frau Petereit wurde obduziert. Sie war nicht einfach eingeschlafen, sie hatte eine Überdosis Schlaftabletten im Blut. Das Pflegeheim versicherte, dass die Patienten keinerlei Medikamente auf ihren Zimmern hätten. Diese werden ausschließlich durch das Pflegepersonal direkt verabreicht. “

„Das auch noch“, stöhnte Marthe. Aber dafür fühlte sie sich nicht mehr verantwortlich. Sie schlürfte an ihren Kaffee, als das Telefon auf Andreas seinem Schreibtisch klingelte.

„Danke für die Information“, sagte er und legte auf.

„Was war?“, fragte Marthe.

„Aufgrund unserer Fahndung hat sich der Flughafen gemeldet. Heute, um kurz vor elf, gab es einen Direktflug nach Edinburgh. Eine Frau Margret Gibson hatte gebucht, erschien aber auch nach dem zweiten Aufruf nicht.“

„Dann wollte sie gar nicht nach Norderstedt, sondern zum Flughafen?“, stellte Marthe überrascht fest.

„Fast hätte sie es auch geschafft. Leider hat sie offenbar nicht auf den Benzinstand geachtet. Ich vermute, sie befindet sich irgendwo zwischen der Bundesstraße Ecke Hindenburgstraße und dem Flughafen. Ich gebe das mal eben durch.“ Rasch telefonierte er. In der Zwischenzeit kam die Meldung, dass keiner der Taxifahrer eine Frau von der Bundesstraße zum Flughafen gefahren habe.

„Sie wollte also unter ihrem alten Namen reisen? Woher hatte sie aktuelle Papiere und wieso vertuschte sie ihren Ehenamen?“

„Weiß der Teufel.“ Andreas zuckte die Schultern. „Wenn wir Glück haben, werden wir es hoffentlich bald erfahren. Kommst du mit in die Kantine? Ich habe einen Bärenhunger.“

Marthe bejahte. „Ich auch. Eigentlich sollte ich heim, aber im Moment habe ich keine Lust auf Konfrontation. Ich kann mich langsam auch nicht mehr daran erinnern, wann ich etwas Gescheites gegessen habe. Meine letzte vollständige Mahlzeit war bei Ramona. Und das ist inzwischen ein paar Tage her.“

Andreas und Marthe hatten sich gerade die Teller an der Essenausgabe vollgeschaufelt und ihren Platz eingenommen, als das Handy von Andreas ertönte. Er stöhnte und nahm ab.

„Aha. Wo? Durch Kinder? Wann? Wo ist sie?“ Er legte wieder auf.

„Tja, wird wohl nichts mit gemütlich Essen“, meinte

Andreas und starrte auf sein Schnitzel. „Mit viel Glück haben wir die Gesuchte gefunden."

„Wo?", fragte Marthe und spießte eine Kartoffel mit der Gabel auf.

„Eine Unbekannte wurde ohnmächtig in der Nähe des SUV aufgefunden. Sie befindet sich im UKE Eppendorf. Sie ist nicht vernehmungsfähig. Otto hat vorsorglich zwei Beamte zur Bewachung abgestellt."

„Dann hatte die Fahndung Erfolg", konstatierte Marthe. „Da ist sie erst mal gut aufgehoben. Also kannst du dein Schnitzel in Ruhe verspeisen." Marthe pikste einige Möhren auf und stopfte sie sich in den Mund. „Somit hätten wir heute Vormittag gleich im UKE bleiben und uns diese ganze Fahrerei ersparen können." Eine Erbse kullerte vom Teller und blieb demonstrativ an der Tischkante liegen. Marthe lächelte. „Glück gehabt", sagte sie und legte die Erbse auf den Teller zurück.

45

Nachdem Marthe und Andreas gegessen hatten, machten sie sich erneut auf den Weg ins UKE nach Hamburg. Sie wurden sofort durchgelassen und auf die Station in den Wartebereich geführt. Polizisten bewachten ein Krankenzimmer. Ein diensthabender Arzt kam kurze Zeit später in den Warteraum.

„Doktor Maximilian Meyer. Ich bin der leitende Stationsarzt", stellte er sich vor. „Wir wurden darüber unterrichtet, dass die eingelieferte Patientin in Niedersachsen gesucht wird", sagte er. „Sie liegt auf der Intensivstation. Ihr Zustand ist inzwischen stabil."

„Wann wurde die Frau eingeliefert?", fragte Andreas.

„Heute Vormittag gegen elf. Kinder fanden sie ohnmächtig auf dem Spielplatz Alsterdorf. Sie lag in einem

Holz-Spielhaus versteckt und war nicht ansprechbar."

„Hatte sie was bei sich?", erkundigte sich Andreas.

„Einen kleinen Handtrolley. Verschlossen."

„Wie war sie bekleidet?", wollte Andreas wissen und zog einen Notizblock aus der Jackentasche.

„Sie trug einen Übergangsmantel, Pullover und eine karierte Hose. Normale Kleidung für diese Jahreszeit. Gepflegt."

„Haben Sie die Identität feststellen können?"

„In der Seitentasche des Mantels befanden sich ein Flugticket nach Edinburgh, ein englischer Pass, ausgestellt auf den Namen Margret Gibson, wohnhaft in ...", er blätterte in den Papieren, „jedenfalls irgendwo in Schottland, sowie etwas Geld in Euro und Pfund."

„Was genau hat zu ihrer Ohnmacht geführt?", fragte nun Marthe.

„Einerseits ein hoher Blutverlust", meinte Dr. Meyer. „Verursacht durch einen Tierbiss, wahrscheinlich einer Katze, sowie zusätzlich erhebliche Kratzspuren an den Unterarmen. Die Bisswunde hatte sich stark entzündet und zu einer lebensbedrohenden Tetanusinfektion beigetragen. Sie hätte unverzüglich nach dem Biss behandelt werden müssen, zumal sich noch ein Stück eines Reißzahnes in der Wunde befand. Ferner war sie unterkühlt. Sie muss wohl die ganze Nacht im Spielhaus gelegen haben."

„Wann können wir zu ihr?", interessierte sich Andreas.

„Das kann ein paar Stunden dauern", erwiderte Dr. Meyer. „Sie ist noch nicht wieder bei Bewusstsein. Wir haben sie in ein künstliches Koma versetzt."

„Wo befindet sich der Handtrolley", fragte nun Marthe weiter.

„Der steht verschlossen im Schwesternzimmer. Ich lasse ihn bringen. Einen Schlüssel fanden wir nicht."

„Vielleicht hat sie ihn verloren", stellte Marthe fest.

Andreas zuckte die Schultern.

„Nehmen wir uns mal das Handgepäck vor“, meinte er. „Haben Sie einen Raum, wo wir ungestört sind?“, wandte er sich an den Arzt.

„Sie können hierbleiben. Besucher dürfen den Raum nur mit Genehmigung betreten.“ Er verließ das Zimmer.

Kurz darauf erschien einer der Beamten und brachte den Trolley sowie Margrets Kleidung herein. Der kleine Koffer war ungewöhnlich schwer.

„Dann wollen wir mal“, sagte Andreas und machte sich an die Arbeit. Er sortierte zuerst die in der Manteltasche gefundenen Papiere.

„Tatsächlich. Ein Flugticket, ausgestellt auf Margret Gibson. Gebucht vor vier Tagen.“ Er blätterte durch den Pass. „Ziemlich neu. Ein englischer Ausweis. Ebenfalls gleichlautend auf Margret Gibson. Er ist ungefähr drei Monate alt. Ein Gepäckabholschein für Edinburgh. Also hat sie im Vorfeld etwas verschickt.“

„Dann muss sie seit längerer Zeit den Mord an Elena geplant haben.“ Marthe dachte nach. „Aber warum auch noch Ramona und ich? Ich sehe überhaupt keinen Zusammenhang, geschweige denn einen Grund.“

„Wer weiß.“ Andreas legte die Papiere beiseite. „In der Geldbörse befindet sich nur Geld.“ Er packte die Börse zu den anderen Sachen. Dann durchsuchte er den Übergangsmantel. „Alle Taschen leer. Kein Schlüssel.“

„Den hat sie, wie ich vorhin schon sagte, vielleicht auf dem Weg zum Flughafen verloren. Da bleibt nur gewaltsames Öffnen“, meinte Marthe.

„Jo.“ Andreas fingerte bereits an dem Schloss herum. Er griff in seine Hosentasche. „Wofür hat ein richtiger Junge ein Taschenmesser?“ Stolz hielt er es hoch. Es dauerte gar nicht lange, da war das Schloss geknackt. Er öffnete den Deckel.

„Wow“, sagte Marthe. „Lauter Schnellhefter.“ Sie nahm sie heraus und blätterte sie flüchtig durch. „Schau mal“, sie reichte Andreas einige Seiten zu, „ein Antrag auf Scheidung, ausgestellt von Karl Ahrens. Schon gut dreißig Jahre her. Hier noch einmal, ungefähr fünfundzwanzig Jahre alt.“

„Sieht so aus, als ob er sich mehrmals von Margret scheiden lassen wollte. Warum hat er die Scheidung dann immer wieder zurückgezogen?“ Andreas schaute flüchtig die Papiere durch.

„Ob das Ehepaar womöglich am Ende doch geschieden war? Margret nahm ihren Mädchennamen wieder an und gab sich später als Witwe aus.“ Marthe sah Andreas zweifelnd an.

„Oder sie nahm nach dem Tod ihres Mannes ihren alten Namen wieder an. Weiß der Geier. Vielleicht finden wir weitere Hinweise.“

„Hier, ein handschriftlicher Brief.“ Marthe sah auf die letzte Seite. „Unterschrieben von Karl Ahrens. Der muss knapp vor seinem Tod geschrieben worden sein.“ Marthe setzte sich auf einen Stuhl und begann zu lesen, während Andreas sich einem anderen Ordner widmete.

„Das ist ja ein Ding“, murmelte Marthe nach einer Weile.

„Was?“ Andreas sah auf.

„Karl Ahrens behauptet hierin, dass er der leibliche Vater von Maria Magdalena, der Tochter von Elena Bartsch, sei.“ Marthe hielt das Schreiben in die Höhe.

„Das ist wirklich ein Ding“, staunte Andreas. „Belegt er es auch?“

„Ne. Er schreibt nur, dass er während eines beruflichen Aufenthaltes in Kiew ein Verhältnis mit Elena Goncharenko gehabt hätte und sie schwanger geworden sei.“

„Dann kannte Karl Ahrens unsere Tote sogar sehr gut“, wunderte sich Andreas und sah von seinen Papieren auf.

„Sogar auf eine ganz besondere Art und Weise."

„Wenn das stimmt, ist es wohl so. Somit lebten sie mehr als vierzig Jahre gemeinsam in der Elbmarsch. Sie müssen sich doch ab und zu über den Weg gelaufen sein." Marthe staunte immer noch.

„Karl Ahrens hielt sich überwiegend im Ausland auf", erläuterte Andreas. „Das geht hier aus Reisedokumenten hervor. Otto hatte diesen Sachverhalt ebenfalls anhand der Gehaltsabrechnungen und Auslandsauslösungen festgestellt."

„Wann starb Karl Ahrens?"

„Das genaue Datum prüfen wir gerade", grummelte Andreas. „Das war ungefähr vor fünf Jahren. Eine Geburtsurkunde habe wir angefordert."

„Also wusste Margret spätestens nach seinem Tode, dass ihr Mann mit Elena Bartsch ein Kind gezeugt hat. Ob sie das jemals verknusen konnte?", fragte Marthe und biss sich auf die Unterlippe.

„Es gibt allerdings keinerlei Hinweise, dass Karl Ahrens irgendwann Unterhalt gezahlt hätte. Die Kontenbewegungen haben wir bereits überprüft. Jedenfalls haben wir nichts gefunden, sonst wären wir sofort aufmerksam geworden."

„Oder er hatte noch ein anderes Konto." Marthe legte den Brief auf einen gesonderten Stapel und wühlte sich weiter durch die Dokumente. „Ah hier, eine amtliche Bestätigung, dass der Frau Margret Ahrens, geborene Gibson, die Vormundschaft über Katharina Petereit, geborene Ahrens, übertragen wurde."

„Das wussten wird schon", murmelte Andreas.

„Aber nicht, dass sie womöglich eines gewaltsamen Todes gestorben ist. Diese Information wurde gerade erst festgestellt. Vielleicht gibt es einen Zusammenhang? Immerhin war sie die Schwester von Karl Ahrens und nun ist Margret Ahrens die alleinige Erbin."

„Ich glaube, da müssten wir uns wohl auch mit der Familie Petereit beschäftigen beziehungsweise mit den Testamenten, falls es welche gibt.“ Andreas stapelte einige Papiere aufeinander. „Alles sehr undurchsichtig.“ Er schüttelte unwirsch den Kopf.

„Eventuell doch nicht.“ Marthe bestand auf ihrer eben gemachten Feststellung. „Augenscheinlich bleibt als nächste Erbin nur Margret Ahrens übrig“, stellte sie fest, „oder …“

„Oder die leibliche Tochter des verstorbenen Karl Ahrens.“ Jetzt sah Andreas interessiert auf.

„Ich bin begeistert“, Marthe jubelte ironisch, „du hast es begriffen.“

„Du meinst, deshalb hat Margret Elena Bartsch umgebracht? Macht es nicht mehr Sinn, die Tochter, also Marie Magdalena aus dem Weg zu räumen?“ Andreas zog die Augenbrauen zusammen.

„Wie hätte Margret Maria Magdalena in den USA finden sollen? Vielleicht hat sie darauf spekuliert, dass die Tochter zur Beerdigung der Mutter in die Elbmarsch kommt. Das würde auch die Brandstiftung in Drennhausen erklären.“

Andreas sah seine ehemalige Kollegin an. „Du kommst immer auf krumme Gedanken“, staunte er. „Manchmal verstehe ich wirklich nicht, wie man so quer denken kann.“

„Ich bin eben eine Frau“, meinte Marthe mit einem spitzen Unterton. „Ihr Männer poltert immer gleich los, sodass die leisen, feinen Töne völlig untergehen.“

„Okay, du hast Recht und ich habe meine Ruhe.“ Andreas widmete sich wieder den Unterlagen.

„Da ist ein altes Dokument aus der Geburtsstadt von Margret. In englischer Sprache. Scheint amtlich zu sein.“ Marthe hielt es in die Höhe. „Certificate of Inheritance. Vielleicht über das Castle, von dem Margret immer geprahlt hat."

Andreas griff danach. „Hm", also noch so etwas wie ein Testament, in dem Margret als alleinige Erbin bestimmt wird. Sie scheint ja über ein ziemliches Vermögen zu verfügen."

„In dem Koffer befinden sich hauptsächlich Dokumente, die Margret für ein Leben in Schottland benötigt. Sie wollte anscheinend Deutschland auf Nimmerwiedersehen verlassen." Marthe legte mit einem tiefen Seufzer die Papiere beiseite. „Ob es irgendwo einen Kaffee gibt?", fragte sie.

In diesem Moment kam der behandelnde Arzt ins Zimmer. „Frau Gibson ist aufgewacht", erklärte er. „In einer Stunde können Sie zu ihr. Sie wird gerade versorgt."

„Danke", sagte Andreas. „Haben Sie hier einen Kaffeeautomaten?", fragte er.

„Auf der Station haben wir nur eine Kaffeemaschine im Schwesternzimmer. Oder Sie gehen in die Cafeteria."

„Wir marschieren in die Cafeteria", entschloss sich Marthe und zog Andreas am Ärmel.

„Dann bin ich mal gespannt, was uns Frau Ahrens zu berichten hat", plauderte Marthe, während sie gemeinsam mit Andreas zum Fahrstuhl ging.

„Hauptsache, wir haben die Dame überhaupt gefunden. Wenn dein Kater Tommy nicht so todesmutig eingegriffen hätte, wären wir so rasch nie auf Margret Ahrens gekommen und sie wäre längst über alle Berge", meinte Andreas. „So kannst du nicht nur beruhigt in deinem Haus schlafen, sondern ab sofort deine Pension genießen und Blumenzwiebeln pflanzen."

„Stimmt", sagte Marthe und nickte. „Ich bekomme hoffentlich heute Abend mein verpasstes Frühstück und werde Tommy ganz doll drücken." Es lagen unruhige, aufregende Tage hinter ihr. Marthe stellte fest, dass sie auf Dauer solchen Belastungen nicht mehr so einfach gewachsen war. Insgeheim gab sie Karl-Ludwig Recht, sich ganz langsam auf das Alter vorzubereiten.

46

Nach ungefähr einer Stunde gingen Marthe und Andreas wieder auf die Station. Die Beamten standen noch immer vor der Tür und tippten grüßend an die Mütze, als sie die beiden sahen. „Der Arzt ist dahinten drin“, erklärte einer und wies auf eine Tür schräg gegenüber.

Marthe klopfte an. „Dürfen wir jetzt zu ihr?“, fragte sie, als Dr. Meyer kurz aufsah. Er erhob sich. „Wir haben die feine Dame fixieren müssen“, grinste er. „Sie wollte offenbar verschwinden, wurde ziemlich rabiat und hat eine meiner Schwestern verletzt.“ Er stand auf, ging schräg über den Flur und öffnete die Krankenzimmertür. „Besuch für Sie“, betonte er laut und ließ Marthe und Andreas hinein. Dr. Meyer verließ den Raum und schloss die Tür hinter sich.

„Guten Tag, Frau Ahrens“, sagte Marthe. „So sehen wir uns also wieder. Schneller als gedacht. Das ist mein ehemaliger Kollege Andreas Cornelsen, inzwischen Leiter der Mordkommission in Lüneburg. Er leitet die Ermittlungen im Fall Elena Bartsch.“

Margret drehte den Kopf weg. Andreas zog sich einen Stuhl heran und setzte sich neben das Krankenbett. Marthe blieb stehen.

„Frau Ahrens“, begann Marthe nach einer Weile erneut, „wir würden gerne wissen, warum das alles. Elena Bartsch ist tot, Ramona Kuhrs Werkstatt ist verbrannt und sie selbst hat eine lebensgefährliche Rauchvergiftung. In meiner Wohnung wurde eingebrochen und mein Kater Tommy liegt schwerverletzt zu Hause ...“

„Dieses scheiß Mistvieh", quetschte Margret böse durch die Zähne hervor.

„Er hat Ihnen die Flucht vereitelt, nicht wahr?" Marthes Stimme klang amüsiert. „Ich finde, mein Kater ist ein Held."

„Ich hätte ihn auf der Stelle erschlagen sollen. Aber er biss sich in meinem Arm fest und ließ nicht mehr los. Ich musste ihn förmlich rausreißen."

„Tja, so spielt das Leben". Marthe lachte lauthals. „Er lässt sich nicht gewaltsam fangen. Nicht einmal ich kann ihn auf den Arm nehmen. Tommy und Jerry sind wildgeborene Katzen. Er hat lediglich sein Revier verteidigt und das hat er richtig gut gemacht."

„Die beiden anderen flüchteten sofort nach draußen, als ich die Türen aufriss. Eine andere verkroch sich blitzartig und war unauffindbar. Dann schnappte ich mir diesen verdammten Kater, der sich in meinem Arm verkeilte." Margret blickte Marthe mit bösen funkelnden Augen an. „Aber dann habe ich ihn fest im Nacken gepackt und ihn ein paarmal gegen den Türrahmen geschleudert. Jaulend hat er sich davongeschlichen, dieses dämliche Mistvieh."

Marthe zuckte bei ihren Worten zusammen und dachte an ihren Tommy. Welche großen Schmerzen musste er ertragen haben, bevor er sich angstvoll in der Hausritze verkrochen hatte. Wie gut, dass Andreas die Blutspuren gefunden hatte. Marthe mochte sich nicht vorstellen, wenn es nicht so gewesen wäre. Womöglich hätte sie ihn nicht gefunden und er wäre qualvoll in der Wand verendet. Sie schluckte ein paar Mal, bevor sie weitersprach: „Was suchten Sie überhaupt in meinem Haus?", fragte sie verhalten. „Wollten Sie mich auch umbringen?"

„Sie schnüffelten zuviel, waren ständig an meinem Haus." Margret presste die Lippen aufeinander. „Was gehen Sie meine Angelegenheiten an? Sie sind eine Fremde in unserem Ort. Also gehen Sie dahin zurück, wo sie hergekommen sind, und schnüffeln nicht in anderer Leute Leben herum."

„Ich denke gerade ernsthaft darüber nach", antwortete Marthe wahrheitsgemäß. „Bei so viel Willkommenskultur, wie ich sie in den letzten Tagen erfahren habe, ist es tatsächlich überlegenswert." Marthe sah zu Boden. „Ich hatte mir vorher keine Gedanken darüber gemacht und konnte es mir auch nicht vorstellen."

Margret sah überrascht auf. „Dann verschwinden Sie schnell von hier und gehen nach Hause", sagte sie. „Ich kann Ihnen das nur ehrlich raten, denn ich spreche aus jahrelanger Erfahrung. "

Marthe sah, dass Margret sehr verbittert war. Im Grunde tat sie ihr fast leid. Hatte sie wirklich so viele schlechte Erfahrungen in ihrem Leben gemacht? In einem fremden Land? In einer ablehnenden Umgebung? „Warum haben Sie meine Katzen alle rausgeworfen? Es sind reine Hauskatzen, die in der freien Natur wenig Überlebenschancen haben. Die hatten Ihnen nichts Böses gewollt", sagte Marthe sanft.

„Sie waren nicht zu Hause und ich wusste auch nicht, wo Sie waren", erwiderte Margret hart. „Ich hatte aber noch einiges vor und musste vor allen Dingen den Flieger in meine Heimat erreichen. Bei Ihrer Rückkehr wären Sie mit der Suche nach diesen dämlichen Viechern beschäftigt gewesen, statt womöglich mich zu verfolgen." In Margrets Augen glitzerte es böse, als sie Marthe ansah.

„Anschließend fuhren Sie also zum Haus von Ramona Kuhr?", mischte sich nun Andreas ein, der die Unterhaltung zwischen Marthe und Margret aufmerksam verfolgt hatte.

„Jetzt hatte ich mehr Glück", erklärte Margret. „Das Auto von der da", sie wies auf Marthe, „stand vor der Tür. Damit konnte ich zwei Fliegen mit einer Klappe schlagen."

„Warum das alles?“, wiederholte Marthe ihre Frage. „Warum haben sie Elena Bartsch umgebracht?“

„Ich habe Elena nicht umgebracht.“ Margrets Stimme klang jetzt ohne Aggressivität und wurde leiser.

„Was haben Sie dann mit ihr gemacht?“, fragte Andreas eindringlich. „Wollten Sie sie erpressen?“

Margret schüttelte den Kopf.

„Ging es um Elenas Tochter Maria Magdalena?“ Marthe sah Margret abwartend an.

„Maria Magdalena ist nicht Elenas Tochter, sie ist die Tochter meines Mannes Karl und somit auch meine Tochter.“

„Ich weiß“, sagte Marthe. „Aber Sie konnten keine Kinder bekommen. Oder wollten Sie oder Ihr Mann keine eigenen Kinder haben?“

Margret presste die Lippen aufeinander und sah an die Decke.

„Wie lange wussten Sie schon, dass Maria Magdalena die leibliche Tochter Ihres Mannes war?“ Marthe versuchte, Margrets Blick zu erhaschen.

„Seit mehr als dreißig Jahren“, erklärte Margret gepresst.

„Nicht erst nach dem schriftlichen Geständnis Ihres Mannes kurz vor seinem Tod?“ Marthe war überrascht über Margrets Aussage. „Möchten Sie mir etwas darüber erzählen?“, fragte sie sanft wie eine Psychiaterin.

„Ich kannte die russische Familie aus Drennhausen nur flüchtig, nur vom Sehen bei Dorf- oder Schützenfesten“, begann Margret leise. „Eines Tages besuchten Karl und ich meine Heimat Edinburgh. Das war noch relativ am Anfang unserer Ehe. Wir trafen bei der Besichtigung der St. Giles Cathedra, die ich meinem Mann zeigen wollte, Theo und Elena Bartsch. In ihrer Mitte befand sich ein etwa achtjähriges Mädchen. Sie hielten es bei der Hand. Sie scherzten und alberten wie eine glückliche Familie. Karl starrte völlig fasziniert hinter ihnen her. Theo und Elena drehten sich ebenfalls einmal um. Aus ihren Blicken war zu erkennen, dass sie sich nicht fremd waren. Dann gingen sie übermütig lachend weiter.“ Margret schwieg. Ihre Gedanken schienen in weiter Ferne entrückt. „Karl war komplett geistesabwesend, nicht ansprechbar. ‚Das ist also meine Tochter‘, flüsterte er. ‚So ein schönes Mädchen, wie eine Prinzessin.‘ Ich war perplex und starrte ihn sprachlos an. Als ich mich gefasst hatte, sagte ich ihm, er solle noch einmal wiederholen, was er da gerade gesagt hätte.“

„Wie hat ihr Mann reagiert oder was hat er geantwortet?“, fragte Marthe.

„Er ließ sich gar nicht auf ein Gespräch ein. Unsere Ehe lief von Anfang an nicht besonders gut. Wir bekamen keine Kinder, so sehr ich mich auch bemühte. Einige Male wollte er sich sogar scheiden lassen. Hat es aber auf meinen Bitten hin immer wieder rückgängig gemacht. In all den Ehejahren war er kaum zu Hause. Ständig war er im Ausland. Und diese Hure aus Russland besaß sein Kind, das meines war, und wohnte zusätzlich in unserer Nähe.“

„Maria Magdalena ist kurz nach Elenas Heirat mit Theo geboren“, gab Andreas zu bedenken. „Somit ist sie sein legitimes Kind.“

„Und wenn schon. Dieser Theo ist schwul. Der hatte kein Kind mit Elena. Aber mein Mann. Und eine Dirne hat kein Recht auf Kinder.“

„Elena und Theo liebten ihre Tochter und Elena war keine Dirne. Das wurde ihr lediglich hier in der Elbmarsch nachgesagt, obwohl niemand etwas über Elena und vor allem nichts über ihr Leben wusste. Es wurde einfach nur angenommen. Elena wurde Übles nachgeredet.“ Nun war Marthe an der Reihe, empört zu protestieren.

„Sie war eine Hure! Seit dem Zeitpunkt, als ich wusste,

dass sie das Kind meines Mannes aufzog, wünschte ich ihr den Tod“, erklärte Margret ungerührt. „Dann wäre es meine Tochter gewesen. Ich und Karl hätten sie aufgezogen, nicht diese Frau, die kein Recht auf das Kind meines Mannes hatte.“

„Und deshalb haben Sie Elena Bartsch umgebracht? Ihr Mann stellte zu seinen Lebzeiten keinerlei Ansprüche“, erklärt Marthe.

„Ich brachte Elena nicht um. Sie ist einfach umgefallen. Ich wollte lediglich mit ihr reden, deshalb haben wir uns getroffen. Sie sollte mir mein Kind geben. Mein süßes, kleines Töchterchen.“ Margret blickte nach wie vor zur Krankenzimmerdecke. „Sie hat gelacht. Sie hat mich einfach ausgelacht und gesagt, dass Maria Magdalena kein kleines Kind mehr sei, sondern schon fast vierzig Jahre alt wäre.“ Margret schwieg. „Wie kann Elena so etwas sagen? Sie hat mich angelogen, um mir meine Tochter vorzuenthalten“, sprach sie leise weiter.

Marthe stutzte. „Aber es entspricht doch den Tatsachen“, warf sie ein. „Maria Magdalena ist tatsächlich fast vierzig, wohnt und arbeitet in den USA.“

Margret reagierte nicht auf Marthes Einwand. „Wir wollten ein Stück spazieren gehen, als ihr Handy klingelte. Sie sagte: ‚Maria Magdalena, ich rufe dich gleich zurück.‘ Ich riss ihr das Handy aus der Hand, weil ich mit meiner Tochter sprechen wollte. Elena hielt mich am Arm fest und griff nach dem Handy. Ich wehrte sie ab. Sie rutschte aus und blieb einfach liegen, die blöde Kuh. Ich brüllte sie an, sie solle gefälligst aufstehen und mit mir reden. Sie weigerte sich, rührte sich keinen Deut. So eine eingebildete Hure. Ich packte sie und setze sie auf die Lieferfläche des Autos.“

„Haben Sie nicht gemerkt, dass sie verletzt war und blutete? Vielleicht gar tot war?“

„Sie war nicht tot. Sie schauspielerte, sie machte mir etwas vor. Ich dachte, der werde ich es zeigen. Sie wird mir mein Kind mit Kusshand übergeben. Ich fuhr weit in die Feldmark rein. Dort wollte ich Elena rausschmeißen, ohne Papiere und Handy. Ich kam nicht soweit, der Weg war überflutet und ich konnte kaum aussteigen. So nahm ich das Handy und ihre Handtasche und beförderte es in die Felder. Ich steuerte Bütlingen an, um sie dort in der Feldmark abzusetzen. Sollte sie doch bei dem Schietwetter zu Fuß nach Hause laufen, die dumme Kuh. Auch hier war alles überschwemmt und ich kam nicht vorwärts. Also warf ich sie kurzerhand in den matschigen Graben am Metzensee. Inzwischen regnete es in Strömen. Das würde ihr eine ewige Lehre sein."

„Elena Bartsch war zu dem Zeitpunkt bereits tot", sagte Andreas.

„Nein, sie lebte, sie war störrisch und stellte sich tot. Sie wollte mich ärgern, wie immer in ihrer überheblichen Art", behauptete Margret giftig.

„Sie war nachweislich zu diesem Zeitpunkt bereits tot", wiederholte Andreas ruhig. „Sie war bei dem Gerangel offenbar auf einen Stein gefallen und hatte sich den Kopf aufgeschlagen."

„Ach", Margret machte eine Pause. „Deshalb die ganze Sauerei in dem Mietauto."

„Sie wussten, dass Elena gestorben war und wollten es vertuschen", warf nun auch Marthe ein.

„Ich las davon lediglich in der Zeitung", war alles, was Margret dazu sagte.

Marthe merkte, dass Margret keinerlei Einsicht zeigte und verkniff sich weitere Fragen, die Maria Magdalena betrafen. Sie wechselte das Thema. „Haben Sie Ihre Schwägerin in Norderstedt ebenfalls umgebracht?"

„Ich habe niemanden umgebracht. Ich erleichterte ihr

nur das Sterben. Sie war seit Jahren krank und eine Last. Außerdem mochte ich sie von Anfang an nicht. Sie steckte ewig mit meinem Mann zusammen. Ich denke, sie wusste, dass Karl in Russland ein Kind gezeugt hatte."

„Das glaubten Sie aber nur, oder wussten Sie das genau?"

„Katharina heiratete den Fabrikanten Ottokar Petereit. Auch die beiden bekam keine Kinder. Das Vermögen der Petereits wuchs und wuchs. Dann wurde Ottokar sterbenskrank. Er verfügte in einem Testament, dass seine Frau Katharina die Villa und einen Geldbetrag für einen sorglosen Lebensabend erbte. Die Firma vermachte er an Gerhard Werner. Ein hergelaufener Schmarotzer, der sich jahrelang bei Ottokar Petereit eingeschlichen hat."

Margret schnaufte tief durch. „Die gesamte Erbschaft hätte meinem Mann und nach seinem Ableben folglich mir und meiner Tochter gehört. Was wollte die verwirrte alte Schachtel damit? Und erst dieser fremde Schnösel."

„Sie haben es doch geschafft, die Vormundschaft über Katharina Petereit zu erhalten. Somit waren Sie über kurz oder lang doch sowieso erbberechtigt."

„Das war ein hartes Stück Arbeit und hat viel Zeit gekostet. Und das Vermögen schwand und schwand. Das Pflegeheim kostet jeden Monat einen Haufen Geld. Hier musste ich dringend Abhilfe schaffen."

„Was wollten Sie überhaupt mit dem ganzen Geld machen? Ihr Haus in Bütlingen steht ebenfalls zum Verkauf."

„Natürlich mein Schloss in Schottland modernisieren. Ich wollte zurück in meine Heimat. Zu meinem Vater und zu meiner Mutter, ihr meinen Mann und unser kleines, süßes Mädchen vorstellen. Sie warteten auf mich. Sie würden stolz auf ihre Tochter sein. Ich komme heim, habe viel Geld und mach es meinen Eltern gemütlich. Und ich präsentiere ihnen ihr Enkelkind."

Schloss? Enkelkind?“ Marthe stutzte und sah Andreas an. Er tippte sich unauffällig an die Stirn und winkte Marthe mit dem Kopf, um hinauszugehen.

„Frau Ahrens“, sagte Marthe, „wir sind gleich wieder bei Ihnen.“

Marthe und Andreas schlossen hinter sich die Tür und blieben davor stehen. „Ich habe das Gefühl, Margret Ahrens bringt alles durcheinander. Sie lebt überhaupt nicht in der realen Welt.“

„Hier kommen wir nicht weiter. Entweder spielt sie mit Absicht die Verwirrte oder sie ist es wirklich. Das ist nicht unser Bereich. Wir sollten einen Polizeipsychologen einschalten. “

Andreas klopfte bei Dr. Meyer und besprach mit ihm die weitere Vorgehensweise. Weiterhin erteilte er den Beamten die Order, das Zimmer strengstens zu bewachen.

„Wir können endlich fahren“, sagte er zu Marthe. Den Koffer mit den Dokumenten und Margrets Kleidung nahmen sie mit ins Präsidium. Da hätte Otto wieder viel zu tun, bis Licht ins Dunkle kam.

Auf der Rückfahrt dachte Marthe nach. „Was haben wir nun. Zwei Tote und eine verletzte Frau, eine offenbar verwirrte Mörderin sowie zwei verbrannte Häuser.“

„Du hast deinen Kater Tommy vergessen.“ Andreas sah sie grinsend an.

„Ja, und einen arg demolierten Kater. Der bekommt nachher viele Leckerlis.“ Marthe freute sich schon darauf, endlich nach Hause zu kommen.

„Tommy ist der wahre Held dieser Geschichte. Ohne ihn hätten wir Margret Ahrens nicht so schnell geschnappt und womöglich Interpol um Hilfe bitten müssen.“ Andreas meinte es ernst, wie Marthe aus seiner Stimme erkennen konnte. „Also hat dein Tommy dem Steuerzahler eine Menge Geld gespart.“

Marthe lachte. „Somit haben unsere vielen überflüssigen Politiker nun die schwierige Aufgabe zu überlegen, ob sie das gesparte Geld einem Tierschutzverein spenden sollten. Na, ob das klappt?"

Andreas zwinkerte ihr zu. „Was genau meinst du? Die Spende an den Tierschutzverein oder dass Politiker überlegen müssen?"

„Beides", alberte Marthe.

Am Polizeipräsidium angekommen stieg sie in ihren Wagen um. Gemütlich fuhr sie nach Hause. Inzwischen war es früher Abend.

47

Karl-Ludwig und Cornelia kamen Marthe entgegen. Sie hatten gehört, wie sie auf den Hof gefahren war und nun einparkte. Ganz bestimmt hatte ihre Familie seit dem Frühstück auf sie gewartet.

„Und?", kam es wie aus einem Munde, als Marthe ausstieg.

„Ist der Frühstückstisch noch gedeckt?", fragte Marthe aufgeräumt. „Ich habe einen Bärenhunger und bin todmüde."

„Wir haben vorhin zu Abend gegessen. Aber es ist noch was übrig", sagte Cornelia gönnerhaft und hakte sich bei ihrer Mutter unter.

„Wieso kommst du so spät zurück? Du wolltest doch sofort wieder zu Hause sein, als du heute Morgen losstürmtest", wollte Karl-Ludwig wissen. „Außerdem hättest du wenigstens mal anrufen können. Wir haben uns große Sorgen gemacht."

„Kommt nicht wieder vor", erwiderte Marthe müde. „Ich verspreche es. Ich gehe jetzt endgültig in Pension."

„Habt ihr den Mörder geschnappt?", fragte Cornelia

neugierig.

„Tja", erwiderte Marthe. „Fall offenbar gelöst. Die Mörderin liegt im Krankenhaus. Aber ihre Beweggründe müssen die Psychologen klären." Sie ging mit Karl-Ludwig und ihrer Tochter zum Hauseingang. „Wie geht es Tommy", fragte Marthe. Karl-Ludwig schloss die Tür auf. Vier Katzen saßen dahinter und sahen sie erwartungsvoll an. Marthe beugte sich hinunter und streichelte eine nach der anderen. „Tommy, wusstest du, dass du ein großer Held bist? Ohne deine Hilfe hätten wir den Fall wohl nicht so schnell gelöst." Er bekam eine besondere Streicheleinheit. Sein Pfötchen steckte in einem bunten Verband, auf dem Tiertatzen zu erkennen waren. Stolz, als ob er alles verstanden hätte, sah er zu ihr auf. Sein Mäulchen war noch ein wenig geschwollen, was wie ein schiefes Grinsen anmutete. Dabei blitzte der verbliebene Schneidezahn hervor. Unwillkürlich musste Marthe lachen. Tommy sah jetzt richtig verwegen aus, wie ein Pirat.

Cornelia bereitete schnell ein paar Häppchen zu und verzog sich anschließend ins Gästezimmer. Nachdem Marthe gegessen hatte, setzte sie sich aufs Sofa und ließ sich von Karl-Ludwig ein Glas Rotwein bringen. Sie sann nach. Warum war das alles passiert? Vier Frauen, die aus verschiedenen Ländern kamen, hatten ein ganz besonderes Schicksal hier in der Elbmarsch erfahren. Jede hatte in ihrer Jugend für sich ihr Leben aufgebaut, ihr neues Zuhause in dieser für sie neuen Region voller Hoffnung mit Träumen und Dingen geschmückt, die sie aus ihrer Kindheit mitgebracht hatten. Sie wollten einfach nur eine Familie gründen und glücklich werden.

Warum war alles so anders gekommen? War es, weil sie Fremde geblieben waren, obwohl sie über vierzig Jahre in der Elbmarsch lebten? War es, weil Menschen urteilten, obgleich sie die Personen gar nicht kannten? Ja, sich die

Elbmarscher hier nicht einmal die Mühe gemacht hatten, die zugezogenen Menschen kennenzulernen?

Marthe war ebenfalls eine Zugezogene, wenngleich sie nicht aus einem anderen Land kam, aber manch einen Einheimischen reichte schon das benachbarte Bundesland oder der Ort um die Ecke. Eine offene, gastfreundliche Elbmarsch? Marthe lächelte. Daran müssten noch viele Alteingesessene aus dieser Region an sich arbeiten. Auch sie, Marthe, war noch nie in dieser Heftigkeit mit diesem Thema konfrontiert worden.

Marthe stand auf und schlenderte durch ihre Räume. Es war dringend an der Zeit, nicht nur den Weinkeller wieder aufzuräumen, sondern auch diverse Räume und vor allem ihr Leben. Margret Ahrens hatte bei ihr eine enorme Unordnung hinterlassen. Elena Bartsch war ungewollt auf ihr Grundstück eingedrungen und zwang sie zum Nachdenken. Auf eine nicht zu erklärende Weise fühlte sich Marthe dieser Frau aus ihrem Runzelgraben verbunden. Gerne hätte sie Elena Bartsch zu ihren Lebzeiten kennengelernt. Sie konnte sich vorstellen, dass sie garantiert mit ihr eine Freundschaft hätte aufbauen können. Wie gerne hätte sie das getan. Schade.

Dafür gab es noch Ramona, diese interessante, lebensbejahende und sympathische Person aus Italien. Marthe wollte diese aufkeimende Freundschaft pflegen und zum Wachsen bringen.

Und Frieda Heinecke? Sie lebte vollkommen zurückgezogen und bescheiden in ihrem Haus, das sie für ihren Sohn verwahrte.

Marthe war gespannt, was Otto aus den Unterlagen und die Psychologen aus dem Gemütszustand der Margret Ahrens herausfinden würden. Eine abgebrühte Mörderin war diese Frau ihrer Meinung nach nicht. In einigen Fällen hatte sie überlegt gehandelt, in anderen allerdings völlig desolat reagiert. Nein, eine abgebrühte Mörderin war sie nicht, womöglich einfach nur eine arme einsame Seele, die über die Jahre in der Elbmarsch den Boden unter den Füßen verloren hatte und sich in die Enge gedrängt fühlte. Oder hatte sie das Heimweh zermürbt und womöglich schizophren gemacht?

Andreas Cornelsen rief Marthe am späten Abend noch einmal an und fragte, ob sie in Ordnung sei. Marthe hörte aus seiner Stimme ein Lachen. Für Marthe war alles wieder im Gleichklang, denn so langsam konnte sie damit beginnen, ihren Ruhestand zu genießen. Andreas Cornelsen würde zukünftig viele Fälle in den kommenden Jahren zu klären haben, aber ohne sie. Marthe hatte eine Menge zu tun, um ihre Zukunft nicht so frustrierend zu beenden, wie es bei diesen vier Frauen der Fall war beziehungsweise gewesen war.

48

Am nächsten Tag besuchte Marthe sofort Ramona, die am Morgen aus der Klinik entlassen worden war. Sie besorgte einen riesigen Blumenstrauß, eine Kiste mit verschiedenen Kräutern zum Einpflanzen, eine Flasche guten Rotwein, eine Packung italienischen Kaffee zum Aufbrühen und ein paar Brötchen. Mit all diesen Dingen fuhr Marthe auf die Auffahrt und parkte vor der geöffneten Eingangstür.

Ramona begrüßte Marthe im Flur und umarmte sie herzlich. „Das ist ja noch einmal gutgegangen“, sagte sie reumütig und begleitete Marthe in die Küche. Es stank in dem so gemütlichen Raum nach Rauch. „Meine ganze Arbeit ist zerstört“, sagte Ramona traurig. „Meine Kräuter, mein Eingemachtes, meine getöpferten Kannen, Schüsseln und Teller.“ Sie ließ sich müde auf einen Stuhl nieder. „Viele Erinnerung an meine Heimat sind zerstört, alles dahin.“

„Es ist nichts dahin", sagte Marthe. „Erinnerungen bleiben und Material kann man ersetzen." Marthe reckte sich und holte einen irdenen Krug vom Regal, füllte ihn mit Wasser, drapierte die Blumen darin und stellte das Gefäß auf den Tisch. Dann ging sie zum Herd. Auf dem Regal stand die gusseiserne italienische Kanne, in der Ramona ihren Kaffee immer aufbrühte, so, wie sie es in Italien gemacht hatte.

„Willst du einen Kaffee?", fragte Marthe. „Ich habe extra italienischen starken Kaffee besorgt und ein paar Brötchen." Sie hielt den Kaffee in die Höhe.

„Gerne." Ramonas Gesicht hellte sich ein wenig auf, bevor sie erneut den Kopf hängen ließ.

„Tja, dann musst du mir jetzt rasch erklären, wie man das Ding hier bedient, damit dabei auch Kaffee rauskommt." Marthe hielt ihr das Behältnis vor die Nase.

Ramona sah auf. „Meine alte Kaffeekanne!", rief sie und sprang auf. „Sie stammt von meiner Oma. Ich habe sie damals mitgenommen." Sofort hantierte Ramona herum und brühte den italienischen Kaffee selbst auf. Sie stellte Becher auf den Tisch sowie einen Topf Marmelade. Im Kühlschrank befand sich noch Butter.

„Wofür ist der Rotwein?", fragte sie, während sie in das Marmeladenbrötchen biss."

„Keine Ahnung", erklärte Marthe. „Zum Anstoßen? Für einen Neuanfang? Auf unsere Freundschaft? Es gibt viele Gründe. Wir hätten auch beide tot sein können."

„Stimmt. Es gibt viele Gründe." Ramona öffnete die Flasche und goss ein. „Auf unsere Freundschaft und auf die Zukunft", sagte sie ernst.

„Das klingt gut. Deine Werkstatt und den Garten bekommen wir wieder hin", sagte Marthe. „Ich habe ein paar Töpfe mit Kräutern besorgt. Wir können gleich anfangen."

„Das schaffe ich wohl noch nicht. Mein Kreislauf

spinnt." Ramona nahm, als ob sie dem Abhilfe verschaffen wollte, erst einen Schluck Kaffee, dann einen Schluck Rotwein. Dann musste sie husten. Beide lachten.

„Ich und viele andere aus der Elbmarsch werden dir beim Wiederaufbau helfen. Da bin ich mir sicher. Es wird größer und schöner als zuvor. Und du zeigst mir, was man alles aus den Kräutern herstellen kann und vor allen Dingen, wie man töpfert."

In Ramonas Augen trat wieder Leben. „Ja, das machen wir", bestätigte sie und nickte eifrig.

„Du wirst sehen", munterte Marthe sie auf. „Im Herbst wird es so sein, wie vorher. Wir verkaufen all die Dinge an Touristen. Und dann kochst du für uns eine Saltimbocca und wir essen draußen im Garten am Deich bei Sonnenuntergang."

„Wie in Italien", träumte Ramona.

„Ja, italienisches Flair an der Elbe in der schönen Elbmarsch. Endlich Heimat und ein bisschen das Gefühl „Ich bin hier zu Hause, ich bin endlich angekommen. Nach vierzig Jahren."

Ende

Die Autorin

Monique Lhoir alias Monika Pallasch, gebürtig aus dem Ruhrgebiet, wohnt seit einigen Jahren im Dorf Bütlingen, ein Ortsteil von Tespe in Norddeutschland. Seit mehr als zwanzig Jahren schreibt sie Romane und Kurzgeschichten. Vieles davon wurde inzwischen veröffentlicht.
(siehe auch: https://www.monique-lhoir.de)

Das Feuerpferd
Fantasy-Roman
von Sabine Abel, Annemarie Nikolaus, Monique Lhoir
Im Gestüt am Schattensee wird in einer Gewitternacht ein weißes Fohlen geboren. Mit seiner Geburt in der Welt der Sterblichen entschwindet die Kraft des Feuers aus dem Schattenreich und der Insel Seoria droht der Untergang.
Der „alte Grint" versucht, diesen Moment der Schwäche zu nutzen, um das ganze Schattenreich zu unterwerfen. Seorias Herrscherin, die Zauberfürstin Moghora, muss nun in beiden Welten um ihre Macht kämpfen…

Heirate nie…
Satirische Kurzgeschichten von Monique Lhoir
Wellhausen & Marquardt Mediengesellschaft
Wie wird die Partnerin eines Modellbauers mit einem Klabautermann fertig, der sich bei ihr eingenistet hat? Was geht in ihr vor, wenn sie statt der erhofften Kreuzfahrt ein Modellboot zum Geburtstag geschenkt bekommt?...

Kater Paulchen kämpft für Gerechtigkeit
Ein fast realistischer Katzenkrimi
Kater Paulchen lebt seit vielen Jahren mit Tilly, seiner großen Liebe, seinen zwei Söhnen Homer und Momo sowie weiteren sechs Katzen bei der alten Dame Frau Malzahn im Dorf Kratzbüttel am Katzensee im nördlichen Niedersachsen.

Frau Malzahn liebt ihre Katzen, die nach und nach bei ihr einzogen. Elli, Momos Freundin, wird überfahren und tödlich verletzt liegengelassen.
Die Katzenbande Paulchen, Tilly, Homer, Momo, Marcie, Jule, Tante Käthe, Rasputin und Kowalski schwören Rache. Sie finden und erledigen den Mörder von Elli.
Doch plötzlich muss Frau Malzahn ins Krankenhaus und kommt nicht wieder zurück. Niemand kümmert sich um die Katzenbande, die zu verhungern droht. Sie versuchen, sich über Wasser zu halten und haben dabei mit enormen bürokratisch-menschlichen Abgründen zu kämpfen. Paulchen und Tilly zahlen einen hohen Preis, um ihre Artgenossen zu retten …

Druck:
CPI Druckdienstleistungen GmbH
im Auftrag der
Zeitfracht GmbH
Ein Unternehmen der Zeitfracht - Gruppe
Ferdinand-Jühlke-Str. 7
99095 Erfurt